KB232823

사르비아 총서 · 113

위대한 예술가의 생애

로맹 롤랑 지음 | 이정림 옮김

범우사

국립중앙도서관 출판시도서목록(CIP)

위대한 예술가의 생애 /로맹 롤랑 지음 ; 이정림 옮김. -- 3판. -- 파주 :
범우사, 2007
    p. ;   cm. -- (사르비아 총서 ; 113)

원저자명: Rolland, Romain
ISBN 978-89-08-03341-2 04860 : ₩6000
ISBN 978-89-08-03202-6(세트)

600.99-KDC4
700.92-DDC21   CIP2007003154

차   례

이 책을 읽는 분에게

로맹 롤랑(Romain Rolland, 1866~1944)은 세계적으로뿐만 아니라 우리나라에서도 너무나 유명한 작가로, 지금 새삼스럽게 이야기하는 것이 멋쩍을 정도로 감명을 주는 인물이다.

롤랑은 프랑스의 작가이자 사상가로서 1866년 부르고뉴 지방의 클라메시에서 태어났다. 그리고 고등 사범학교에서 역사학을 전공하였는데, 그 무렵 그는 톨스토이의 사상에 심취했다. 졸업 후 그는 로마로 유학하여 그 곳에서 바그너와 니체의 벗이었던 뮈젠베르크 부인을 알게 되어 크게 영향을 받았다.

귀국 후에는 모교와 소르본 대학에서 예술사, 음악사를 강의하였으며 광범위한 문필 활동으로 수많은 작품을 남겼다. 항상 엄격한 이상주의의 입장에서 인간에의 사랑과 존경을 설파한 평화주의자인 롤랑은 제1차 세계대전 중에는 스위스에 머물러 있으면서 전쟁의 비인간성을 격렬하게 비판하였고, 반파시스트·반전 운동에 참가하기도 했다. 제2차 세계대전 중에는 고향 근처의 베즐레에서 반나치 저항 운동의 투사들을 격려하다가 그 곳에서 생을 마쳤다.

　1915년 그는 《장 크리스토프》로 노벨 문학상을 수상하였고 대하소설 《매혹된 영혼》, 희곡 〈사랑과 죽음의 유희〉, 평론 〈싸움을 초월해서〉 등 많은 걸작을 남겼다.

　또한 그에게는 전기물이라 할 수 있는 일련의 저작물이 있다. 셰익스피어, 괴테, 밀레 등의 전기들은 대부분 죽어 있는 자기 자신의 정신을 어떻게 해서라도 부활시키려는 의욕에서 쓰여진 것들이다. 특히 이 점이 현저하게 나타나 있는 것은 훗날 《빛을 밝히는 사람들》이라는 표제 하에 한 권으로 정리된 세 가지 전기물로, 여기에 번역·소개하는 세 작품이 바로 그것이다.

　미켈란젤로(Michelangelo Buonarroti, 1475~1564), 베토벤(Ludwig van Beethoven, 1770~1827), 톨스토이(Lev Nikolaevich Tolstoi, 1827~1910), 이 세 사람은 미술, 음악, 문학 분야의 거장들이요, 인류의 역사가 낳은 가장 빛나는 천재들이다. 롤랑은 이들을 "정신에 의해 위대하였던 진정한 영웅"이라 보아, 번뇌에 신음하고 그것을 극복함으로써 신神에게 도달하는 기쁨을 찾은 그들의 생애를 아름답게 묘사하고 있다.

　이 책은 내일에의 그리움을 가진 사람들, 어둠 속에서 빛을 찾는 사람들 그리고 불행한 사람들 모두에게 위안이 되어 줄 것이라 믿는다.

옮 긴 이

미켈란젤로의 생애

천재의 전형 미켈란젤로

피렌체의 국립 미술관에 가보면 미켈란젤로가 조각하여 스스로 〈승리자〉라고 이름 지은 대리석상이 있다.

그것은 이마에 곱슬거리는 머리카락이 덮인 늘씬한 체격의 청년이다. 그는 똑바로 서서 한쪽 무릎으로 수염투성이의 포로를 짓누르고 있다.

포로는 앞으로 넘어진 채 얼굴을 소처럼 쳐들고 있다. 그러나 〈승리자〉는 포로를 바라보지 않고 있다. 포로를 내리치려는 바로 그 순간 손을 멈추고 슬픈 듯이 입을 악문 채 눈길을 돌리고 있다. 생각을 다시 해보는 것이다. 그는 이제 승리를 원하지 않고 있다. 마음이 내키지 않는 것이다.

그는 이겼으나 동시에 지고 만 것이다. 이 '비장한 회의懷疑'의 상像, 어깻죽지가 부러진 '승리의 신'은 미켈란젤로의 모든 작품 중에서 피렌체의 아틀리에에 남아 있는 단 하나의 작품이다. 이것은 그의 친구 다니엘로 다 볼테라[1]가 미켈란젤

---

1) 다니엘로 다 볼테라, 바자리, 콘디비 등은 미켈란젤로 만년의 제자.

로의 영구대靈柩臺에 장식하자고 한 것이지만 — 이 작품이야 말로 바로 미켈란젤로 자신이며 그의 전생애의 상징이다. 그는 능력도 있고, 싸워 이길 수 있는 희귀한 행운을 가지고 태어났기에 승리하였다. 그러나 그는 어찌된 셈인지 승리를 원치 않았다.

그는 피렌체(Firenze, 이탈리아 로마와 밀라노 중간 사이에 위치한 도시)의 시민이었다. 어두운 궁전이나 창날 같은 탑들이 들어서 있고, 검은 삼나무와 출렁거리는 은빛 올리브로 뒤덮인 완만한 언덕들이 물결치며 오랑캐꽃 빛 하늘아래 아름답게 드러나 있는 도시 피렌체.

그곳 사람들은 갖가지 열광에 사로잡히거나 온갖 종교적 흥분이나 사회적 광분에 휩싸여 들썩대곤 한다. 거기서는 누구나 자유롭고 누구나 폭군일 수 있다. 살기 좋은 천국인가 하면 동시에 지옥인 것이다. 시민들은 현명하나 소견이 좁고 쉽게 흥분하며, 집념이 강하고 신랄하고 의심이 많으며, 서로 속을 떠보기에 바쁘고 투기하고 해치는 일에 매달린다. 열에 들뜬 도시. 피렌체.

레오나르두 다 빈치 같은 자유로운 정신을 가진 사람은 발붙일 자리가 없는 도시 — 보티첼리로 하여금 스코틀랜드의 청교도처럼 환상적 신비주의에 사로잡혀 죽어 가게 하고, 산양山羊 같은 얼굴에 불타는 눈을 가진 사보나롤라[2]로 하여금 예술품들이 불타오르는 그 주위에서 제자 수도사들을 춤추게

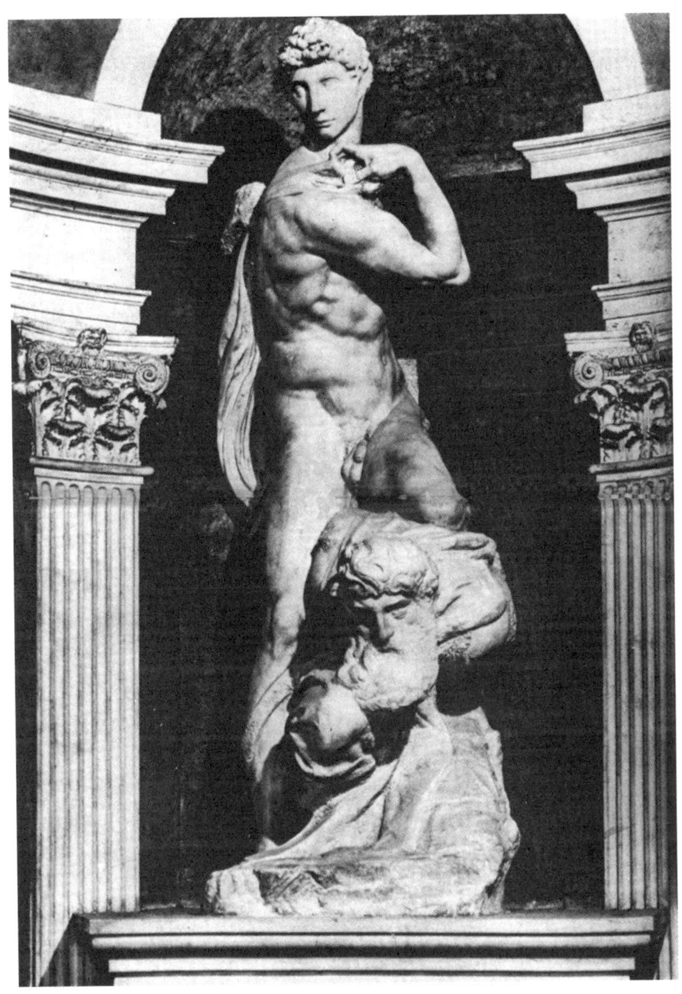

〈승리자〉(1527~28년, 성베드로 대성당 소장)

---

2) 1452 ~ 98. 이탈리아의 도미니크회의 성직자, 성 마르코 수도원 원장. 피렌체에 종교
   적·민주적 공화국을 세우려다 이단으로 몰려 화형에 처해졌다.

하였으며, 3년 뒤에는 이 예언자를 불태워 죽이기 위해서 또 화형대가 만들어진 도시가 피렌체이다.

미켈란젤로는 그 도시와 그 시대에 속한 사람으로서, 그 시민들의 편견과 정열과 흥분을 아울러 지니고 있었다. 그러면서도 그는 분명히 자기 동포에 대해서 따뜻한 사람은 못 되었다. 푸른 하늘에 가슴을 편 듯한 그의 천재는 동포들의 사교적인 기교나 사치스런 재기才氣, 평범한 사실寫實과 감상, 병적인 세심함을 경멸하고 있었다.

그러나 그는 또 한편 동포들을 사랑하고 있었다. 그는 조국에 대해서 레오나르도처럼 무관심하지는 않았다. 그는 피렌체를 떠나면 늘 향수鄕愁 때문에 괴로워했고, 그리고 "죽은 뒤에나마 돌아가고 싶다"고 바랐다.

그는 전통적인 피렌체인으로서의 혈통이나 문벌을 자기의 천재보다 더 자랑으로 여기고 있었다.

"나는 조각가 미켈란젤로가 아니다. …… 나는 미켈란젤로 부오나로티다."

그는 정신적으로도 귀족이었고 온갖 계급적 편견을 지니고 있었다. 가문에 대해서는 보수적이고 거의 종교적이었다. 자기 일족에 대한 미신과 광신이 그를 형성하고 있는 토양이었다. 그러나 이 토양으로부터 모든 것을 정화해 내는 천재의 불길이 훨훨 타오르고 있었던 것이다.

천재를 믿지 않는 사람, 혹은 천재란 어떤 것인지를 모르는 사람은 미켈란젤로를 보라. 이 때까지 미켈란젤로만큼 천재

의 제물이 된 사람이 또 있었던가. 그의 의지도 감정도 열광적
인 천재 앞에서는 별수없이 꺾여져야만 했다. 그는 끝없는 격
정 속에 살고 있었다. 넘치는 힘에 부대끼어 한시도 쉴 수가
없었다.

"밤이나 낮이나 일밖에는 아무것도 생각하지 않소" 하고 그
는 편지에 쓸 정도였다.

이렇게 일하지 않을 수 없는 병적인 열정 때문에 일은 산더
미처럼 쌓였고, 미처 다 해낼 수 없을 정도의 의뢰를 받아 그
는 더욱 광적으로 되는 것이었다. 그는 산에까지 조각도를 대
고 싶어했다. 또한 기념물을 세우게 되면 손수 석재를 고르고
그것을 나르는 길을 닦으며 몇 해를 채석장에서 보내기도 하
였다.

그는 스스로 기사가 되고 인부가 되고 석공이 되어 모든 것
을 자기가 하려고 들었다. 궁전이나 사원도 자기 혼자 세우려
고 했다. 그것은 마치 노예의 생활과도 같은 것이었다.

그의 편지는 끊없는 한탄을 되풀이하기 일쑤였다.

식사를 할 시간이 없습니다. 12년 동안의 과로로 몸이 지쳐 있
습니다. 먹을 것도 입을 것도 없습니다 ― 나는 한 푼도 없이 가난
과 싸우고 있습니다.

이 가난이란 자기의 내부 세계를 표현한 것이었다. 미켈란
젤로는 엄청난 돈을 벌었던 것이다. 그러나 돈이 많아도 그에

게는 아무 소용도 없었다. 그는 맷돌에 묶여진 말처럼 일에 얽매여 가난뱅이처럼 살아가고 있었던 것이다.

그의 괴로움은 아무도 이해할 수가 없었다. 그의 가난한 생활이나 지나친 일을 그의 아버지가 나무랐으나 그는 그것을 조금도 귀담아 들으려고 하지 않았다.

약간의 빵과 포도주를 들고 나면 일에 파묻혀 잠도 몇시간밖에 자지 않았다. 볼로냐에서 율리우스 2세의 동상을 만들 때, 그와 세 사람의 조수를 위하여 마련된 침대는 하나뿐이었다. 이때 그는 옷도 갈아입지 않고 장화를 신은 채 잤기 때문에 한때 다리가 부어 장화를 칼로 찢어야만 했다. 무리하게 장화를 잡아 빼면 다리의 살점까지 함께 묻어 나올 지경이었다.

이렇게 몸을 돌보지 않았기 때문에 그에게는 질병이 끊이지 않았다. 그의 편지를 보면 14, 5차례 이상 중병에 걸렸음을 알 수 있다. 이리하여 그는 42세 때 벌써 노쇠 현상을 느꼈고, 48세 때는 하루를 일하면 나흘은 쉬어야 한다고 편지에 쓰고 있다. 그럼에도 불구하고 그는 의사에게 치료받는 것을 완강하게 거부했다.

육체 이상으로 정신도 과중한 작업의 영향을 받았다. 그는 염세 사상과 피해 망상으로 괴로워하게 되었다. 휴식 없는 작업에 짓눌려 그는 갖가지 망상과 의혹에 떨게 된 것이다. 그는 적을 의심할 뿐 아니라, 친구도 친족도 형제도 양자養子마저도 의심하게 되어버렸다. 이 모두가 자기의 죽음을 기다리고 있을 거라고 생각하였던 것이다.

모든 것이 그를 불안하게 했다. 그래서 가족마저 그의 끝도 없는 불안을 비웃었다. 그는 스스로도 말했듯이 '우울보다는 광기의 상태'에서 살고 있었다. 마침내는 너무나 괴로운 나머지 거기에서 씁쓸한 기쁨을 맛보게 되었다.

"나를 괴롭히는 만큼 그것은 나를 기쁘게 해준다."[3]

그에게는 모든 것이 괴로움의 씨가 되었다. 사랑도 행복도. 미켈란젤로처럼 기쁨과는 멀고 괴로움과는 가까운 사람도 없다. 이 넓은 세계에서 그가 느낀 것은 오로지 괴로움뿐이었다. 이 세상의 모든 염세 사상이 그의 다음과 같은 절규 속에 숭고하고 부당한 외침으로 요약되어 있다.

"천 가지의 기쁨도 단 하나의 괴로움만 못 하니 ……."

*

미켈란젤로의 제자로 1553년에 처음으로 그의 전기를 쓴 콘디비[4]는, "그의 줄기찬 정력은 그를 인간 사회에서 거의 격리시켜 놓았다"고 말했다.

그는 항상 고독했다. 그는 남을 미워했고 또 미움을 받았다. 그는 사랑했으나 사랑을 받지 못했다. 그는 감탄을 자아내고 두려움을 주며 존경을 받는, 그 세기의 왕이었다. 그러

---

3) 미켈란젤로 시집. 그의 첫 시전집은 17세기 초, 그의 조카 손자에 의해서 출판되었으나 오류가 많았다. 롤랑은 칼 프라이 박사 편의 〈미케라니오로 보나로티의 시 및 연구 자료〉를 사용했다.
4) 각주 1) 참조.

나 그는 가장 천한 자에게도 주어질 수 있는 아늑한 휴식을 몰랐다. 그를 사랑해 준 여성은 하나도 없었다. 그의 황량하고 어두운 하늘에는 비토리아 코론나와의 우정이 차갑고 밝은 별로서 잠깐 반짝였을 뿐이다. 그의 주위는 온통 어둠뿐이었다. 그 속에는 그의 광기어린 욕망이나 불타는 몽상의 유성이 흐르고 있었다.

베토벤조차도 이런 답답한 어둠은 몰랐다. 베토벤은 세상의 잘못을 슬퍼하기는 하였으나 원래는 명랑한 성격이었다. 그러나 미켈란젤로는 그 자신이 슬픔이었다. 마음에 밤을 안고 있었다. 사람들은 흔히 그의 웅대한 계획을 방해한 안타까운 숙명에 대해 이야기한다. 그러나 그 숙명은 바로 그 자신이었던 것이다. 그의 전생애의 비극과 불행을 설명하는 열쇠는 그 자신의 성격적 결함과 의지의 결핍에 있었던 것이다.

그는 예술과 정치, 혹은 모든 행위나 생각에 있어서 결단력이 없었다. 두 작품을 계획하고, 혹은 두 파의 예술 사이를 헤매며 어느 것을 택할 것인가를 정하지 못하였다. 율리우스 2세의 상像이나 산 로렌초 성당 건물의 정면, 혹은 메디치 가家의 가묘家廟에 관한 사건이 그 증거다. 그는 이것들을 몇 번이고 다시 고쳤지만 결국 완성하지 못하고 말았다. 그는 하려고 생각하면서 동시에 하기 싫었던 것이다. 신택을 하고 나면 비로소 그것을 의심하기 일쑤였다.

만년에 그가 완성한 것은 아무것도 없었다. 모든 것에 싫증을 느꼈던 것이다. 그것은 보호자들의 과도한 의뢰나 강제에

그 책임이 있다고 하지만, 그가 거절해 버렸던들 누가 그에게
강요할 수 있었으랴. 그는 거절할 수가 없었던 것이다.

그는 약한 사람이었다. 덕과 의를 소중히 여기는 마음에 있
어서나 소심함에 있어서나 한결같이 약하였다. 강한 성격이
라면 문제로 삼지도 않을 갖가지 걱정 때문에 괴로워했다. 책
임을 지나치게 느낀 나머지, 현장 감독에게 시키면 될 일도 자
기가 손수 하려고 했다. 그는 너무나 신중하여 오히려 고생을
스스로 사들이는 기질이었다. 율리우스 2세는 그를 '무서운
사나이'라고 했으나 바자리는 그를 '조심이 지나친 사나이'
라고 평했다.

모든 사람에게 두려움을 주고, 교황에게까지 두려움을 준
사나이가 모든 사람을 무서워하고 있었던 것이다. 왕과 귀족
에 대해서도 약했다. 때로는 당당하게 맞서서 의견을 말하기
도 했으나 결국은 양보해 버리는 것이었다. 그는 죽을 때까지
무기력 속에서 발버둥쳤다.

애정에 대해서도 그는 완전히 자존심을 잃고 있었다. 하찮
은 사람에게도 자신을 낮추었다. 카발리에리 같은 평범한 인
물을 대천재로 예우했다. 적어도 애정에 관해서는 이러한 약
한 태도는 동정심을 불러일으켰다. 그러나 두려움이 원인이
된 때의 그의 나약함은 비참하고 수치스러울 정도였다. 그는
갑자기 격렬한 공포에 사로잡혀 이탈리아 반도를 끝에서 끝
까지 도망쳐 다니기도 했다.

1529년, 적에게 포위된 피렌체에서 도망쳐 나왔을 때는 자

기를 매우 부끄럽게 생각한 나머지 되돌아가서 전쟁이 끝날 때까지 시민으로서의 의무를 다했다. 그러나 점령된 거리에서 처형이 시작되자 그는 무서움에 떨며 친구들을 저버렸다. 그는 자기를 경멸하고 혐오하며 죽어 버리고 싶다고까지 생각했다. 그러나 그의 마음속 깊숙이에는 살고 싶다는 욕망이 불타고 있었다. 일하지 않고는 배길 수가 없었던 것이다.

마치 단테가 그린 지옥에 빠진 인간들같이 그는 미친 듯이 모순되는 정열의 선풍에 몰리고 있었다. 그는 죽음을 갈망하고 죽음에 의해서만 이 무서운 노예 상태에서 벗어날 수 있다고 생각했다.

"오오, 신이여, 신이여, 나의 신이여! 내 속에 있으면서 나보다 힘이 센 이 존재는 도대체 무엇입니까?"

그는 죽음에 의해 사물의 포학한 취급에서, 스스로의 환상에서 벗어나기를 원했던 것이다.

"오오, 제발 내가 자기 자신에게 다시 돌아가지 않게 하여 주십시오."

*

우리는 그에게 농성을 아끼시 발기도 하사. 그가 일생 동안 구하였으나 거절당한 저 애정을 주기로 하자.

그는 사람에게 떨어질 수 있는 가장 큰 불행을 수없이 맛보았다. 조국이 굴복하고, 자유가 사라지고, 사랑하는 사람들이

차례차례 죽어 가는 것을 보았다. 예술의 모든 광명이 차차 꺼져 가는 것도 보았다. 짙어 가는 어둠 속에 그는 오직 홀로 최후의 사람으로 남아 있었던 것이다.

그리하여 죽음의 문턱에서 뒤를 돌아다볼 때 그는 모든 것을 이루었다고는 생각할 수 없었다. 자기의 일생은 헛된 것으로만 생각되었다. 그는 일생을 보람없이 예술의 우상에 바쳤던 것이다. 90년 동안 하루도 쉬지 않고 일을 하였으나 자기의 거대한 계획은 하나도 완성된 것이 없었다.

운명의 장난이랄까, 이 조각가가 완성한 것이라고는 내키지 않는 마음으로 붓을 들었던 그림들뿐이었다. 그에게 많은 자랑스런 희망과 괴로움을 준 위대한 작품 중의 어떤 것(〈피사의 싸움〉의 밑그림이나 율리우스 2세의 동상)은 그가 살아 있는 동안에 파괴되었고, 또 어떤 것(율리우스 2세의 묘나 메디치 가의 성당)들은 딱하게도 계획으로만 끝나고 말았다.

만년에 미켈란젤로는 허무한 일생, 보람없이 끝난 노력, 완성하지 못했거나 부숴졌거나 실현되지 않은 작품들을 씁쓰레한 심정으로 바라보았다.

그리하여 그는 모든 것을 버렸다. 르네상스의 자랑도, 자유롭고 숭고한 혼의 웅장한 긍지도, 우리를 안으려고 십자가 위에서 팔을 벌리고 있는 신의 성스러운 사랑 속에 그 자신과 함께 내던진 것이다.

---

5) 실러 작. 베토벤이 〈제9번 교향곡〉에 사용했다.

그는 〈환희의 찬가〉[5]의 높은 외침을 부를 수가 없었다. 마지막 순간까지 불려진 노래는 괴로움과 죽음의 찬가였다. 그는 패배와 함께 가 버린 것이다.

그는 이 세상에서의 승리자의 한 사람이었다. 그의 천재가 이룬 위대한 성과를 향유하는 지금의 우리는 조상이 싸워 얻은 것을 받아들이는 것과 같은 태도로 거기에 흘린 피를 생각지 않고 있다.

"사람들은 얼마나 피를 흘렸는가에 대해서는 생각하려고 하지 않는다."[6]

나는 그 피를 모든 사람들의 눈앞에 내보여, 우리들 머리 위에 이 영웅의 빛나는 깃발이 드높이 펄럭이게 하고 싶은 것이다.

---

6) 단테 작 《신곡》, 천국편 29 ~ 91면 참조.

제1부 투 쟁

1. 힘

미켈란젤로는 1475년 3월 6일, 이탈리아 카센티노의 카프레세에서 태어났다. 그곳의 땅은 거칠어도 공기는 맑았다. 바위나 너도밤나무의 숲 저편에 울퉁불퉁한 아펜니노 산맥의 봉우리들이 솟아 있었다.

그의 아버지는 카프레세와 키우지 읍의 행정장관을 지낸 사람이었다. 어머니는 미켈란젤로가 여섯 살 때 세상을 떠났다. 형제는 다섯 명으로, 레오나르드, 미켈라니오르, 부오나로드, 죠반시모네, 지스몬드라는 이름들이었다.

그는 세티냐노의 어느 석공의 아내에게 맡겨졌다. 뒷날 그는 농담삼아, 자기가 조각가의 천분을 받은 것은 그녀의 젖을 먹었기 때문이라고 말하곤 했다. 그 후 학교에 다녔는데, 그는 오직 데생만 즐겨 했다고 한다. 그래서 집안에 예술가가 태어나는 것을 부끄럽게 생각하였던 그의 아버지와 삼촌들은 그를 좋지 않게 생각하여 때로는 심하게 매를 때리기도 했다.

그러나 그의 무서운 고집은 마침내 아버지의 완고함을 꺾기에 이르렀으며, 13세 때에는 드디어 도메니코 기를란다요의 제자가 되었다. 기를란다요는 당시 피렌체의 화가 중에서 가장 뛰어나고 건전한 사람이었다.

미켈란젤로의 작품은 처음부터 대호평을 받았다. 스승조차 제자인 그를 시기할 정도였다고 한다. 일 년쯤 배우다가 그는 스승 곁을 떠났다. 그는 벌써 그림에 싫증을 느끼고 더 영웅적인 예술을 바라고 있었던 것이다.

그리하여 로렌초 데 메디치[7]가 산 마르코 성당 정원에서 가르치던 조각 학교에 입학하였다.

로렌초 공은 미켈란젤로에게 특별한 관심을 갖고 자기 저택에서 지내며 자기 아들과 함께 식사를 하게 했다. 이리하여 이 소년은 르네상스의 중심지에서 고대 미술 수집품에 둘러싸여 지내게 되었다. 그는 뛰어난 플라톤 학자들의 시적이며 박식한 분위기에도 접촉할 수 있게 되었다.

그는 고대의 인간, 즉 그리스의 조각가가 되려고 마음 먹었다. 당시 그가 제작한 것으로는 〈켄타우로스와 라피타이족의 싸움〉이 있다. 힘과 아름다움이 넘쳐흐르는 이 자랑스런 부조 浮彫는 청년의 투지와 기운 센 상대편과의 무서운 싸움을 잘 표현하고 있다. 그 무렵 그는 친구들과 교회에 찾아가 마사치오의 벽화를 묘사하였는데, 이때 그는 서투른 친구들을 사정없이 비웃었다. 친구 토레지아니는 자존심이 상하여 화를 내고

___

7) 1449 ~ 92. 메디치 가는 대대로 피렌체의 지배자였다. 그는 '대大로렌초'라고 불렸으며 예술·문예의 보호자였고 자신도 시인이었다.

주먹으로 미켈란젤로의 얼굴을 때렸다. 뒷날 그는 그 일을 자
랑하면서 "그 녀석의 콧대를 꺾어버렸지" 하고 친구들에게 말
하였다.

*

이교정신異教精神이 미켈란젤로의 기독교 신앙을 지우지는
못했다. 그의 마음속에서는 이 두 정신이 싸우고 있었다.

1490년, 사보나롤라 신부가 묵시록에 대한 열렬한 설교를
시작하였다. 당시 미켈란젤로는 15세였다. 신부는 설교단 위
에서 교황에게도, 이탈리아에 대해서도 무서운 예언을 벼락
같이 퍼부었다. 그 소리에 피렌체가 온통 떨고 있었다. 부유
한 시민들도 이 교단敎團에 입단신청을 했다. 미켈란젤로의 형
레오나르드는 수도사가 되었다. 학자, 철학자들도 이성을 잃
었다. 미켈란젤로 역시 이 공포에 감염되지 않을 수 없었다.
이 예언자가 예언한 하느님의 칼, 즉 프랑스 국왕 샤를 8세가
쳐들어왔을 때 그는 공포에 사로잡혔다.

시인이며 음악가였던 친구 가르디엘은 어느 날 밤 피렌체
에 커다란 재화가 내리는 환몽을 꾸었다. 로렌초 공의 망령이
두 번이나 나타나 위험을 알렸다는 소문도 돌았다. 미켈란젤
로는 미신까지 겹친 공포의 발작을 일으켜 베네치아로 달아
났다. 피렌체를 떠나자 그의 극심한 흥분도 가라앉았다. 그리
고 볼로냐로 되돌아와 겨울을 나자 이미 예언에 대해서는 완

전히 잊고 있었다.

1495년 봄, 피렌체로 돌아올 때의 그는 이미 주위의 당파 싸움이나 광신으로부터 완전히 마음이 떠나 있었다. 그리하여 저 유명한 〈잠자는 큐피드〉를 조각했는데, 이를 동시대 사람들은 고대의 작품으로 잘못 알고 있었다.

그는 피렌체에 몇 달밖에는 머무르지 않고 곧 로마로 가 사보나롤라가 죽을 때까지 그곳에 살며 가장 이교적인 예술가가 되었던 것이다. 그는 〈술 취한 바커스〉, 〈죽어 가는 아도니스〉, 〈큐피드〉 등을 조각했다. 그것은 사보나롤라가 책이나 장식품, 미술품을 '허영의 물건들'이라면서 불태운 것과 같은 해의 일이었다. 이윽고 사보나롤라는 화형에 처해져 죽었다. 미켈란젤로는 그를 변호하지 않았고, 이 일에 관해 언급한 편지 역시 한 장도 남기지 않았다.

대신 그는 〈피에타〉[8]를 조각하였다. 영원히 젊고 아름다운 성모의 무릎 위에 죽은 그리스도가 잠든 것처럼 가로누워 있는데 거기에는 말로 표현할 수 없는 우수가 아름다운 두 모습을 감싸듯 깃들여 있다. 슬픔이 미켈란젤로의 영혼을 가득 채우고 있었던 것이다.

그의 마음을 어둡게 한 것은 재화나 범죄의 정경만은 아니었다. 천재의 열광이 잠시도 그에게서 떠나지 않았던 것이다. 그 때부터 죽을 때까지 그는 숨 돌릴 여유도 갖지 못하게 된

---

8) 중세 이후 울고 있는 성모나 그리스도 수난의 그림 및 조각에 이런 이름이 붙어 있다.

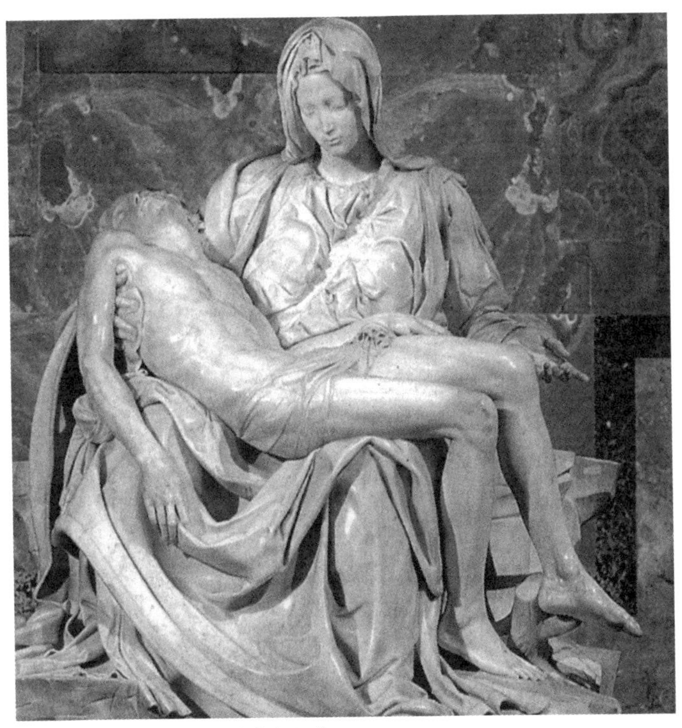

〈피에타〉(1547년, 피렌체 대성당 소장)

다. 이미 과로 때문에 건강이 나빠진 데다가 집안을 부양할 책
임이 모두 그의 어깨에 지워져 있었다. 그는 자존심 때문에도
집안 사람들이 요구하는 돈을 거절하지 못하고 마련해 주었다.

*

1501년 봄, 그는 피렌체로 돌아왔다. 그리하여 40년 동안이나 중단된 채로 있던 대성당의 예언자상 건축을 대성당 조영국造營局으로부터 위임받았다. 그는 대리석 바위에서 거대한 〈다비드〉[9] 상을 끌어냈다.

전하는 말에 의하면, 의뢰자인 사정장관司政長官 피에로 소데리니는 어느 날 대리석상을 보러 와서 자기의 식견을 자랑하기 위해 비평을 시작하였다.

"코가 너무 높은 것 같군."

그러자 미켈란젤로는 끌과 대리석 가루를 조금 손에 쥐고 발판 위로 올라가 가루만 조금씩 떨어뜨렸다.

"이제 어떻습니까?"

"야아, 정말 좋아졌는데. 완전히 살아났군" 하고 소데리니는 말하였다. 미켈란젤로는 발판에서 내려와 조용히 웃었다.

이 숨겨진 경멸이 작품에도 나타나 있는 것같이, 상에는 힘과 모멸과 우수가 넘쳤다. 이 상은 실내 미술관에서는 숨이 막힐 것이었다. 대기가 필요할 터였다.

1504년 1월 25일, 보티첼리, 레오나르도 다 빈치 등의 거장들이 참가한 위원회가 열려 〈다비드〉를 놓을 장소에 대해 협의하였는데, 결국 미켈란젤로의 요구에 따라 시청 앞에 세우기로 결정되었다.

이 상은 벌거벗고 있었기 때문에 경호가 필요했다. 밤낮으로 경계가 계속되었다. 그러나 결국 시민이 던진 돌에 맞아

---

9) 재위 기원전 1010 ~ 970. 시인, 예언자, 이스라엘 제2대 왕.

상처가 났다. 피렌체의 시민도 당시에는 이러한 상태였던 것
이다.

*

1504년, 피렌체 정부는 미켈란젤로와 레오나르도 다 빈치로
하여금 서로 재능을 겨뤄 보게 했다. 이 두 사람은 상대방에 대
한 애정이 조금도 없었다. 두 사람 모두 한결같이 고독하였기
때문에 가까워질 만도 했지만 성격이 워낙 상극이었다.
　당시 레오나르도는 52세로서 미켈란젤로보다 20세나 나이
가 많았는데, 모든 것을 이해하고 있는 듯한 회의적인 지성과
비꼬는 듯한 미소를 짓는 노인이었다. 반면 미켈란젤로는 어
둡고 뜨거운 열정과 신앙에 몸을 바치고 있었다. 그는 자기 믿
음의 적을 미워했으나, 열정이나 신앙이 없는 자를 그 이상으
로 미워하고 있었다. 레오나르도가 위대하면 할수록 미켈란
젤로는 반발하였고, 기회만 있으면 반드시 그것을 나타냈다.
　어느 날 거리에서 몇 사람의 시민들이 이야기를 하고 있었
다. 단테의 시 한 구절을 가지고 토론을 벌이고 있었던 것이
다. 그들은 레오나르도를 불러서 시의 뜻을 설명해 달라고 했
다. 그때 마침 미켈란젤로가 그 곳을 지나가자 레오나르도는
이렇게 말했다.　.
　"미켈란젤로가 설명해 줄 것이오."
　이 소리를 들은 미켈란젤로는 놀림을 받고 있다고 생각하

고 아니꼬운 듯 대답했다.

"당신이 설명하시는 편이 좋을 텐데요. 청동靑銅말의 원형을 만드신 분이. 보기 싫은 조각을 완성도 못 하고 중도에 내버렸지만서도 ……."10)

이렇게 말한 그는 사람들에게 등을 돌리고 걷기 시작했다. 레오나르도는 그 자리에 장승처럼 우뚝 서서 얼굴을 붉혔다. 그러나 미켈란젤로는 아직도 마음이 가라앉지 않았는지,

"당신이 그 시의 뜻을 설명할 수 있으리라고 생각한 밀라노 녀석들도 정말 바보들이란 말이오!"
하고 또다시 소리치는 것이었다.

이런 사이인 두 사람에게 사정장관 소데리니가 공동의 일을 주어서 대결을 시켰던 것이다. 그것은 정청政廳 회의실의 장식이었다. 이것이야말로 르네상스의 가장 위대한 힘과 힘의 전례 없는 대결이었다.

1504년 5월에 레오나르도는 〈안기아리의 싸움〉의 구상에 착수했으며, 같은 해 8월에 미켈란젤로는 〈카시나의 싸움〉이라는 벽화를 의뢰받았다.

그리하여 피렌체의 모든 사람들은 두 패로 나뉘어 어느 편이 나은가를 지켜보고 있었다. 그러나 시간이 모든 것을 승패 없이 균등하게 만들어 버렸다. 두 작품은 똑같이 지상에서 사라져 버리고 만 것이다.

---

10) 레오나르도가 완성하지 못한 기마상騎馬像을 비꼬는 말. 당시 사람들의 담화에 의함.

*

1505년 3월에 미켈란젤로는 율리우스 2세의 부름을 받고 로마로 갔다. 이 때부터 그의 생애의 비장한 한 시기가 시작되는 것이다. 이 두 사람 모두 성질이 격렬하고 당당했으나, 화를 내며 충돌하지 않는 한 잘 통할 수 있는 사이였다. 두 사람의 머릿속은 거대한 계획으로 꽉 차 있었다.

율리우스 2세는 고대 로마의 그것에 필적할 만한 묘墓를 자기를 위해 세우려고 생각하고 있었다. 미켈란젤로의 마음은 불타올랐다. 그는 40개 이상의 조각상을 포함하는 웅장한 건축물을 세우려는 엄청난 계획을 세웠다. 교황은 감격하여 그를 캇라라의 채석장에 보내어 필요한 만큼의 대리석재를 캐올 것을 명했다.

미켈란젤로는 이로부터 8개월 이상을 산 속에서 지냈다. 그는 초인적인 집념과 흥분에 사로잡혀 있었던 것이다. 그는 해안에 솟아 있는 산 전체를 조각하여 바다 멀리에서도 볼 수 있는 거상으로 바꿔 놓고 싶다는 생각까지 했던 것이다. 시간과 허가가 있었다면 실행하였으리라.

1505년 12월, 그는 로마로 돌아왔다. 마침 자신이 골라놓은 대리석 덩이들이 배로 운반되어 도착하기 시작하고 있었다. 사람들은 엄청난 석재 더미를 보고 크게 놀랐으며 교황은 기뻐서 어쩔 줄을 몰랐다.

일이 시작되자 교황은 가만히 기다리고 있을 수가 없어서,

수시로 미켈란젤로를 만나러 가 형제처럼 다정스럽게 이야기를 나누곤 했다. 방문하기에 편리하도록 바티칸 궁전의 회랑에서 미켈란젤로의 집까지 비밀 통로를 만들기까지 했다.

그러나 교황의 총애는 오래 지속되지 못했다. 변덕이 심한 교황은 다른 계획이 더 자기 영광에 어울린다고 생각하게 되었으니, 그것은 성 베드로 성당을 다시 짓는 일이었다.

이것은 미켈란젤로를 시기하던 자들이 교황을 충동질해서 생긴 일이었다. 그들은 수도 많고 세력도 강했다. 그들의 두목은 미켈란젤로에 필적할 만한 천재와 강한 의지를 가진 브라만테 도나토라는 사람이었다. 브라만테는 교황청의 건축 기사이며 라파엘로의 친구였다.

미켈란젤로에게 일의 부정을 추궁받은 브라만테는 즉시 그를 실각시킬 결심을 한 것이다. 율리우스 2세가 미신을 많이 믿고 있는 것을 이용해서, 그는 살아 있는 사람의 묘를 만드는 것은 불길하다고 주장해 자기 계획을 성사되게 만들어 버렸다.

묘의 건축이 취소되었기 때문에 미켈란젤로는 멸시뿐만 아니라 빚까지 짊어지게 되었다.

이에 분개한 나머지 소송을 제기하자 교황은 무임소 장관에게 명령하여 그를 바티칸 궁전에서 내쫓아 버리게 했다. 미켈란젤로는 교황에게 편지를 썼다.

교황 전하, 저는 오늘 아침 전하의 명령으로 궁전에서 쫓겨났습

니다. 앞으로 전하께서 저에게 일이 있으시면 로마 땅 밖으로 찾
아오십시오.

그는 자기 집에 있던 상인과 석공에게 집 안에 있는 것을 모
두 팔아서 피렌체로 오라고 부탁하고 먼저 말을 타고 떠났다.
교황은 편지를 받자 다섯 명의 기병에게 미켈란젤로의 뒤
를 쫓으라고 명하였다. 기병은 11시 경에 그를 따라잡아 다음
과 같은 명령서를 건네 주었다.

이것을 받는 즉시 로마로 되돌아오라. 그렇지 않으면 짐의 노여
움을 살지니라.

미켈란젤로는 약속이 지켜지지 않는 한 돌아갈 뜻이 없음
을 알리고 "착한 하인의 말보다 지어낸 이야기를 더 믿으신
다"는 소네트(14행시)를 지어서 교황에게 바쳤다.
교황에게서 받은 모욕만이 문제가 아니라 브라만테에게 암
살될 두려움도 있었던 것이다.
교황은 자기가 부리던 조각가의 반항에 크게 화를 냈다. 그
리고 미켈란젤로가 피해 있던 피렌체의 정청에 연달아 글을
보냈다.
정청에서는 미켈란젤로를 불러다 놓고, "자네 때문에 교황
과 전쟁하기는 곤란한 일이네. 로마로 돌아가 주게, 그 대신
자네가 받는 부당한 취급은 모두 우리 정청에 가해지는 것이

라는 중요 문서를 내주겠네" 하고 말했다.

그러나 미켈란젤로는 예의 묘 건립이 실행되지 않는 한 안 가겠다, 나는 피렌체에서 일하고 싶다고 떼를 썼다.

율리우스 2세는 그 무렵 페르시아 및 볼로냐(피렌체 북부의 도시)와 전쟁을 시작하고 있었기에 미켈란젤로에 대한 요구는 갈수록 위협적인 것이 되어 가고 있었다.

미켈란젤로는 터키로 가려고 마음 먹었다. 터키 황제가 그를 초대했던 것이다. 그러나 결국은 그도 양보하지 않을 수 없었다.

1506년 11월 하순, 그는 언짢은 얼굴로 볼로냐로 갔다. 거기서는 전쟁에 이긴 율리우스 2세가 부숴진 성벽 사이로 막 진입하고 있었다.

두 사람은 세디지 궁전에서 만났다. 교황은 화를 내며 이렇게 말했다.

"네가 나를 만나러 로마로 와야 하는데도 불구하고 내가 널 찾을 때까지 기다리고 있었구나!"

미켈란젤로는 무릎을 꿇고 큰소리로 사죄하였다. 그러고는 그렇게 모욕적으로 추방되었기 때문에 참을 수가 없었던 것이라고 말했다. 교황은 화가 나서 얼굴이 붉어진 채 말이 없었다.

그때, 미켈란젤로의 변호를 위해 소데리니가 보낸 사제가 두 사람을 화해시키려고 말을 꺼냈다.

"그림장이들은 원래가 어리석은 인간들이옵기 ……."

이 소리에 교황은 버럭 화를 내며 소리쳤다.

"너는 그에게 나도 감히 할 수 없는 실언을 했다! 어서 썩 물러가지 못할까!"

이렇게 화를 사제에게로 돌려 버린 교황은 미켈란젤로를 가까이 불러 용서를 베풀었다. 속이 상하는 노릇이었지만 율리우스 2세와 화해하기 위해서는 그의 변덕을 참을 수밖에 없었다.

교황의 말인즉 이제 묘 따위는 상관하지 말고 볼로냐에 커다란 동상을 세우자는 것이었다. 미켈란젤로는, "저는 청동의 주조법을 조금도 모르옵니다" 하고 거절하였으나 소용없는 일이었다.

그는 이제부터라도 그것을 배워야 했다. 뼈가 부숴지는 고달픈 생활이 시작되었다. 침대가 하나밖에 없는 더러운 방에서 2명의 조수와 주조공의 우두머리와 함께 지냈다.

15개월의 견디기 어려운 생활 동안 조수들은 그의 물건을 훔치다가 쫓겨나자 피렌체 시내를 돌아다니며 미켈란젤로의 흉을 보았다. 게다가 주조공은 무능했다.

1507년 6월, 주조는 실패하고 동상은 허리 부분까지밖에 만들어지지 못했다. 만사를 처음부터 다시 시작하지 않으면 안 되었다.

미켈란젤로는 1508년 2월까지 이 작품에 몰두하였고, 그로 인해 건강을 해치고 말았다. 그는 동생에게 편지를 써 보냈다.

식사할 시간도 없다. 참으로 불쾌하고 괴로운 생활을 하고 있

다. 만일 이 동상을 새로 만들어야 한다면 더 이상 목숨을 유지할
수 없을 것 같다.

이러한 괴로운 노고에 대한 결과는 비참한 것이었다. 동상
은 1508년 2월에 성 페트로니오 교회의 정면에 세워졌으나, 4
년 동안밖에 그곳에 서 있지 못했다.
1511년 12월, 그 상은 율리우스 2세의 적 벤테보리오 당黨
에 의해 파괴되어버렸고 그 파편은 대포를 만들기 위해 팔려
갔다.

*

미켈란젤로는 다시 로마로 돌아왔다. 그러자 율리우스 2세
는 전보다도 훨씬 더 위험하고 엄청난 일을 그에게 명령했다.
벽화의 기법을 전혀 모르는 이 화가에게 시스티나 성당의 둥
근 천장에 그림을 그릴 것을 명하였던 것이다. 교황은 마치 그
가 할 수 없는 일을 명하는 것이 즐거운 듯하였다. 미켈란젤로
가 다시 교황의 총애를 받게 되자, 그것을 본 브라만테가 수작
을 부린 것 같았다. 필시 실패하여 명예를 떨어뜨리게 될 것임
에 틀림없다고 생각한 것이다.
같은 해 라파엘로가 바티칸 궁전의 벽화를 그려서 대성공
을 거두었기 때문에, 미켈란젤로의 새로운 시련은 더더욱 위
험하기 짝이 없었다.

그는 이 두려운 명예를 피하려고 안간힘을 썼다. 자기대신 라파엘로를 추천하기까지 하였다. 그는 벽화를 그리는 것이 본업[11]이 아니기 때문에 반드시 실패하리라고도 말하였다.

그래도 교황은 외고집으로 그를 놓아 주지 않았기 때문에 결국 일을 맡을 수밖에 없었다.

브라만테가 미켈란젤로를 위해 성당 안에 발판을 만들어 주었다. 또 그에게 협력할 수 있는, 벽화 제작에 경험이 있는 화가를 몇 사람 불러다 주었다. 그러나 미켈란젤로는 결국 아무 도움도 받지 못했다고 전해지고 있다.

그는 먼저 발판은 사용하기가 불편하다면서 다른 것으로 바꿔 버렸고, 화가들도 이유도 밝히지 않은 채 돌려보내 버렸다. 그렇게 함으로써 곤란한 점이 더욱 많아졌음에도 불구하고 미켈란젤로는 계획을 대담하게 넓혀 처음 예정된 천장뿐 아니라 벽면에도 그림을 그릴 결심을 했던 것이다.

1508년 5월 10일, 드디어 이 엄청난 작업이 시작되었다. 이로부터 암담한 몇 해가 흘러갔다. 이 시기는 그의 전 생애 가운데 가장 힘들면서도 가장 숭고한 세월이었다. 이때의 그야말로 전설적인 미켈란젤로, 시스티나의 영웅, 인류의 기억에 그 웅장한 자태가 새겨져 있고 또 새겨질 수밖에 없는 영웅이었다. 그는 굉장히 고민했다.

당시 그의 편지에는 이 숭고한 포부를 만족시키지 못한 안

---

11) 미켈란젤로는 자기를 '조각가' 라고 했지, '화가' 라고 말하지 않았다.

타까움이 나타나 있다.

나는 완전히 의기소침해 있습니다. 벌써 일 년이나 교황에게서 한푼도 받지 못하고 있습니다. 나는 아무것도 청구하지 않았습니다. 일이 너무나 진척되지 않았기 때문에 보수를 받으리라는 생각도 할 수가 없습니다. 일이 늦어지는 것은 이 일이 어렵고 내 본업이 아니기 때문입니다. 시간만이 자꾸 헛되이 지나갑니다. 신이여, 도와 주소서!

〈노아의 홍수〉를 이제야 다 그렸는가 싶으면 어느 새 작품에 곰팡이가 슬어 형태도 구분할 수 없게 되어 버렸다. 그는 일을 계속하는 것을 거부했다. 그러나 교황은 어떤 변명도 용서하지 않았다. 미켈란젤로는 다시 일을 시작해야만 했다.

자기 자신의 피로나 불안, 게다가 가족들까지 그에게 끝없이 폐를 끼쳤다. 가족 모두가 그의 도움으로 살아가면서도 늘 그에게 괴로움만 주었으므로 그는 죽고 싶은 생각마저 들 정도였다. 아버지는 노상 투덜거렸고 돈 문제로 골치를 앓고 있었다. 그는 자기 자신이 쇠약할 대로 쇠약해 있는 상태이면서도 아버지를 타이르는 데 시간을 허비해야만 했다.

동생들 셋은 그에게서 돈이나 지위를 얻어내려고 하였다. 그들은 피렌체에 있는 얼마 되지 않는 그의 재산을 서슴없이 탕진해 버리고 로마로 돌아오더니 부오나로드와 죠반시모네는 장사 밑천을 달라고 형에게 졸랐고, 지스몬드는 땅을 사들였다. 그러면서도 그들은 조금도 고마워하지 않고 당연한 일로 알았다.

미켈란젤로는 자기가 그들에게 멋대로 이용당한다는 것을 알면서도 자존심 때문에 그들이 하는 대로 내버려 두었다. 그런데 그들은 이 정도로 그치지 않고 품행이 점점 나빠져서 미켈란젤로가 없을 때는 아버지를 학대하였다. 그러자 미켈란젤로는 분개하여 이 악동들을 심하게 나무랐다. 그때의 격분으로 가득 찬 편지가 지금까지 몇 통 남아 있다.

미켈란젤로는 이렇게 은혜를 모르는 가족과 자기의 실패를 기다리는 끈질긴 적 사이에 끼여서 허우적거렸다. 이러한 가운데 그는 저 시스티나 대성당의 영웅적 작품을 완성시키려 노력하였던 것이다.

절망 속에서 그는 얼마나 피나는 노력을 했었던가. 모든 것을 내던지고 달아나려고도 했다. 지금 곧 죽을 것 같다는 생각을 한 적도 있었다. 그는 정말 죽고 싶다고 생각했을지도 모른다.

교황은 그의 일이 늦어지는 데다가 현장을 고집스럽게 보이지 않으려고 했기 때문에 화를 냈다. 자존심이 강한 두 성격이 벼락처럼 충돌한 것이다.

콘디비에 의하면 어느 날 율리우스 2세가 미켈란젤로에게 일은 언제 끝나느냐고 물었다 한다. 이에 미켈란젤로는 여느 때처럼 대답했다.

"완성되는 날에."

이 말에 교황은 벌컥 화를 내며 호통을 쳤다.

"완성되는 날이라니!"

미켈란젤로는 즉시 집으로 뛰어 돌아가 로마를 떠날 차비를 하였다. 교황은 급히 사자使者를 시켜 5백 두카도를 보냈다. 사자가 열심히 사과했기 때문에 미켈란젤로는 그 사과를 받아들였다.

그러나 이튿날이 되자 두 사람은 또다시 시작하는 것이었다.

어느 날 교황은 화를 내며 말했다.

"너, 발판에서 내동댕이쳐지고 싶으냐!"

미켈란젤로는 양보하지 않을 수 없었다.

1512년 11월 1일 만성절萬聖節에 발판이 뜯겨지고 작품이 공개되었다.

죽은 자들의 제사날답게 슬픈 빛이 찬란하게 빛나면서도 어두운 이 날은, 창조하고 멸망케 하는 신의 정신으로 가득 차 있고 모든 생명의 힘이 회오리바람처럼 휘몰아치는 이 놀라운 작품의 제막일로서 지극히 적합한 날이었다.

2. 부서지는 힘

미켈란젤로는 영광을 차지했으나, 동시에 지칠 대로 지친 채 이 초인적인 일에서 해방되었다.

시스티나의 천장을 그리느라 여러 달 동안 위만 쳐다보았

기 때문에 그의 몸
은 몹시 쇠약해져
있었다. 그는 자신
의 병약함을 비웃
었다.

　고생한 덕택에
나는 앓는 고양이
처럼 형편없게 되
어버렸다. …… 배
가 나오고, 수염은
거꾸로 서고, 머리
는 어깨에 파묻혀
들어갈 정도다. 가
슴은 괴조怪鳥 하피
처럼 괴상하다. 붓
에서 물감이 떨어
져 얼굴은 모자이
크 마룻바닥같이
헐었고, 허리가 구
부러져서 걸음걸이
도 흔들거린다.

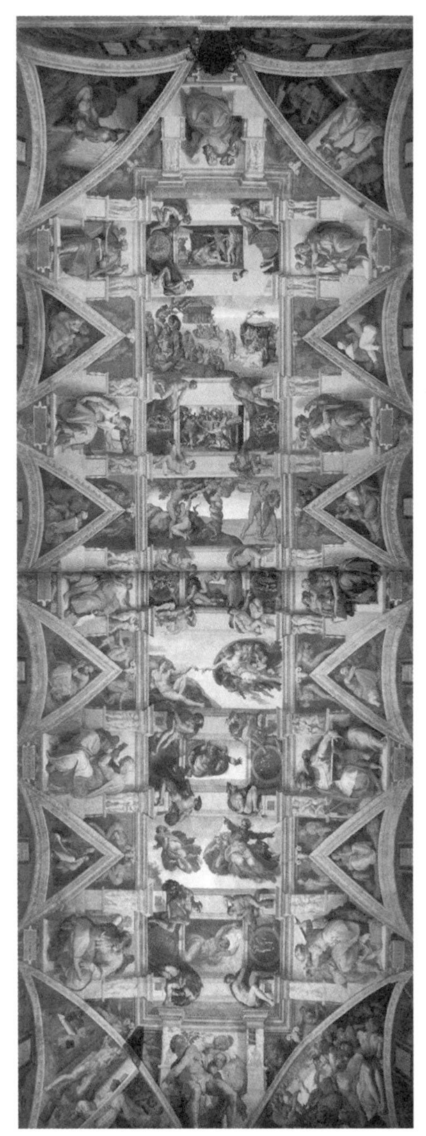

〈시스티나 성당의 천정화〉

장난스러운 글이지만 미켈란젤로는 자기가 보기 흉하게 된 것을 내심 괴로워하고 있었다. 육체의 아름다움을 누구보다도 잘 아는 사람에게 있어 자기 몸의 추함은 하나의 부끄러움이었다. 그의 마드리갈 몇 수가 이 굴욕감을 표현하고 있다. 그는 일생 동안 사랑에 굶주렸던 만큼 그의 슬픔은 한층 심했다. 그러나 그는 한 번도 사랑의 보답을 받지 못한 것 같다. 그래서 그는 자신에게 파묻혀 사랑이나 괴로움을 시로 썼던 것이다.

그는 소년 시절부터 시를 짓고 있었다. 데생이나 편지나 종이 쪽지에다 감상을 가득 써 놓았다가 다시 꺼내서 외곤 하는 것이었다.

유감스럽게도 그는 1518년에 젊었을 때 써 놓았던 시의 대부분을 불태워 버렸고, 그 후의 시들도 죽기 전에 찢어 버렸다.

그러나 오늘날 남아 있는 몇 편의 시에서도 충분히 그의 정열을 살펴볼 수 있다.

가장 초기의 시는 1504년경에 피렌체에서 쓰여진 듯하다.

사랑의 신이여

당신의 격렬한 힘에 거역할 수 있었을 때

나는 얼마나 행복했던 것입니까

아아, 그러나 지금

나의 가슴은 눈물에 젖어

당신의 힘이 얼마나 강한가를

깨달을 수 있을 듯합니다.

또 1507년 12월 볼로냐에서 보낸 편지 뒷면에 쓴 젊은이다운 소네트는 마치 보티첼리의 환상과도 같다.

그녀의 금발 위 관에 꽂힌 청순한 꽃들은 얼마나 행복할까
꽃들은 서로 먼저 입맞추려고 그녀의 이마에서 다투고 있네
그녀의 몸을 감싸고 아래로 흘러내리는 옷은 얼마나 행복할까
금실로 짠 천은 그녀의 볼과 목을 어루만지며 지칠 줄 모르네
그러나 가장 행복한 것은 그녀의 가슴을 살짝 스치는 금빛 레이스 리본
허리띠는 또 이렇게 말하고 있다네
나는 언제까지나 그녀를 포옹하고 싶어요 라고.

마음을 털어 놓은 한 편의 장시長詩는 — 상대가 누구인지는 정확히 알 길이 없으나 — 드물게 보이는 싱싱한 표현으로 사랑의 괴로움을 그려 내고 있다.

하루라도 당신을 만나지 못하면
어디에도 평안함이 없습니다
당신을 만날 때
당신은 마치 굶주린 자의 맛있는 음식과도 같습니다……
당신이 웃음 지을 때, 길에서 인사를 할 때

나는 용광로처럼 불타오릅니다……
당신이 말을 걸어 주면
나는 얼굴을 붉히지만
모든 괴로움은 일시에 가라앉지요.

다음 시는 고뇌의 신음이다.

내가 이렇게 사랑하는 그 사람이
나를 사랑하지 않는다고 생각하니
아아, 한없는 쓰라림이 마음을 찢습니다
나는 이제 어떻게 살아가면 좋을까요.

다음 시는 메디치 가 성당의 〈마돈나〉 데생 한켠에 쓰여져 있는 것이다.

태양이 이 세상에서 빛을 거두어들일 때
나는 홀로 어둠 속에서 고뇌에 불탑니다
사람들은 모두 즐거운 모습들인데
나는 땅에 쓰러져 고뇌하고 신음하며 울고 있지요.

미켈란젤로의 힘찬 조각이나 그림에는 사랑이 깃들여 있지 않다. 그는 자기의 가장 비장한 사상 이외의 것은 작품에 표현하지 않았다. 약한 마음을 작품으로 형상화하는 것을 부끄러워한 것 같다. 다만 시에는 깊은 속마음을 그대로 표현하고 있다. 그의 거친 외모 속에 숨은 소심하고 부드러운 마음의 비밀은 그의 시를 통해서만 찾아볼 수 있다.

＊

시스티나의 일도 끝이 났고 율리우스 2세는 세상을 떠났다. 그래서 미켈란젤로는 피렌체로 돌아가, 전부터 마음에서 떠나지 않던 율리우스 2세의 묘에 관한 계획에 다시 착수했다. 그리하여 7년 안에 완성하겠다는 계약을 맺고 그 뒤 3년 동안은 거의 그 일에만 열중했다. 비교적 조용했던 이 성숙의 시기에 미켈란젤로는 가장 완전한 작품을 제작했다. 그것은 그의 정열과 의지가 가장 잘 조화되어 나타난 작품들로서, 〈모세〉[12]와 지금은 루브르 박물관에 소장되어 있는 〈포로〉라는 작품이다.

그러나 그 평온도 얼마 가지 못했다. 그의 폭풍과도 같은 인생 행로가 다시 시작된 것이다. 새 교황 레오 10세가 전 교황에게 영예가 돌려지는 일에서 미켈란젤로를 떼어내 자기 일가의 승리를 나타내는 일을 시키고자 한 것이다.

새 교황은 미켈란젤로의 슬픔에 찬 천재를 이해하지 못하고 있었으며 오로지 라파엘로를 총애하고 있었다. 그러나 이

---

12) 이 상은 율리우스 2세 묘의 위층을 장식하는 여섯 거상 중 하나가 될 것이었다. 미켈란젤로는 이 상에 1545년까지 매달려 있었다.

‘시스티나의 영웅’은 아무래도 이탈리아의 영광이 아닐 수 없었다. 그래서 레오 10세는 이 사람을 자기에게 복종시키려고 생각한 것이다.

교황은 피렌체에 있는 메디치 가의 교회인 산 로렌초 성당의 파사드(서양 건축의 정면·전면을 일컬음. 보통 도로나 광장에 면함)를 짓도록 미켈란젤로에게 제안했다.

미켈란젤로는 자기가 없는 동안에 로마 예술계의 거장이 된 라파엘로와의 경쟁심에서 이 일에 끌려들어 갔다. 그러나 이 때까지 하던 일을 버리지 않는 한 이것을 완성하기란 사실 불가능한 노릇이었다. 둘 다 맡아서 한다면 한없는 괴로움이 될 것은 뻔한 일이었다.

그러나 그는 이 두 가지의 대사업을 어떻게든 동시에 할 수 있다고 생각하고 일의 대부분은 조수에게 맡기고 자기는 중요한 조상만을 맡아서 하려고 했다.

그는 서서히 자기 작업에 도취되어 남에게 명예를 나누어 준다는 것은 견딜 수 없는 일이라고 생각하게 되었다. 그리하여 교황이 이 일을 자기로부터 다시 빼앗아 가지나 않을까 걱정이 되어 미리 그런 일이 없도록 레오 10세에게 탄원까지 하였다.

당연한 일로서 율리우스 2세의 묘 일은 계속할 수가 없게 되었다. 더 슬픈 일은 산 로렌초 성당의 일도 착수할 수가 없었다는 것이다. 그는 어떤 협력자도 거절하고 무엇이고 모두 자기 혼자 하겠다는 무서운 광증에 사로잡힌 나머지, 피렌체에서 작품 제작만 하는 것이 아니라 캇라라 지방으로 가서 채석 작업의 감독까지 하는 것이었다.

그 곳에는 온갖 고난이 다 모여 있었다. 메디치 가는 피에트라산다의 채석장 쪽을 이용하기를 원했다. 미켈란젤로는 캇라라 지방 사람들에게 매수되었다고 교황으로부터 당치 않은 질책을 받았다. 그는 교황의 명령에 따르지 않을 수 없었다.

그러자 이번에는 뱃사람들과 손을 잡은 캇라라 사람들에게서 박해를 받게 되었다. 즉 제노바에서 피사까지 대리석을 운반할 배를 한 척도 얻을 수가 없었던 것이다. 그리하여 산을 넘고 수렁을 가로지르는 길을 닦아야만 했다. 게다가 채석장도 새로 시작하는 곳이었고 석공들도 신출내기들뿐이었다. 그러나 미켈란젤로는 힘을 내어 덤벼들었다.

약속한 일은 어떤 일이 있어도 해내고야 말 것이다. 신이 도와주신다면 나는 이때까지 이탈리아에 없었던 훌륭한 작품을 만들어 보이겠다.

얼마나 많은 힘과 열의와 천재가 무익하게 낭비된 것인가!

1518년 9월 말, 그는 과로와 걱정에 시달리다 못해 세라베즈아에서 병석에 눕고 말았다. 이 육체 노동 생활로 말미암아 건강도, 욕망도 닳아 없어졌다는 것을 스스로도 잘 알고 있었다. 그는 일을 시작하고 싶은 욕망과 그러지 못하는 현실 사이에서 몸부림쳤다. 더욱이 이룰 수 없는 또 하나의 계약이 그를 몰아붙였다.

　나는 마음이 초조해서 죽을 것만 같다. 운이 나빠 하고 싶은 일
도 할 수가 없었다. …… 나는 악인이 아닌데도 사기꾼처럼 되어
버렸다.

　피렌체에 돌아와 대리석이 도착하기를 기다리고 있자니 몹
시 괴로웠다. 그런데 아르노 강의 물이 말랐기 때문에 돌덩이
를 실은 배가 강을 거슬러 올라올 수가 없다는 것이었다.
　그러던 중 드디어 배가 도착했다. 이제는 그가 일을 시작할
수 있는 것일까! 아니었다. 그는 또 채석장으로 되돌아갔다.
율리우스 2세의 묘 작업 때와 마찬가지로 그는 대리석 덩이가
다 모일 때까지는 일을 시작하려고 하지 않았다. 일에 착수할
날짜를 자꾸만 늦추고 있었다. 그 날짜를 두려워하고 있었는
지도 모를 일이다. 너무 많은 계약을 한 것이 아닐까. 본업도
아닌 건축의 대사업을 맡는다는 것은 무모한 일이 아닐까.
　그러나 이제는 나아갈 수도 물러날 수도 없게 되었다. 이런
심한 고생도 대리석을 안전하게 운반하는 데는 아무 도움도
되지 못했다. 보내 온 여섯 대의 둥근 기둥 가운데 넉 대는 오
는 도중에 부러지고 한 대는 도착하자마자 부러지고 말았다.
석수들에게 속은 것이다. 채석장과 진흙길에서 너무나 많은
시간이 소모되었기 때문에 마침내 교황과 메디치 가의 추기
경은 더 이상 기다릴 수 없게 되었다. 1520년 3월 10일, 교황의

친서는 미켈란젤로를 산 로렌초 성당 파사드 건축의 계약에
서 제외시켜 버렸다.

미켈란젤로는 매우 마음이 상했다.

　내가 3년간을 허송세월한 것이 추기경 탓이라고는 생각지 않는
다. 이 일로 내가 엉망이 된 것도 그의 탓이라고는 생각지 않는다.
이런 극심한 모욕을 받은 것도 그의 탓이라고 생각지 않는다. 다
만 어찌 된 까닭인지 알 수 없을 뿐이다.

미켈란젤로가 책망해야 했던 것은 그의 보호자들이 아니라
그 자신이었던 것이다. 그는 그것을 잘 알고 있었다. 그것이
야말로 그의 가장 큰 아픔이었다. 그는 자기 자신과 싸우고 있
었던 것이다.

1515년에서 1520년, 힘으로 가득 차고 천재가 넘쳐 흐르던
이 시기에 그는 도대체 무엇을 완성했는가? ― 미네르바 성당
의 맥빠진 〈그리스도〉 ― 미켈란젤로의 혼이 담기지 않은 미
켈란젤로의 작품 ― 그것조차도 자기 혼자 완성한 것이 아니
었다.

1515년에서 1520년, 위대한 르네상스 말기, 이탈리아의 봄
도 작별을 고하려고 하던 저 대변동에 앞서 라파엘로는 바티
칸 궁전의 〈회랑〉과 〈화재火災의 방〉 외에도 파르네지나 관館에
수많은 걸작들을 그렸다. 그리고 마타마 장莊을 건축하였고,
성 베드로 성당의 건축이나 발굴작업, 제전이나 기념비 건립

등을 감독하여 당시의 미술계를 지배하고 있었다. 그는 또 무
수한 제자를 거느린 하나의 미술 단체를 세워, 승리의 광휘에
싸인 눈부신 영광 속에서 죽어 갔던 것이다.

*

환멸의 괴로움, 잃어버린 날들에 대한 절망, 사라져 간 희
망, 무너진 의지 등이 미켈란젤로의 그 후의 음울한 작품인 메
디치 가의 가묘나 율리우스 2세 비碑의 새로운 조상彫像 〈승리
자〉 등에 나타나 있다.

1520년에서 1534년까지는 주인이 바뀌어 나중에 클레멘스 7
세로서 교황이 될 줄리오 데 메디치 추기경이 그를 지배한다.

클레멘스 7세의 평판은 좋은 편이 못 되었다. 그도 물론 다
른 교황들과 마찬가지로 예술이나 예술가로 하여금 자신의
일가의 명예를 위해서 봉사하게 하려고 하였다. 그러나 교황
중에서 그만큼 미켈란젤로를 사랑한 사람은 없었고, 또 미켈
란젤로의 일에 대해서 그만큼 열심이었던 사람도 없었다.

그는 미켈란젤로의 박약한 의지를 매우 잘 이해하고 있었
다. 미켈란젤로가 힘을 헛되이 낭비하지 않도록 그만큼 위해
준 사람도 별로 없었다. 피렌체가 교황에게 반란을 일으키고
미켈란젤로마저 반역한 뒤에도, 미켈란젤로에 대한 클레멘스
의 마음은 조금도 달라지지 않았다.

그러나 그 역시 미켈란젤로의 위대한 마음을 짓누르고 있

는 불안이나 열의나 염세관이나 격심한 우울을 고쳐줄 수는 없었다. 요컨대 주인은 주인에 지나지 않았던 것이다.

"나는 여러 교황에게 봉사했다. 그것은 어쩔 수 없는 일이었다."

뒷날 미켈란젤로는 이렇게 말했다. 조그마한 영광과 한두 점의 아름다운 작품, 그것이 도대체 무엇이란 말인가. 그것은 그의 몽상과는 너무나 먼 것이 아닌가!

게다가 늙음이 그에게 찾아들었다. 그의 둘레의 모든 것은 차차 희미해져 갔다. 르네상스는 죽어 가고 있었고, 로마는 이방 민족[13]에게 약탈당하고 있었다. 미켈란젤로는 닥쳐올 비극을 느끼고 숨이 막힐 듯한 고뇌에 사로잡혔다.

클레멘스 7세는 미켈란젤로가 빠져 있던 수렁 속에서 그를 끌어내어 새로운 각도에서 그의 천부적 자질을 발휘시키기로 결심하고, 메디치 가의 성당과 묘의 건축을 그에게 맡겼다. 교황은 그를 전적으로 자기에게만 봉사시키려고 했던 것이다.

클레멘스 7세는 그가 요구한 보수의 3배를 주었다. 그리고 산 로렌초 성당 가까이에 집까지 마련해 주었다. 만사는 순조롭게 진행되고 성당의 일도 착착 진행되었다.

그런데 갑자기 미켈란젤로가 집을 버리고 보수도 거절했다. 또다시 실의에 빠져든 것이다.

율리우스 2세 일가는 그가 이미 착수한 적이 있는 가묘건축

---

13) 1527년 5월 6일, 신성 로마 황제 · 독일 황제 겸 스페인 왕 칼 5세의 로마 점령. 전全 이탈리아 동란, 5월 17일 피렌체의 혁명 등. 이때 메디치 가가 추방되었다.

의 일에서 손을 떼는 것을 허용하지 않고 고소하겠다며 으름
장을 놓았다. 그는 소송이라는 말만 듣고도 마음의 안정을 잃
었다. 그의 양심은 상대편이 옳다는 것을 인정하였고 약속을
다하지 못한 자기를 책망하였다.

그리고 그는 율리우스 2세에게서 받은 돈을 되돌려 주지 않
는 한 어디서도 보수를 받을 수는 없다고 생각하였다.

나는 이제 일을 하지 않겠다. 살아가지도 않겠다.

그는 교황에게 율리우스 2세 일가와 화해를 시켜 부채를 전
부 반환하게 도와 주든지 아니면 율리우스 2세의 기념건축에
힘을 다하게 해달라고 탄원했다.

클레멘스 7세는 예술가의 절망을 그다지 대수롭지 않게 생
각하고, 메디치 가의 성당 건축을 중지하면 안 된다고 고집했
다. 친구들도 그의 근심을 전혀 이해하지 못하고, 보수를 거
절하는 따위의 바보 짓은 하지 말도록 권했다.

그러나 미켈란젤로는 역시 자기의 고집을 버리지 못했다.
그러자 교황청에서는 그의 요청대로 보수 지급을 중단해 버
렸다. 이 불행한 사나이는 궁지에 빠져, 몇 달 뒤에는 거절했
던 보수를 다시 지불해 달라고 애원했다. 그는 우선 부끄러운
듯이 급료를 다시 줄 수 없겠는가를 문의했다. 그리고 필요에
따라서 일을 다시 시작할 생각을 했다는 것과 급료 지불을 원
하는 편지를 썼다. 교황청에서는 그를 골탕 먹일 심산으로 모

르는 척했다.

두 달이 지나도록 그는 아무것도 받지 못했고, 때문에 몇 번이고 애원을 되풀이해야 했다. 그는 괴로워하면서 일을 했다. 이러한 근심 걱정은 자기의 상상력을 방해한다고 한탄했다.

……머리로는 다른 걱정을 하면서 조각을 할 수는 없습니다. 나는 일 년 이상이나 보수를 받지 못한 채 가난과 싸우고 있습니다.

클레멘스 7세도 때로는 그의 고통에 동정을 나타내면서 그가 살아 있는 한 은혜를 베풀겠다고 약속하기도 했다. 그러나 메디치 가의 버릇인 변덕 근성은 어쩔 수 없었다. 미켈란젤로의 일을 덜어 주기는커녕 더욱 새로운 주문을 하는 것이었다.

그 주문 가운데는 머리가 종루鐘樓이고 팔은 굴뚝으로 된 거대한 상 제작 따위의 바보 같은 것도 있었다. 그러나 미켈란젤로는 그런 것도 울며 겨자 먹기로 만들어 주어야 했다.

또 그는 노동자와 석공들 사이에서 끊임없이 일어나는 말다툼을 견뎌야만 했다. 그들은 선배들의 선동을 받고 여덟 시간의 노동을 주장하고 있었다.

가정적인 걱정도 겹쳐 있었다. 아버지는 나이가 들수록 화를 잘 내고 억지를 부리게 되었다. 어떤 때는 아들에게 쫓겨났다면서 피렌체를 떠나려고 하기도 했다. 미켈란젤로의 진정 어린 편지도, 애정도, 겸허도 늙은이의 초조함을 달래는 데는 일시적인 힘밖에 안 되었다. 그뿐만 아니라 아버지는 이제 자기 물건을 훔쳐 갔다며 아들을 나무라기까지 했다. 미켈란젤로는 견딜 수 없는 지경에 이르렀다. 당시 그는 친구에게 보낸 편지에서 이렇게 한탄하고 있다.

참고 견딜 뿐이네. 신의 마음에 맞는 일이 내 마음에 안 드는 따위의 일이 없도록.

이런 고민 속에서 작업의 진전이 있을 리 없었다.

1527년에 이탈리아를 뒤흔든 정치 사건[14]이 터졌다. 이 때까지 메디치 가의 성당의 조상은 아직 하나도 완성되지 않고 있었다. 이렇듯 1520년에서 1527년까지의 새로운 시기도 그에게는 지나간 시절의 환멸이나 피로 같은 것을 더해주었을 뿐이었다. 10년이 넘는 이 시기 동안, 미켈란젤로는 작품의 완성이나 계획이 실현되는 기쁨을 일절 맛보지 못한 것이다.

3. 절 망

이 세상의 모든 것에 싫증을 느끼고 자기 자신에게마저 혐오감을 갖게 된 미켈란젤로는 1527년에 피렌체 혁명에 뛰어들었다.

---

14) 각주 13) 참조.

그 때까지의 그는 생활이나 예술의 문제에서 결단력을 갖지 못하는 것처럼 정치 문제에 대해서도 우유부단하였다. 자기의 개인적 감정과 메디치 가에 대한 의무가 갈등을 일으켜도 한 번도 그것을 고치려 해본 일이 없었다. 이 천재는 기질은 격렬하면서도 행동면에서는 늘 소심했고, 정치계나 종교계에서 사회적으로 유력한 자와 다투는 것을 피하고 있었다.

그의 편지는 항상 자기나 가족에 대해서만 걱정하고 있다. 무슨 위험에 말려드는 것을 두려워하여, 무언가 폭군적인 윗사람들의 처사에 자기도 모르게 화를 내고 대담한 말을 했다가도, 나중에는 결국 취소하고 마는 것이었다.

그는 늘 가족에게 주의를 기울이고 있었다.

페스트가 유행할 때처럼 제일 먼저 달아나라. …… 재산보다 생명이 소중하다. …… 조용하게 살면서 적을 만들지 말며, 신 이외에는 아무에게도 마음을 터놓지 말라. 남에 대해서는 좋게도 나쁘게도 말하지 않는 편이 좋다. 어떤 구설수가 생길지 알 수 없기 때문이다. 그저 자기 일이나 잘하면 된다. 무슨 일에도 상관을 말라.

동생이나 친구들도 그의 소심증을 비웃었고 돌았다고까지 말했다. 미켈란젤로는 슬픈 듯이 대답했다.

"나를 비웃지 말라. 나뿐 아니라 누구도 비웃어서는 안 된다."

이 위대한 사람이 늘 갖고 있는 마음의 동요를 비웃어서는 안 된다. 차라리 비참한 공포에 시달리는 그의 심경을 불쌍하게 생각해 주어야 한다. 그리고 수치스런 그 발작이 지나고 나면, 병든 몸이나 마음을 스스로 격려하고 처음에는 도피하려고 하였던 그 위험을 참고 견뎌 낸 것을 칭찬해주어야 한다.

그가 다른 사람보다 무서움을 탄 것은 통찰력이 뛰어났기 때문이며, 이탈리아의 다가오는 불행을 미리 뚜렷하게 바라보았기 때문이다. 그러나 그가 원래 겁장이면서도 피렌체의 혁명에 휩쓸려 든 것은, 당시 그가 마음의 밑바닥을 쏟아 놓지 않을 수 없을 만큼 깊은 절망에 빠졌었기 때문이다.

그토록 자기 일에 대해서만 꼼꼼하게 걱정하던 그는 또 열렬한 공화주의자이기도 했다. 그것은 그가 확신에 차 있었거나 정열에 가득 차 있었을 때 가끔 터뜨렸던 매서운 말에서 알 수 있다.

그는 단테의 《신곡》에 관해서 친구들과 이야기하다가 "폭군은 인간의 성질을 갖지 않는다. 폭군의 살해는 인간을 죽이는 것이 아니라 인간의 얼굴을 가진 짐승을 죽이는 것이므로 죄가 되지 않는다"고 하면서 카이사르를 암살한 브루투스를 변호하였다. 그렇기 때문에 미켈란젤로는 칼 5세의 군대가 로마를 점령하고 메디치 가를 추방하였다는 보도가 들어와 피렌체 시민들이 국민적 · 공화주의적 의식에 눈을 떴을 때 혁명파의 선두에 서 있었다.

평상시에는 가족들에게, 정치 변동이 나면 페스트가 발생했을 때처럼 달아나라고 하던 사람이 이제는 그 무엇도 무서워하지 않는 흥분 상태 속에서 페스트와 혁명의 열기로 가득 찬 피렌체에 머물렀다.

극심한 페스트로 인해 동생 부오나로드가 그의 팔에 안긴 채 죽었다.

1528년 10월, 그는 피렌체의 방위 회의에 참가하였다. 이듬 해 1월 10일에는 방위 공사를 위한 '군사 9인 위원회'에 선출 되었다. 4월 6일에는 1년 임기로 피렌체 방위공사 총독에 임 명되었다. 6월에는 피사의 성채城砦와 아렌초 및 리보르노의 요새를 시찰하였다. 7, 8월에는 페라라에 파견되어 그곳의 유 명한 방위 시설을 조사하기도 하고 축성술의 대가인 페라라 공과 협의하기도 했다.

미켈란젤로는 피렌체 방위를 위한 가장 중요한 지점은 산 미냐트의 언덕이라 보고 그곳에 요새를 쌓으려고 했다. 그러 나 시정장관 카포니가 반대하고 나섰다. 그는 미켈란젤로를 피렌체에서 내쫓으려고 하였다.

미켈란젤로는 카포니와 메디치 가 일파가 피렌체의 방위를 방해하기 위해서 자기를 내쫓으려는 것으로 의심하여 산 미 냐트를 떠나지 않고 지켰다.

그리고 그 병적인 의심의 습관은 그로 하여금 전란을 겪고 있는 도시에서라면 따르게 마련인 배신과 뜬소문에 주의깊게 귀를 기울이게 했다. 소문에는 과연 근거가 있었다. 카포니는 의심을 받아 물러나고 대신 프란체스코 카르두치가 시정장관 이 되었다. 그런데 그와 동시에 후일 이 도시를 교황에게 내주어 버린, 교활한 말라티스타 발리오니가 총사령관에 임명되었다.

미켈란젤로는 그 범죄를 예감하고 정부에 알렸다. 그러나 카르두치는 고맙다고 하기는커녕 그가 너무 사람을 의심한다고 나무랐다.

말라티스타는 미켈란젤로가 자기를 밀고한 사실을 알아챘다. 이런 인간은 위험한 적을 해치기 위해서라면 무슨 일이라도 서슴지 않는 법이다. 더구나 그는 총사령관이었다. 미켈란젤로는 이제 모든 일이 끝났다고 생각했다.

"그러나 나는 무서워하지 않고 전쟁이 끝날 때까지 기다릴 것을 결심하였다. 그런데 9월 21일 화요일 아침, 내가 있던 요새로 어떤 사람이 찾아왔다. 그는 나더러 목숨이 아깝거든 한시라도 빨리 피렌체를 떠나라며 말(馬)까지 준비해 주었다."

미켈란젤로는 세 벌의 내의 속에 1만 2천 플로린의 금화를 꿰매 넣고 두 동생과 함께 피렌체를 탈출했다. 예의 그 광기 어린 공포의 악마에 사로잡혔던 것이다. 도중에 전 장관이었던 카포니의 집에 들러서 너무나 무서운 이야기를 전해 준 바람에 이 노인은 충격을 받고 며칠 뒤 죽어 버렸다고 전해진다. 그게 사실이라면 당시 미켈란젤로는 어지간히도 큰 공포에 붙들렸던 모양이다.

9월 23일 미켈란젤로는 페라라(Ferrara, 볼로냐의 북부 도시)에 도착했다. 영주가 저택에서 환대를 베풀려 했으나 도망하기에 정신이 없었던 그는 계속 길을 재촉할 뿐이었다. 9월 25일에는 베네치아(Venezia, 아드리아해의 항구 도시)에 도착했다. 그가 이곳에 왔다는 소리를 들은 베네치아 정부는 두 명의 귀족을 보내 무엇이든 편의를 제공하겠으니 필요한 것을 말하라고 했다. 그러나 그는 소극적인데다 고독을 좋아했기 때문에 그것도 거절하고 혼자 주데카에 틀어박힌 채 꼼짝하지 않았다.

그것도 충분히 안전하지 못하다고 생각한 그는 프랑스로 달아나고 싶다고 생각했다. 그는 베네치아에 도착한 그날, 프랑수아 1세의 이탈리아 미술품 구입의 대리인을 하고 있는 친구 파디스타 데라 팟라에게 편지를 보내, 자기 혼자 독일을 거쳐서 프랑스로 가는 것은 위험하니 함께 가고 싶다는 뜻을 전했다.

베네치아 주재 프랑스 대사 라자르드 바이프는 서둘러서 프랑수아 1세에게 편지를 띄웠다. 이 기회에 미켈란젤로를 프랑스 궁정에 종사하게끔 하려고 생각했던 것이다. 왕은 바로 미켈란젤로에게 보수와 주택을 주도록 분부를 내렸다.

그러나 이 편지들의 왕래에 너무 시일이 걸렸기 때문에, 왕의 분부가 전달되었을 때에는 미켈란젤로는 이미 피렌체로 돌아간 뒤였다. 그의 마음이 가라앉았던 것이다. 조용한 주데카에서 혼자 며칠을 보내며, 자기의 지나친 두려움을 부끄러워할 여유를 되찾았던 것이다.

그의 도망은 피렌체에서 큰 소문거리가 되어 있었다. 9월 30일 피렌체 공화국 정부는 도망한 자로서 10월 7일까지 돌아오지 않는 자는 반역자로 엄단하겠다고 포고하였다. 미켈란젤로는 정부가 그에게 배푼 유예와 친구들의 간곡한 희망, 그리고 무엇보다도 조국애가 넘치는 파디스타 데라 팟라의 권고에 의해서 돌아갈 결심을 했던 것이다. 그러나 귀로를 워낙 조심스럽고 천천히 잡았기 때문에 루카까지 마중을 나갔던 팟라는 하마터면 단념하고 되돌아올 뻔했다.

그러나 11월 20일, 마침내 미켈란젤로는 피렌체로 돌아왔다. 추방되지는 않았지만 벌금 이외에도 이후 3년 동안은 피렌체 시 최고회의에 참석할 수 없다는 징계 처분을 받았다.

미켈란젤로는 이후 끝까지 용감하게 자기 의무를 다했다. 일 개월 전부터 적이 포격을 가해 오던 산 미냐트의 자기 자리에 다시 임명되자 이 언덕에 방비벽을 쌓고 새 기계를 발명하기도 하였다. 또 전하는 이야기로는 그물에 매단 양가죽으로 종루를 싸서 그것을 적의 파괴로부터 지켰다고도 한다.

전쟁 중의 그의 활약은 1530년 2월 22일의 편지가 전해주고 있다. 이 편지에 의하면 그는 대성당의 둥근 지붕에 올라가 적의 동정을 살피기도 하고 천장의 상태를 조사하기도 했다는 것이다.

그러나 그가 예상했던 불행이 현실로 나타났다. 그해 8월 2일에 말라티스타 발리오니가 배신한 것이다. 12일에 피렌체는 항복하였고 로마 황제는 피렌체를 교황 대리 밧치오 봐로리에게 맡겨 버렸다.

처음부터 정복자의 복수가 거침없이 자행되었다. 미켈란젤로의 가장 친한 친구들, 예를 들면 파디스타 데라 팟라가 제일 먼저 희생되었다. 미켈란젤로는 성 니코로 오루트랄노 교회의 종루 속에 숨어 있었다고 전해진다. 그가 메디치 가의 궁전을 부수려고 했다는 소문이 퍼졌던 것이다.

그러나 클레멘스 7세의 그에 대한 애정은 조금도 변함이 없었다. 포위 중에도 교황은 미켈란젤로의 소식을 묻는 등 마음을 쓰고 있었다고 한다.

정복자들의 노여움이 가라앉자 클레멘스 7세는 바로 피렌체로 친서를 보내서 미켈란젤로를 찾으라고 엄명하였다. 그가 만일 메디치 가의 가묘의 일을 계속하겠다면 그에 상당한 대우로서 맞이하겠다고 덧붙였다.

미켈란젤로는 은신처에서 나와, 불과 며칠 전까지만 해도 적이었던 사람들의 영광을 위해 다시 일을 시작하였다. 아니, 이 불행한 사람은 그 이상의 일도 하였다. 교황의 비열한 사업의 앞잡이이며 친구 팟라를 죽인 밧치오 봐로리를 위해서 〈화살을 꺼내는 아폴로〉를 조각할 것을 승낙한 것이다.

자기 예술의 생명을 지켜 나가기 위해서는 어떤 비겁한 행동도 수락해 버리고야 마는 것이 위대한 인간들의 슬픈 약점이다. 만년에 그가 성 베드로의 초인적 기념상에 온힘을 기울였던 것도 다 까닭이 있었던 것이다. 그가 베드로처럼 닭이 우는 소리를 들으며[15] 운 적이 한두 번이 아니었을 것이다.

거짓말을 해야 했고, 봐로리나 우르비노 공작, 로렌초 같은

---

15) 《신약성서》, 〈마태복음〉 제26장 75절 참조.

자들을 찬양해야 했다. 그는 그런 괴로움과 수치심으로 가슴이 찢어지는 것 같았다. 그래서 일에 몰두하며 거기에 허무한 격정을 쏟았다. 그는 메디치 가 일족을 조각한 것이 아니라 자기의 절망의 상을 조각했던 것이다.

로렌초와 줄리아노 디 메디치의 상이 본인들을 닮지 않았다고 하자 그는 거침없이 말했다.

"10세기쯤 지나면 누가 누군지 알 수 있다."

그 조상 중 하나를 그는 〈행위〉라고 이름지었고, 다른 하나는 〈사색〉이라고 했다. 이 두 조상을 설명하고 있는 대좌臺座의 조상들 〈낮〉, 〈밤〉, 〈아침〉, 〈저녁〉은 삶의 괴로움과 현실에서의 온갖 굴욕을 이야기하고 있다.

인간고人間苦에 대한 이 불멸의 상징은 1531년에 완성되었다. 그러나 이 무슨 비웃음인가! 아무도 그것을 이해하지 못했던 것이다. 조반니 스트로치 같은 사람도 이 처절한 〈밤〉을 보고 다음과 같이 기묘한 시를 지었다.

다소곳이 여기 잠든 밤은
천사(안젤로)에 의하여 이 바위에 새겨졌다
잠들어 있으니까 살아 있는 것이다
믿지 못하겠거든 깨워 보라
그녀가 말을 하리라.

미켈란젤로는 이에 답하는 시를 썼다.

잠이 나는 좋아요

돌인 것은 더욱 좋고요

죄와 수치가 계속되는 한

아무것도 보지 않고 아무것도 듣지 않는 것이 행복해요

그러니 나를 깨우지 말아 주세요

아아, 낮은 소리로 이야기해요.

또 다른 시에서는 이렇게 이야기하고 있다.

하늘은 잠자고 있는 것이 아닐까

전에는 여러 사람의 보물이었던 것을

지금은 단 한 사람이 자기 것으로 하고 있으니

피렌체를 향해 이야기하고 있는 것이다.

당시 사람들에게 로마의 침략과 피렌체의 함락이 어떻게 느껴졌겠는가를 생각해 봐야 한다. 그것은 도리道理를 무너뜨리고 궤멸시킨 무서운 일이었다. 많은 사람들이 다시는 일어설 수 없게 되었던 것이다. 미켈란젤로는 자살하려고까지 생각하였다.

"만일 생명을 끊는 것이 용서될 수 있다면, 신앙이 두터우면서 노예로 살고 있는 자에게 그 권리가 있어야 할 것이다."

그는 정신적으로 매우 동요되어 1531년 6월에는 마침내 병으로 쓰러져 버렸다. 그해 가을, 그의 생명은 매우 위태로운 상태였다.

친구 한 사람이 이 사실을 봐로리에게 적어 보냈다.

미켈란젤로는 쇠약할 대로 쇠약해졌습니다. 여간 조심하지 않으면 생명이 위험하다는 것이 모두의 의견입니다. 그는 지나치게 일을 하는 반면 먹는 것에는 소홀하며 또 잠도 제대로 자지 않았습니다. 그는 일 년 전부터 뇌병과 심장병에 시달리고 있었답니다.

클레멘스 7세도 진심으로 걱정하기 시작했다. 그래서 율리우스 2세의 묘와 메디치 가의 가묘 이외의 일은 못 하게 하고 만일 이 명령에 따르지 않으면 파면시키겠다고 선언하였다. 봐로리 같은 무리나 부자들의 끈질긴 청탁으로부터 그를 보호했던 것이다.

"그림을 주문받으면 발에 붓을 묶어 몇 번 죽죽 그어서 '자, 됐습니다' 하고 내주도록 하시오."

교황은 또 사이가 험악해진 미켈란젤로와 율리우스 2세의 가족들 사이에 들어서서 둘을 화해시키기도 했다. 전의 것보다는 훨씬 규모가 작은 새 묘를 3년 이내에 완성하되 그 비용과 또 이전에 율리우스 2세에게서 받은 금액의 변상으로 2천 두카도를 미켈란젤로가 내놓기로 하였다.

그것은 슬픈 조건이었다. 그의 대계획은 마침내 파산으로 끝나고 만 것이다. 율리우스 2세의 묘에 이어 메디치가의 가묘 계획도 무너졌다. 1534년 9월 25일에 클레멘스 7세가 세상을 떠났던 것이다.

미켈란젤로가 이때 피렌체에 없었던 것이 다행이었다. 왜냐하면 알렉산더 데 메디치 공[16] 이 그를 미워하고 있었기 때문이다. 교황에 대한 염려가 없었다면 그는 벌써 미켈란젤로를 죽여 버렸을지도 모른다. 피렌체를 복종시키기 위해서 공이 이 도시를 내려다보는 성채를 쌓으려고 했을 때 미켈란젤로가 협력을 거부했던 것이다. 그때부터 공의 미켈란젤로에 대한 적의가 더욱 커져갔다.

겁 많은 미켈란젤로의 이 용기 있는 거절은 그의 조국에 대한 사랑이 얼마나 컸던가를 말해 준다. 클레멘스 7세가 세상을 떠났을 때 그가 무사하였던 것은 그가 마침 피렌체에 없었기 때문이었다.

그는 두 번 다시 피렌체로 돌아가지 않았다. 이리하여 메디치 가의 가묘 사업도 끝장이 났고 결국 영원히 완성되지 못했다. 오늘날 남아 있는 것은 미켈란젤로의 상상과는 동떨어진 것으로 벽면 장식의 골자에 지나지 않는다.

미켈란젤로는 계획했던 조상의 반도 제작하지 못했고 계획했던 벽화도 그리지 못했을 뿐 아니라, 후일 제자들이 그의 구상에 따라서 완성하려고 하였을 때 그것이 어떤 것이었던가를 이야기해 줄 수도 없었다. 그만큼 그는 모든 계획을 포기하고 모두를 잊어버렸던 것이다.

---

16) 칼 5세와 클레멘스 7세가 타협 조약을 맺어, 교황의 조카 알렉산더가 당시 피렌체를 독재하게 되었다.

*

1534년 9월 23일, 미켈란젤로는 다시 로마로 갔다. 그리고 죽을 때까지 그곳에 머물러 있어야 했다.

로마를 떠나 있던 지난 21년 동안 그는 율리우스 2세의 묘를 위한 조상 3개, 메디치 가 가묘의 상 7개, 라우렌치아나의 미완성인 입구, 성 마리아 데 미네르바 성당의 역시 미완성인 〈그리스도〉 상, 봐로리를 위한 미완성의 〈아폴로〉를 제작하였을 뿐이다.

그리고 건강과 정력을 잃었고 예술과 조국에 대한 신념도 잃었으며 사랑하던 동생과 아버지도 잃고 말았다. 그는 이 두 사람을 그리워한 나머지 다른 작업과 마찬가지로 미완성이기는 하지만 뛰어난 고뇌의 시를 지어 바치고 있다.

시의 내용은 신의 곁에서 아버지를 다시 만날 것을 믿으며 죽음을 희망한 것이다. 이제 예술도 야심도 애정도 희망도 이미 그를 지상에 머물러 있게 할 수 없었다.

그의 생애는 60세에서 끝이 난 것처럼 보였다. 고독한 나머지 이미 자기의 일을 믿지 않았다. 죽음을 동경하고 '운명과 희망의 변덕' 이나 '시간의 폭력' 이나 '우연과 필연' 의 힘에서 벗어나기를 원했다.

아아, 나는 지나간 나날에 배신을 당했다. 나이가 들어 죽음도 가까워지고 후회할 수도, 회상할 수도 없게 되었다. 나는 헛되이

눈물을 흘린다. 시간을 잃어버리는 것보다 더 큰 불행이 또 있을
까. 아아, 지난날을 되돌아보면 하루도 내 것이었던 날이 없었다.

제2부 포 기

1. 사 랑

이 무렵 지금까지 삶의 이유였던 모든 것이 사라진 그 황폐한 마음에 새로운 생명이 나타났다. 봄이 다시 꽃을 피우고 사랑이 환한 불길로 타오른 것이다.

그러나 이 사랑에는 이제 이기적인 것, 관능적인 것은 하나도 없었다. 그것은 카발리에리가 지닌 신비한 아름다움에 대한 찬미였고, 비토리아 코론나와의 종교적인 우애였고, 또 고아가 된 조카들에 대한 아버지 같은 애정이었다. 가난한 자와 약한 자에 대한 연민과 성스러운 자애였다.

미켈란젤로만큼 마음이 순수한 사람도 없었다. 그만큼 사랑에 대해서 종교적인 생각을 가진 사람도 없었다.

콘디비는 다음과 같이 말했다.

"나는 미켈란젤로가 사랑에 대해서 이야기하는 것을 자주 들었다. 그 자리에 있었던 사람들은 그가 꼭 플라톤처럼 이야기한다고 말했다. 나는 플라톤의 이론은 모르나, 그의 말은 기품이 있고 젊은 사람들의 방탕한 기분을 진정시키는 힘을 가지고 있었다."

그러나 그 플라톤적 이상주의는 문학적이라든지 냉철한 지성에 의한 것이 아니라 아름다운 것이면 무엇에나 사로잡히고 마는 미켈란젤로의 강한 열정에서 나온 것이었다.

"아름다운 얼굴이 나를 자극하는 힘이 얼마나 큰지……. 이 같은 기쁨은 이 세상에 다시 없다."

아름다운 모습의 위대한 창조자이자 신앙자였던 그에게는 아름다운 육체란 신성한 것이었다. 그는 늘 누군가 아름다운 사람을 찬미하고 숭상했던 것이다. 이렇듯 이상적인 사람에 대한 애정이 오래 지속되고 고양되어 상대편의 아름다움뿐 아니라 정신적 고귀함까지 인정하게 된 것은 토마소 디 카발리에리에 대한 열정이었다.

그것은 카발리에리가 아름다울 뿐 아니라 고귀한 성품을 지니고 있었기 때문에 어떤 의미에서는 당연하다고 할 수 있었다.

바자리는 이렇게 말하고 있다.

"그는 다른 누구보다도 로마의 귀족이며 예술을 열애하고 있던, 젊은 토마소 디 카발리에리를 사랑하고 있었다. 그래서 실물 크기의 그의 초상화를 두꺼운 종이에 그렸는데, 이것은 미켈란젤로의 작품 중 유일한 초상화이다. 미켈란젤로는 이 세상에 둘도 없는 아름다운 사람이 아니면 실재하는 사람을 그리기를 싫어했기 때문이다."

미켈란젤로가 처음 그를 만난 것은 1532년 가을이었다. 카발리에리 쪽에서는 미켈란젤로에 대해서 항상 존경에 찬 매우 겸손한 애정을 가지고 있었던 것 같다. 그는 미켈란젤로로부터 신뢰를 받았고, 미켈란젤로에게 영향을 줄 수 있는 유일한 사람이었다. 더구나 그 영향력을 이 친구의 행복과 위대성을 위해서만 썼다는 드문 공적이 있다.

미켈란젤로로 하여금 성 베드로 대성당의 둥근 기둥의 목조 조형을 완성시킬 수 있게 한 것도 그였다. 칸피도리오 교회의 설계가 오늘날에까지 전해지게 된 것도 모두 그의 노력 덕분이었다. 미켈란젤로의 유언이 실행되도록 배려한 것도 그였다. 마지막까지 미켈란젤로에 충실했던 그는 그의 임종에도 입회하였다.

그러나 미켈란젤로의 그에 대한 애정은 마치 광기와도 같았다. 정신착란 같은 편지를 보내고, 땅에 엎드려 그의 우상에 말을 거는 것이었다.

카발리에리를 "힘찬 천재…… 기적…… 우리 세기의 빛"이라 부르고, 이렇게 애원도 했다.

"나는 도저히 당신과 비교될 수 없습니다. 부디 나를 업신여기지 말아 주시오."

미켈란젤로는 또 그에게 눈부신 선물을 보냈다. 그 선물에 대해 바자리는 이렇게 전하고 있다.

"데생을 그리는 법을 가르쳐 주려고 빨강과 검정 크레용으로 머리 부분을 그린 뛰어난 그림 몇 장과 제우스의 독수리에 채여 가는 가니메데스, 독수리에게 심장을 뜯기는 프로메테우스, 태양의 수레바퀴와 함께 포 강에 떨어지는 파에톤, 바커스 제일祭日을 맞은 아이들 등을 그를 위해서 그렸다. 그것들은 모두 다시없이 아름답고 완벽한 작품들이었다.”

또 소네트도 보냈다. 그 가운데는 훌륭한 것도 있었으나 대개는 난해한 것들이었다. 그 중 몇 작품은 문학계에서 낭독되어 이내 이탈리아 전국에 알려졌다. “16세기 이탈리아에서 가장 아름다운 서정시”라고 칭송을 받은 소네트, 또는 완전한 우애友愛에 관한 유명한 소네트 등이었다.

이러한 정열적 애정에 대해서 상대방인 카발리에리는 조용하고 애정이 담긴 냉담성을 유지하고 있었다. 이렇게 우정을 과장하는 것이 은근히 기분에 거슬렸던 것이다.

다행히 이런 병적인 애정 다음에 한 여성에 대한 맑은 사랑이 찾아왔다. 그 여성은 이 세상에 홀로 버려진 늙은 아이를 잘 이해해 주었고, 상처받은 마음에 얼마간의 평화와 신뢰와 정기正氣를 되찾아 주었으며, 삶과 죽음의 천리天理를 받아들이게 해주었다.

＊

미켈란젤로의 카발리에리에 대한 애정이 절정에 이른 것은 1533년에서 1534년에 걸쳐서였다. 그가 비토리아 코론나를 처음 안 것은 1535년의 일이었다.

그녀는 1492년에 태어났다. 아버지는 파브릿치오 코론나로서 파리아노의 영주였으며 어머니는 우루비노 공의 딸이었다. 그녀의 가계는 이탈리아에서 가장 고귀한 혈통의 하나로서, 르네상스의 빛나는 정신을 가장 잘 갖춘 집안이었다. 그녀는 17세에 페스카라 후작(대장군이며 파비아 정복자)과 결혼하였다. 그녀는 그를 사랑하였으나 그로부터는 조금도 사랑을 받지 못했다. 그녀는 미인은 아니었다. 메달에서 볼 수 있는 그녀의 모습은 의지가 강하고 조금 딱딱한 남성적인 얼굴이다. 그녀는 극히 지적인 사람으로서, 아무리 보아도 화려하고 방탕한 페스카라 후작의 사랑을 받을 만한 요정 같은 여인은 못 되었다. 사실 그녀는 남편의 불성실 때문에 괴로워했다.

그럼에도 불구하고 1525년에 남편이 죽자 그녀는 남편을 잊지 못하였다. 그래서 종교와 시 속으로 도피하였으며, 로마와 나폴리에서 수도 생활을 하면서 사랑의 회상을 시로 썼다.

그녀는 당시 이탈리아의 모든 대작가들과 교제를 가졌다. 그녀의 소네트는 이탈리아 방방곡곡에 널리 알려져서, 여성으로서는 유례가 없는 명성을 얻고 있었다.

그러나 1534년부터는 종교가 완전히 그녀를 사로잡았다. 그녀는 가톨릭교의 개혁 정신에 마음을 빼앗겼고, 시에나의 페르나르딘 오키노[17]의 설교를 듣고 감동했었다. 그녀는 또 루이 12세의 딸 르네 드 페라나나 프랑수아 1세의 누이 마르그

---

17) 대설교가이며 카프신 파의 부사제副司祭. 몇 번이나 고소되었으나 로마나 나폴리에서 대담한 연설을 계속하다가 후에 제네바로 달아나서 신교도가 되었다. 이탈리아를 떠날 때 친했던 비토리아 코론나에게 밀서로 그 결의를 고했다.

리트 드 나바르와도 편지를 주고받았다. 후에 신교도가 된 피에르 바오로 베르첼리오는 그녀를 '진리의 빛'이라고까지 극찬했다.

그러나 뒤에(1555년) 교황 바오로 4세가 된 냉혹한 카랏파가 지휘하는 반개혁 운동이 시작되자 그녀는 심한 의혹에 빠지고 말았다. 그녀도 미켈란젤로처럼 정열적이기는 하나 나약한 정신을 가지고 있었던 것이다. 신앙 없이는 하루도 살 수가 없었고, 가톨릭 교회의 권위에 반항할 수도 없었다. 그녀는 단식을 하고 고행복苦行服도 입었다. 그리하여 뼈와 가죽만 남게 되었다.

그러한 그녀에게 친구인 폴 추기경[18]이 오만한 의지를 버리고 신앙 가운데 자기를 잊게 하자 그녀는 비로소 마음에 평화를 되찾게 되었다.

그러자 그녀는 이번에는 희생심에 취하게 되었다. 자기만 희생하면 괜찮은데 친구까지 희생시켜 버린 것이다. 오키노를 저버리고 그가 쓴 문서를 로마의 종교 재판소에 넘겨 주었던 것이다. 뛰어난 이 사람도 미켈란젤로처럼 공포에 사로잡힌 것이다. 그녀는 그것에 대한 회한을 절망적 신비사상으로 얼버무렸다. 그녀는 죽음을 하나의 구원처럼 찾아 헤매다가 1547년 2월 25일에 세상을 떠났다.

---

18) 레지나르드 폴 바오로 3세. 후에 켄터베리 대주교. 협조 정신을 가지고 반개혁 운동에 종사하여 신교에 개종하고 있던 콘타리니 파의 많은 자유 정신 소유자들을 귀순시켰다.

*

그녀가 미켈란젤로를 알게 된 것은 바르데스[19]나 오키노의 자유로운 신비 사상에 가장 깊게 영향받고 있을 무렵이었다. 슬픔에 지쳐 괴로워하고 있던 이 여성에게는 항상 의지할 수 있는 인도자의 손길이 필요했으며, 동시에 자기 마음의 넘치는 모성애를 쏟을, 자기보다 약하고 불행한 사람이 필요했던 것이다.

그녀는 미켈란젤로에게 자기의 괴로움을 보이지 않으려고 애썼다. 겉으로는 조용하고 신중하고 조금 쌀쌀맞게 대함으로써 그녀는 미켈란젤로에게 자신이 구하고 있던 마음의 평화를 주었던 것이다.

1535년에 시작된 두 사람의 애정은 1538년 가을부터 더욱 깊어져 갔다. 비토리아는 46세이고 그는 63세였다.

그녀는 로마의 몬테 핀치오 언덕 기슭에 있는 성 실베스트로 인 카피테 수녀원에서 살았고, 미켈란젤로는 몬테 카밧로 언덕 가까이에 살고 있었다. 둘은 일요일마다 몬테 카밧로의 성 실베스트로 성당에서 만났다. 안블로지오 카텔리노 폴리티 신부가 성 바오로의 서한을 읽고 나면 세 사람이 함께 토론을 하는 것이었다.

---

19) 당시 가톨릭 내부에 개혁 사상이 일어나 자유 정신을 가지고 교회를 분열시키지 않고 갱신시키려는 운동이 있었다. 그는 오키노나 종교 개혁단을 조직한 콘타리니와 함께 그 운동의 선도자이다.

포르투갈의 화가 프란체스코 다 오란다는 이 회합의 회상을 〈그림에 관한 네 개의 담화〉 속에 전하고 있다. 프란체스코가 처음으로 성 실베스트로 성당을 찾아갔을 때 페스카라 후작 부인은 그 친구들과 성서의 낭독을 듣고 있었다. 미켈란젤로는 그 자리에 없었다.

그러나 낭독이 끝나자 후작 부인은 이 외국인이 미켈란젤로의 이야기가 듣고 싶을 것이라면서 하인을 보내 그를 오게 했다. 그가 사교를 싫어하는 것을 잘 아는 그녀는 하인에게 미리 프란체스코가 와 있다는 것을 말하지 말라는 주의를 주는 것을 잊지 않았다.

심부름꾼이 돌아오기를 기다리면서 사람들은 어떻게 하면 미켈란젤로에게 자연스럽게 그림 이야기를 시킬 것인가, 그런 의도를 눈치채면 그는 바로 이야기를 중단할 것이라는 등의 이야기를 주고받고 있었다.

이때 문을 두드리는 소리가 났다. 심부름꾼이 너무 빨리 돌아오는 것으로 보아 아마도 거장은 오지 않는 모양이라며 모두 실망의 빛을 나타냈다. 그러나 문을 두드린 것은 바로 미켈란젤로였다. 그는 마침 성당으로 오고 있던 중이었던 것이다.

후작 부인이 일어나서 그에게로 가더니 오랫동안 서서 무슨 이야기를 한 다음 그를 안쪽으로 맞아들였다.

프란체스코는 바로 그 옆에 있었으나 미켈란젤로는 주위 사람들에게 전혀 관심을 갖지 않았다. 이것을 매우 언짢게 생각한 프란체스코는 퉁명스럽게 입을 열었다.

"사람 눈에 띄지 않는 제일 좋은 방법은 그 사람 바로 옆에
있는 것이로군요."

미켈란젤로는 깜짝 놀라며 그를 바라보더니 곧 공손하게
사과하였다.

"프란체스코 님, 용서하여 주십시오. 후작 부인만 보고 있
었기 때문에 당신이 있는 것을 전혀 몰랐군요."

이윽고 비토리아는 이야기를 시작했는데, 그림에 대해서는
언급하지 않도록 주의하면서 실로 재치있고 조심스럽게 이야
기를 끌고 갔다. 그렇게 화제를 교묘하게 먼 곳으로 돌리면서
그녀는 흡사 견고한 성을 지키고 있는 듯한 미켈란젤로를 차
츰차츰 예술 쪽으로 끌고 갔다.

이야기가 예술이라는 차원 높은 주제로 옮겨지자, 후작 부
인은 그것을 종교적인 엄숙함을 가지고 취급하는 것이었다.
그녀에게 있어서도 예술 작품은 미켈란젤로에게 있어서와 마
찬가지로 일종의 신앙 고백이었던 것이다.

"훌륭한 그림은 신에게 가까이 가서 신과 일치합니다" 하고
미켈란젤로는 말하였다.

"그것은 신의 완전함의 모방에 지나지 않습니다. 신의 화필
이나 음악이나 선율의 그림자지요. …… 그러니까 화가란 기
교가 뛰어난 대가이기만 해서는 안 됩니다. 화가의 생활은 맑
고 순수해야 하며 그 사상은 성령이 지배할 정도가 되지 않으
면 안 됩니다."

이런 고상한 담화 속에 시간이 흘렀다. 그래서 손님들은 모

두 뜰로 내려가 분수 근처 월계수 그늘의 등나무로 덮인 벽을 배경으로 돌 위에 걸터앉아 발 아래 펼쳐진 로마를 내려다보며 이야기를 했다.

그러나 불행하게도 이렇게 아름다운 담화를 나누는 날은 오래 계속되지 못했다. 종교상의 위기가 후작 부인에게도 찾아왔던 것이다. 그녀는 1541년에 로마를 떠나 베테르보 수녀원으로 들어가 버렸다.

그러나 그녀는 미켈란젤로를 만나러 베테르보에서 로마로 자주 찾아왔다. 그는 그녀의 거룩한 정신에 마음을 빼앗기고 있었고, 그녀는 또 그에게 충분한 보답을 하였다. 그는 그녀로부터 많은 편지를 받아 간직하고 있었는데, 그것은 모두 순결하고 깊은 사랑에 차 있었다. 그녀처럼 고귀한 마음을 지닌 사람이 아니면 쓸 수 없는 편지였다.

콘디비에 의하면 미켈란젤로는 비토리아의 청에 따라서 십자가에서 천사에 의해 내려진 나체의 그리스도를 제작하였다. 성모는 십자가 앞에 앉아 있고, 그 얼굴은 눈물에 젖어 괴로움에 잠기고 있다. 그 십자가에는 다음의 말이 쓰여져 있다. '얼마나 피 흘리심을 모르고.'

루브르 박물관과 대영 박물관에 있는 두 개의 데생 〈부활〉도 아마 비토리아가 영감을 주었던 것이리라. 루브르의 것은 헤라클레스와 같은 그리스도가 무거운 묘석을 분연히 밀치고 하늘을 향하여 약동하고 있다. 신에 대한 복귀! 현세에 대한 결별, 이제는 그 저주스러운 인생에서 이탈! 대영 박물관의 것은 묘에서 나와 신의 곁으로 돌아가는 그리스도를 그리고 있다. 대기의 애무 속에서 떠오르는 육체는 마치 햇빛과 같은 광명 속에 하늘로 오르고 있다.

이렇게 비토리아는 미켈란젤로의 예술에 다시 신앙의 세계를 열어 놓았던 것이다. 그리고 그녀는 미켈란젤로의 시적 천재까지도 비약하게 했다. 종교적 계시를 그에게 밝혀 주었을 뿐만 아니라, 그것을 시로 노래 부르도록 모범을 보여주었던 것이다.

비토리아의 〈영적靈的 소네트〉[20]가 쓰여진 것은 두 사람의 우정이 막 시작된 무렵이었다. 그녀는 그것을 쓸 때마다 경애하는 벗 미켈란젤로에게 보냈다. 그 시에서 그는 위안에 찬 따뜻함과 새로운 생명을 찾아냈던 것이다.

1544년 여름, 비토리아는 로마로 돌아와 죽을 때까지 성 안나 수녀원에서 살았다. 미켈란젤로는 때때로 그녀를 만나러 갔다. 그녀는 애정을 가지고 그를 생각했고 그의 생활에 조금이나마 즐거움과 위안을 주려고 애썼다. 또한 아무도 몰래 그에게 선물을 주려고도 하였다. 그러나 이 침울한 노인은 누구에게서든 선물을 받는 것을 싫어하였고 그 기쁨을 받는 것도 거절하였다.

그녀는 죽었다. 그는 그녀의 죽음을 지켜 보았다. 그리고 다음과 같은 가슴 아픈 말을 하였다.

---

20) 〈시편 및 16의 영혼의 소네트〉, 〈시편 및 24의 영혼의 소네트와 십자가의 승리〉.

"죽은 그녀를 본 사실과 그녀의 손에 입맞춘 것같이 이마와 얼굴에 입맞추지 않은 사실을 생각하면 할수록 더욱 슬픈 일이 아닐 수 없다."

얼마나 순결한 조심성이 그들의 사랑을 감싸고 있었던가를 알 수 있다. 그녀가 죽은 후 오랫동안 그는 넋이 나간 것 같았고 감각을 잃어버린 듯했다. 훗날 미켈란젤로는 슬픈 듯이 이렇게 말했다.

"그녀는 진실로 나를 위해서 행복을 빌었다. 나도 그랬다. 죽음은 내게서 위대한 친구를 빼앗아 가 버렸다."

그는 이 죽음에 관해서 소네트 2편을 썼다. 하나는 플라토닉한 영혼이 넘치는 것이었는데, 문체가 다소 거친 감은 있으나 그의 환상적인 이상주의를 나타낸 작품으로, 번개가 번쩍이는 밤과도 같은 분위기를 자아낸다.

미켈란젤로는 비토리아를, 소재로부터 숭고한 사상을 표현해 내는 성스런 조각가의 망치에 비유하고 있다.

또 하나의 시는 더 부드러운 것으로서 죽음에 대한 사랑의 승리를 노래하고 있다.

나를 그토록 슬프게 하는 사람이여
그대가 이 세상 나의 눈앞에서 모습을 감추었을 때
자연은 회한에 잠기고 사람들은 눈물에 젖었다네
그러나 죽음이여, 태양 속의 태양의 빛을 지웠다고 자랑하지
말라

그녀는 이 땅 위와 하늘 위에, 여러 성인聖人들 사이에 다시 살
아 있나니

사악한 죽음은 그녀의 미덕을 지우고 영혼의 아름다움을 가졌
다고 여길 것이다

그러나 그녀가 남긴 것은 그녀 생전보다 더욱 빛나고 있나니

죽음에 의해 그녀는 아직 갖지 못했던 천국을 얻은 것이라네

*

미켈란젤로의 만년의 걸작인 〈최후의 심판〉이나 바오리나
성당의 벽화, 그리고 드디어 제작을 끝낸 율리우스 2세의 묘는
모두 이 장엄하고 청순한 사랑의 기간 중에 이룬 작품들이다.

미켈란젤로는 1534년에 로마에서 살기 위하여 피렌체를 떠
났다. 클레멘스 7세도 세상을 떠났기 때문에 그는 이제야 모
든 일에서 해방되어 율리우스 2세의 묘만을 조용히 완성함으
로써 그 동안 내내 마음을 무겁게 하던 짐을 내려놓고 죽을 수
있다고 생각했던 것이다. 그러나 로마에 닿자 그는 또다시 새
로운 쇠사슬에 매여 버렸다.

바오로 3세가 그를 불러들여 자기에게 봉사할 것을 부탁한
것이다. 미켈란젤로는 율리우스 2세의 묘를 완성할 때까지 울
비노 후작과의 계약에 묶여 있었기 때문에 이를 거절하였다.
그러자 교황은 화를 냈다.

"나는 30년 전부터 이런 소망을 가지고 있었다. 그런데 교

황이 된 지금에 와서도 그 소망을 이룰 수 없단 말이냐? 내가 그 계약을 취소시켜 주겠다. 그러니 무슨 일이 있어도 너는 나를 위해 봉사해 다오.”

미켈란젤로는 달아나려고 했다. 그러나 막상 일을 당하고 보니 언제나 그랬듯이 뚫고 나갈 의지력이 없었다.

결과를 두려워하여 어떻게든 타협해서 고비를 넘기려는 가망 없는 생각까지 해보았다. 그는 또다시 일에 얽매여 죽을 때까지 괴로운 생활을 해야만 했다.

1535년 9월 1일, 바오로 3세는 그를 교황청의 건축·조각·회화의 책임자로 임명하였다.

이보다 앞서 4월에 그는 이미 〈최후의 심판〉의 제작을 의뢰받고 있었다. 1536년 4월부터 1541년 11월까지—마침 비토리아가 로마에 머무르고 있을 동안(그녀가 베테르보로 옮기기 이전의 시기) 그는 이 작업에 몰두하였다. 1539년에 이 방대한 작업을 하던 중 미켈란젤로는 발판에서 떨어져 발을 크게 다치고 말았다.

바오로 3세는 율리우스 2세처럼 미켈란젤로가 그림을 그리는 것을 구경하러 와서 의견을 말하곤 했다. 의전장관 비아지오 다 테제나가 교황을 수행하였다. 바자리에 의하면 어느 날 미켈란젤로의 작업에 관해서 교황이 의견을 묻자, 간사한 비아지오는 이렇게 엄숙한 자리에 꼴불견의 나체들을 이토록 많이 그린 것은 옳지 못한 일이다, 이래 가지고서야 목욕탕이나 여관을 장식하는 데 알맞을 것이다 하고 단언했다고 한다.

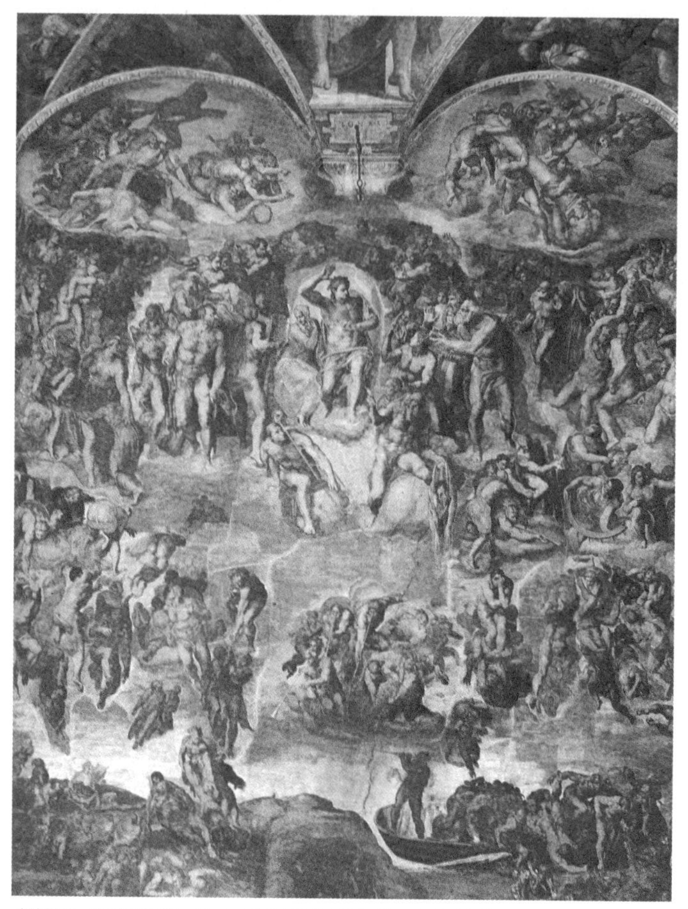

〈최후의 심판〉(1537~41, 로마 바티칸 궁전 시스티나 성당)

　이에 분개한 미켈란젤로는 비아지오가 나가자 기억 속에
남은 그의 얼굴을 되살려 지옥에서 악마의 무리에 에워싸여
다리에 구렁이를 칭칭 감고 있는 미노스[21]의 모습으로 그려 버
렸다.

비아지오는 이 일을 교황에게 호소하였다. 그러자 교황이 말했다.

"미켈란젤로가 너를 연옥에 집어넣었다면 나도 어떻게든 구해 낼 수 있겠지. 하지만 지옥에 떨어뜨렸으니 내 힘도 안 닿겠는걸. 지옥은 아무도 구원할 수 없는 곳이니까 말이야."

그러나 미켈란젤로의 그림을 천박하다고 생각한 것은 비아지오뿐만이 아니었다. 이탈리아 전체가 근엄한 체한 것이다. 〈최후의 심판〉을 파렴치하다고 외친 사람도 적지 않았다. 가장 큰소리로 비난하고 배교背敎라 하여 종교재판소에 고소까지 한 사람은 아레티노[22]였다.

미켈란젤로는 아레티노나 비아지오의 의견이 세상에서 세력을 얻고 있어도 아무런 반대 표시도, 응답도 하지 않았다. 자기 작품이 '루터적 오물'이라는 소리를 들어도 아무 말도 하지 않았다.

마침내 바오로 6세가 벽화를 부수려고 했을 때도 아무소리 하지 않았다. 교황의 명령으로 다니엘로 다 볼테라가 벽화의 인물에게 반바지를 입혔을 때도 아무런 항의도 하지 않았다. 의견을 묻자 그는 화도 내지 않고 연민과 비웃음을 섞어서 대답했다.

"교황에게 말하시오. 교황은 세상을 고치는 일이나 궁리해

---

21) 지옥의 재판관.
22) 베네치아 출신의 풍자시인. 미켈란젤로에게 사기를 쳐서 작품을 빼앗으려 하였으나 무시당하자 복수하려고 한 것이다.

줍시사고. 그림 따위를 고치는 것은 그다지 어려운 일이 아니
니까요.”

이 작품을 그는 얼마나 열렬한 신앙을 갖고 그렸던가. 비토
리아와 종교에 관해서 이야기하면서, 그녀의 순결한 영혼에
의해서 완성되었다는 것을 그는 잘 알고 있었다. 자기의 비장
한 사상을 담은 순결한 나체화에 대한 저속한 인간들의 불결
한 의심이나 비꼬는 소리에 대해 변호하는 따위는 생각만 해
도 얼굴이 붉어졌으리라.

1541년 12월 25일, 시스티나의 벽화 〈최후의 심판〉이 완성
되자 미켈란젤로는 이제야 율리우스 2세의 묘를 완성할 수 있
게 되었다고 생각했다. 그러나 욕심 많은 교황은 70세의 이 늙
은이에게 다시 바오리나 성당의 벽화를 그리라고 명령하였
다. 그가 율리우스 2세의 묘에 세우려 예정한 몇 개의 조상을
시작하려던 때였다.

결국 그는 율리우스 2세의 유족으로부터 다섯번째이자 마
지막인 이 계약에 서명할 것을 허락받은 것만도 다행이라고
생각해야 할 지경에 이르고 말았다.

그는 이 계약에 의해 완성했던 몇 개의 조상을 인도하고 묘
의 완성을 위해서 조각가 두 사람을 고용했다. 이로써 그는 영
원히 이 의무감에서 해방되었다.

그러나 그의 고생은 끝이 없었다. 율리우스 2세의 유족들이
이전에 그에게 지불했던 돈을 돌려 달라고 주장하기 시작한
것이다. 교황은 그런 것은 생각지도 않고 바오리나 성당의 일

에 전념하라고 전해 왔다.

그러나 미켈란젤로는 대답했다.

"그림은 머리로 그리는 것이지 손으로 그리는 것이 아닙니다. 이런 걱정이 있는 한 좋은 일을 할 수가 없습니다. 나는 일생을 저 묘에 묶었고, 레오 10세와 클레멘스 7세를 배반하지 않으려 애쓰다가 청춘을 다 잃었습니다. 너무나 양심적이었기 때문에 몸을 망친 것입니다. 이것이 나의 운명입니다. 무서운 노력을 한 결과는 가난뱅이가 되었다는 것뿐입니다. 게다가 사람들은 나를 도둑놈 취급까지 했습니다. 나는 사람에 대해서(신에 대해서라고 할 수는 없겠지만) 정직한 인간이었습니다. 아무도 속인 일이 없었습니다. 나는 도둑놈이 아니라 피렌체의 시민이며 명예로운 인간의 아들입니다. 돼먹지 않은 자들에게까지 자기를 변호해야 한다면 나는 마침내 미쳐 버릴 것입니다."

그는 그들과의 관계를 깨끗이 끊어 버리기 위해 계약에서의 강제 조건이 아님에도 불구하고 두 개의 조상, 〈활동하는 생명〉과 〈명상하는 생명〉을 완성했다.

마침내 율리우스 2세의 묘는 1545년 1월에 산 피에트로 인 빈코리에서 제막되었다. 애초의 훌륭한 계획 중에서 과연 무엇이 남았던가. 〈모세〉뿐이었다. 게다가 그것은 묘의 일부로 계획되었던 것인데 지금은 그 중심이 되어 있었다. 웅장한 계획의 희화戱畫! 그러나 어쨌든 일은 끝났다. 미켈란젤로는 일생 동안의 악몽에서 드디어 해방된 것이다.

2. 믿 음

비토리아가 죽은 뒤 미켈란젤로는 피렌체로 돌아가 '아버지 곁에서 조용히 지친 몸을 쉬는 것' 이 그의 희망이었으리라.

그러나 한평생을 교황에게 봉사하고 난 그는 남은 나날 동안 신에게 봉사하고 싶다고 생각했다. 이것은 아마도 틀림없이 그 여자 친구에게 인도되어 그녀의 마지막 소원을 실현하려 한 것이리라.

비토리아가 죽기 한 달 전인 1547년 1월 1일, 미켈란젤로는 바오로 3세의 친서에 의해서 교황청 고관 및 전권을 가진 성 베드로 대성당 건축장관으로 임명되었다.

그는 이 일을 좀처럼 맡으려고 하지 않았었다. 그러나 그가 결국 70세의 늙은 몸으로 지금까지도 없었던 그 무거운 짐을 지겠다고 결심한 것은 교황이 간청했기 때문이 아니라 그것을 하나의 의무, 즉 신으로부터 주어진 사명으로 생각했기 때문이었다.

나는 이 지위가 신에 의해서 주어진 것이라고 믿습니다. 내가 아무리 늙었다 해도 이것을 버릴 생각은 하지 않습니다. 나는 신에 대한 사랑으로 봉사하는 것입니다.

그는 이렇게 적고 있다.

그는 이 신성한 일에 대해서 아무런 보수도 받지 않았다. 그 때문에 그는 수많은 적들과 싸웠다. 적이란 '산 갤로' 일파나 모든 감독관, 어용 상인, 청부업자 등이었다. 그는 전 건축장 관이었던 안토니오 다 산 갤로가 짐짓 모른 척 눈감아 주었던 이 사람들의 부정을 밝혀냈던 것이다.

그에 대항해서 하나의 동맹이 맺어졌다. 우두머리는 미켈란젤로의 지위를 노리고 있던, 파렴치한 난니 디 밧티오 비지오였다.

미켈란젤로는 건축 일에 대해서 하나도 아는 것이 없고 돈을 낭비하며, 전임자의 일을 망치고 있다는 소문이 나돌았다. 조영관리위원회造營管理委員會도 미켈란젤로에게 부정적이어서 1551년에 교황이 직접 사회를 맡는 어마어마한 조사회가 열렸다.

감독관과 직공들은 살비아티와 텔비니 두 추기경의 지지를 받으면서 미켈란젤로에게 불리한 증언을 하였다. 미켈란젤로는 거의 변명을 하지 않았다. 의논조차 거부하고 텔비니 경에게 말했다.

"내가 하려고 생각한 일과 또 하지 않으면 안 될 일을 당신들에게 일일이 말씀드릴 의무가 내겐 없소. 당신이 할 일은 경비에 대한 감독이오. 나머지는 모두 나의 일이오."

그는 완고한 자존심으로 자기 계획을 아무에게도 말하려 하지 않았다. 이에 대해 직공이 불평을 하면 다음과 같이 말하는 것이었다.

"내 명령대로만 하면 되는 거야."

이런 태도가 원인이 되어 그는 사람들로부터 큰 미움을 받았다. 교황의 보호가 없었던들 그는 도저히 견뎌 낼 수 없었을 것이다.

교황이 죽고 텔비니 경이 새 교황이 되자 그는 로마에서 빠져 나가려고 하였다. 그러나 텔비니 경은 며칠밖에 옥좌에 앉지 못했고, 그 뒤를 이은 바오로 4세는 미켈란젤로를 감싸 주었다.

그러나 적들은 조금도 공격을 늦추지 않았다. 싸움은 더욱 비극적인 것이 되었다. 1563년, 미켈란젤로의 가장 충실한 조수였던 피에르 루이지 가에다가 도둑의 누명을 쓰고 옥에 갇혔다. 이어 공사 감독이었던 테자레가 단도에 찔려 죽었다. 미켈란젤로가 테자레 대신에 가에다를 임명하여 이에 대처하자 관리위원은 가에다를 추방하고 미켈란젤로의 적인 밧티오 비지오를 임명하였다.

미켈란젤로는 분개하여 성 베드로 대성당에 나가지 않았다. 그러자 그가 사직하였다는 소문이 퍼지고 난니는 건축장관 행세를 하며 거들먹거렸다. 이는 병으로 죽어 가고 있던 88세의 이 노인을 괴롭혀 쓰러지게 하려는 것이었다. 그러나 그는 자기의 상대를 잘 몰랐다.

미켈란젤로는 즉시 교황을 만나, 자기가 옳다는 것이 밝혀지지 않으면 로마를 떠나겠다고 하여 교황을 놀라게 했고 다시 조사회를 열 것을 요구하여 난니의 무능과 거짓을 인정하게 한 다음 그를 로마에서 추방시키도록 했다.

이것은 미켈란젤로가 죽기 4개월 전인 1563년 9월에 있었던 일이다. 이렇듯 그는 마지막 순간까지 질투나 증오와 싸워야 했다.

그러나 우리가 그를 불쌍하게 생각할 필요는 조금도 없다. 그가 전에 동생 죠반시모네에게 말했듯이 "이 따위 패거리들은 만 명이 온다 해도 혼자 힘으로 물리칠 수 있었기"[23] 때문이다.

＊

성 베드로 대성당의 대역사大役事 이외에도 여러 가지 건축에 대한 일이 그의 생애의 마지막을 차지하고 있다. 그것은 카피톨레, 성 마리아 델리 안젤리 교회, 피렌체의 라우렌치아나 계단, 피아의 문門과 특히 성 죠반니 디피오랜티니 교회 등이었다. 이 교회는 다른 여러 가지 것과 마찬가지로 좌절되어버린 그의 대계획의 마지막 것이었다. 피렌체 시민들은 로마에 자기네의 교회를 세워 달라고 그에게 의뢰하였다. 코시모 공작이 직접 나서서 이 일에 관해 미켈란젤로의 마음을 사려고 편지를 썼다.

미켈란젤로는 피렌체에 대한 깊은 사랑으로 젊은 날의 정열을 되살려서 이 일에 착수했다.

---

23) 1509년에 동생 앞으로 보낸 편지. 아버지를 학대하는 동생에 대하여 분개한 것.

"그것은 아름다움과 풍요함과 변화의 다양함에 있어서 달리 견줄 만한 성당이 없을 정도로 뛰어난 예술품이었다. 그러나 건축이 시작되어 5천 에퀴가 소비되고 나자 자금이 달려 공사가 중단되어 버렸다. 미켈란젤로는 분한 나머지 어쩔 줄을 몰랐다."

바자리는 이렇게 쓰고 있다.

그 성당은 끝내 건립되지 못했으며, 오늘날 그 모형까지도 분실되고 말았다. 이것은 예술 활동에 대한 미켈란젤로의 마지막 환멸이었다. 그러니 죽음을 앞둔 그가 어떻게 착수한 지 얼마 안 되는 성 베드로 대성당이 언젠가는 완성되어 자기 작품의 어느 것인가는 후세에 남을 것이라고 기대할 수 있었겠는가. 만일 그 자신이 자유롭게 움직일 수 있었다면 모든 작품들을 부숴 버렸을지도 모른다.

피렌체 대성당에 있는 그의 마지막 조각 〈십자가에서 내려지는 그리스도〉에 관한 이야기는 그의 마음이 얼마나 예술에서 멀리 떨어져 있었던가를 나타내 준다. 그가 조각을 계속한 것은 이미 예술에 대한 신앙에서가 아니라 그리스도에 대한 신앙에서였으며, 그의 정신과 힘이 창조의 작업을 하지 않을 수 없었기 때문이었다.

그러나 그는 작품이 완성되자 바로 부숴 버렸다.

"만일 하인인 안토니오가 그것을 달라고 하지 않았던들 완전히 부숴 버렸을 것이다."

죽음에 가까워진 미켈란젤로는 이렇게 자기 작품에 대해

무관심했다.

＊

비토리아가 죽고 나서는 그의 생활을 밝게 해줄 애정은 하나도 없었다. 사랑은 그에게서 사라졌다.

"나의 마음에는 이제 사랑의 불길은 남아 있지 않다. 커다란 불행(늙음)이 약간의 불길마저 쫓아 버린다. 나의 영혼은 날개를 잃어 버렸다."

그는 동생들과 벗들을 잃고 말았다. 그는 육친에 대한 괴로운 애정을 가장 사랑했던 동생 부오나로드의 고아가 된 아이들에게 지나칠 정도로 쏟고 있었다.

아이들은 두 명으로 체카(프란체스카)는 딸, 레오나르드는 아들이었다. 그는 체카가 수녀원에서 기숙하도록 뒷바라지를 해주며 기숙사비를 지불하고 면회도 갔다. 그리고 그녀가 결혼할 때는 자기 재산의 일부를 지참금으로 주었다.

그의 아버지가 죽을 때 아홉 살이었던 레오나르드의 교육도 그가 맡았다. 베토벤과 그 조카 사이의 편지 왕래를 생각나게 할 만큼 오랫동안에 걸친 이들의 편지 왕래는 미켈란젤로가 조카에게 얼마나 진실하게 아버지로서의 사명을 다했는가를 이야기해 준다.

미켈란젤로는 소년이 글씨를 잘못 써도 화를 냈다.

나는 이렇게 읽기 전부터 화가 나는 편지는 누구에게서도 받은 일이 없다. 너는 대체 어디에서 글씨를 배웠느냐?

천성적으로 조심성이 많은 데다 동생들과의 괴로웠던 경험으로 더욱 의심이 깊어진 그는 조카의 비굴하고 비위를 맞추는 것 같은 애정 표시에 속지 않았다. 왜냐하면 그 애정 표시는 조카가 상속받을 재산을 염두에 두고 짐짓 꾸며대는 것처럼 생각되었기 때문이다.

한번은 그가 병으로 중태에 빠졌을 때 레오나르드가 로마로 달려와서 무엇인가 석연치 않은 일을 한 것을 알고 격분하여 편지를 써 보냈다.

레오나르드! 너는 내가 아파 누워 있을 때 조반니 프란체스카의 집으로 뛰어가서 내가 유산을 남겼는지 어쨌는지를 알아보았다. 너는 피렌체에 있는 나의 돈만으로는 만족하지 못한단 말이냐? 너의 아버지는 나를 피렌체의 나의 집으로부터 쫓아냈다. 그 핏줄을 이어받았는지 너는 네 아버지와 매우 닮았구나. 나는 네가 이제 이 이상의 것을 내게서 기대하지 않도록 유서를 만들어 놓을 테니 그리 알아라. 그러니 앞으로 네가 무엇을 하든 내 알 바 아니지만 이제 다시는 내 앞에 나타나지 말아다오. 편지 따위도 절대 보내지 말도록 해라.

그러나 레오나르드는 큰아버지의 이런 격분에도 조금도 놀

라지 않았다. 왜냐하면 그 후 애정이 담긴 편지와 선물이 보내
져 왔기 때문이었다.

그 일 년 뒤 미켈란젤로가 3천 에퀴를 주겠다고 제의하자
레오나르드는 황급히 로마로 달려왔다. 미켈란젤로는 이익이
되는 일이라면 정신없이 약삭빠르게 덤벼드는 이 조카에게
완전히 정이 떨어져버렸다. 그래서 또 편지를 썼다.

너는 정신을 못 차리고 급히 로마로 왔다. 내가 가난해서 밥도
못 먹는 처지였다면 그때도 네가 그렇게 서둘러 왔을까? 네가 진
정으로 나를 생각해 준다면 "그 돈은 큰아버지가 써 주십시오" 하
고 한 번쯤은 말했을 것이 아니냐.

또 하나의 두통거리는 레오나르드의 결혼 문제였다. 큰아
버지와 조카는 이 문제로 6년 동안이나 골머리를 앓았다. 오
히려 당사자인 레오나르드는 무관심한 편이었고 미켈란젤로
는 자기가 하는 결혼이라도 되는 것처럼 열심이었다. 남녀의
나이 차이는 열 살쯤 되어야 하고 건강하고 혈통이 좋고 품행
도 좋아야 한다는 것이었다. 고르고 고르다가 미켈란젤로가
지쳐 버렸을 때쯤에야 가까스로 조카는 캇산드라 리돌피와
결혼하였다.

미켈란젤로는 기뻐하며 축하해 주고 1천 5백 두카도를 주겠
다고 약속하였다. 캇산드라에게는 진주 목걸이를 약속했다.
그러나 기쁨 속에서도 그는 조카에게 충고를 잊지 않았다.

"이런 일에 대해서는 나도 자세히는 모르나, 아내를 맞아들일 때는 우선 금전 문제를 모두 명백하게 해두어야 할 것이다. 불화의 씨는 언제나 거기서 싹트는 법이니까."

이로부터 두 달 뒤 그는 캇산드라에게 약속한 목걸이 대신 반지를 두 개 보냈다. 하나는 다이아몬드였고 또 하나는 루비였다. 캇산드라는 답례로서 셔츠 여덟 벌을 보내왔다. 미켈란젤로는 이에 대하여 다음과 같은 편지를 써 보냈다.

셔츠가 아주 좋더구나. 특히 옷감이 좋아 썩 마음에 들었다. 그러나 나 때문에 이렇게 돈을 쓰게 해서 미안하다. 나는 아무 불편이 없는데 말이다. 캇산드라에게 고맙다고 전해라. 그리고 로마의 물건이든 어디 것이든 여기서 구할 수 있는 것이면 무엇이든 보내 주겠다고 전해라. 이번에는 하찮은 것을 보냈지만 다음 번에는 그녀가 좋아할 것을 보내마. 무엇이 좋을지 알려다오.

이윽고 어린애가 태어났다. 첫아이는 미켈란젤로의 희망에 따라 부오나로드라고 이름을 지었다. 다음 아이는 미켈란젤로라고 지었으나 이 아이는 태어나자마자 이내 죽었다.

늙은 큰아버지는 1556년에 이들을 로마의 자기 집으로 불러 이들의 기쁨뿐 아니라 슬픔까지도 함께 나누었다. 그러나 자기 일에 관해서는 건강에 대해서조차 집안 사람들이 걱정하지 못하게 했다.

*

　미켈란젤로는 집안 사람들과의 관계 이외에도 유명한 사람이나 뛰어난 사람과의 교우 관계가 적지 않았다. 그는 야성적인 기질을 갖고 있긴 했지만 그렇다고 그를 베토벤과 같은 도나우 강 유역의 시골뜨기로 상상하는 것은 큰 잘못이다.

　그는 귀족이고 교양도 높고 혈통도 순수했다. 산 마르코 정원에서 대로렌초 밑에서 청년 시절을 지낼 때부터 그는 이탈리아의 대영주, 왕후, 사제, 작가, 미술가 중에서도 가장 고상한 사람들과만 교제하였다. 로마의 어느 부인은, 그도 마음이 내키기만 하면 "재기가 넘치고 태도가 우아한 귀족이 되어 유럽에서도 견줄 사람이 없을 정도였다"라고 쓰고 있다.

　그의 몇 통의 편지나 몇 가지의 이야기는 그가 마음만 먹었다면 나무랄 데 없는 궁정인宮廷人이 될 수 있었음을 나타내 주고 있다.

　그러나 그는 스스로 사교계를 멀리했던 것이다. 그가 호화로운 생활을 하려고만 들면 얼마든지 할 수 있었을 텐데 말이다.

　그는 이탈리아에 있어 천재의 화신이었다. 만년에는 르네상스의 마지막 사람으로서 지난 1세기 동안의 영광을 혼자 몸에 안고 있었다.

　그를 초인으로서 존경한 사람은 예술가들만이 아니었다. 프랑수아 1세도, 카트리느 드 메디치도 그에게 경의를 표했다. 코시모 데 메디치는 그를 원로원 의원으로 임명하고자 하여 대등한 예를 다하였다. 코시모의 아들은 추기경의 모자를 벗고 그를 맞았다. 그의 노년은 괴테나 위고처럼 영광에 싸여 있었다.

그러나 미켈란젤로는 그들과는 달리 영광도 세상도 경멸하고 있었다. 그가 교황을 섬긴 것은 어쩔 수 없기 때문이었다. 그는 도저히 피할 수 없을 때 이외에는 세상과 어울리지 않았다. 그것도 순전히 지적인 관계로서였고 자기 본성에의 접근은 허락하지 않았다.

교황도 왕후도 문학자도 미술가도 그의 생활에서는 조그만 자리밖에 차지하지 못했다. 그리고 참으로 공감할 수 있는 소수의 사람들과도 우정이 오래 지속된 경우는 드물었다.

그는 친구를 사랑하고 그들에게 관대했지만, 그의 격렬한 성격이나 자존심, 의심하는 버릇 때문에 깊이 사귄 사람들도 극단적인 적이 되어 버리는 것이었다.

어느 날 그는 아름다우나 슬픈 편지를 썼다.

은혜를 모르는 자들은 당신이 그들을 궁지에서 건져 주려고 하면, 그만한 것을 받을 만큼은 뭔가 자기들도 전에 해놓았다고 주장한다. 일거리를 주면 그 일은 자기 이외에는 아무도 못할 것이라고 말한다. 자기가 입은 은혜가 너무나 명백하여 부정할 수 없을 때는 그들은 자기에게 은혜를 베푼 사람이 무슨 일로든 실패하기를 기다린다. 그렇게 되면 감사하지 않아도 되니까. 나는 늘 그런 꼴을 보아 왔다. 그래도 무엇을 부탁하러 온 미술가에게는 누구에게나 성의를 기울여 주었다. 그러나 그들은 나의 달라진 기질을 흠잡고, 손해를 본 것은 나인데도 나를 정신병자 취급하고 헐뜯고 창피를 주었다 — 이것이 선량한 인간 모두의 운명인 것이다.

*

그의 집에는 몇 사람의 조수가 있었다. 모두 그에게 헌신적이기는 했지만 재주는 없었다. 그가 조수를 협력자로서가 아니라 마음대로 부릴 도구로 여겨 짐짓 우수한 자를 피한 것이 아닌가 하는 의심을 받았지만, 어쩌면 그것은 당연한 일이었는지도 모른다.

콘디비는 이렇게 전하고 있다.

"그가 사람을 가르치려고 하지 않았다고 비난받는 것은 잘못이다. 그는 열심히 가르쳤지만 불행하게도 그가 가르친 자들은 능력이 없거나 인내심이 약한 자들로서 몇 달 배우고 나면 자기가 상당한 인물이라고 생각하는 것이었다."

그가 절대 복종을 요구한 것은 분명한 사실이다. 그는 멋대로 하는 자에게는 무자비하였으나 충실한 제자에게는 다시없이 관대하고 친절하였다.

'일을 싫어하는' 게으름뱅이 울바노 — 그는 일을 시키면 실수를 하고 미네르바 성당의 〈그리스도〉를 망쳐 놓기도 했다 — 조차도 미켈란젤로를 "아버지처럼 그립다"고 말했던 것이다.

조반니 쳇바레로는 그를 떠나서 안드레아 도리아에게 고용

되었으나 곧 후회하며 다시 돌아오고 싶다고 간청했다.

불쌍한 안토니오 미니의 이야기는 미켈란젤로가 제자들에 대하여 관대했음을 보여주는 좋은 예이다. 어떠한 사정으로 프랑스에 가게 된 이 제자에게 그는 놀라운 선물을 안겨주었다. 자기가 가지고 있던 데생과 밑그림 모두, 유화 〈레다〉, 이 그림을 위하여 만든 초와 찰흙틀 전부를 주었다. 이러한 재산을 안토니오는 프랑스 국왕 프랑수아 1세에게 보여줄 심산이었다. 그런데 친구의 배신으로 안토니오는 그림을 팔아 치우고 낯선 이국 땅에서 오갈 데 없이 되어 슬픔에 지친 나머지 죽고 말았다.

그러나 미켈란젤로가 가장 사랑했던 제자는 흔히 울비노라고 불리던 프란체스코 다마들레였다. 그는 1503년부터 미켈란젤로 밑에서 율리우스 2세 묘의 일을 도왔다. 미켈란젤로는 자기가 죽은 뒤 그가 어떻게 될까를 걱정했다.

"내가 죽으면 너는 어떻게 지내겠느냐?"

"다른 사람 아래서 일하겠습니다."

울비노는 이렇게 대답했다.

"그거 딱한 일이군. 너의 가난을 내가 해결해 주어야겠다."

미켈란젤로는 이렇게 말했다. 그리고 그에게 한꺼번에 2천 에퀴나 되는 돈을 주었다. 이것은 교황이나 황제가 아니면 할 수 없는 선물이었다.

그러나 먼저 죽은 것은 울비노였다. 미켈란젤로의 슬픔은 너무나 컸다. 조카나 바자리에게 보낸 편지에 보면 그는, "너

무나 슬프고 마음이 아파 그와 같이 죽었으면 좋겠네” 하고
그 슬픔을 호소하고 있다.

걱정이 되어 레오나르드와 캇산드라가 달려와 보니 그는
슬픔에 지쳐 몸져 누워 있었다. 그러다가 이윽고 그는 울비노
의 아이들을 돌보아주는 것으로 새로운 힘을 얻었다. 그 중 하
나는 그가 이름을 지어 준 미켈란젤로라는 아이였다.

*

그 밖에도 그에게는 묘한 친구들이 있었다. 사회에 반항하
는 격렬한 성격의 반동으로 단순하고 엉뚱한 일을 하는 유별
난 사람들을 그는 좋아했던 것이다.

그 중 하나가 캇라라의 석공 드폴리노다. 드폴리노는 자기
를 뛰어난 조각가라고 생각하고 대리석을 배에 실어 로마로
보낼 때마다 어김없이 자기가 조각한 작은 조상彫像 3, 4개를
보내 미켈란젤로로 하여금 배를 움켜 잡고 웃도록 만들었던
것이다.

바르다노에 사는 화가 마니겔라는 가끔 미켈란젤로를 찾아
와서 성 로크나 성 안토니오 상을 그려 달래 가지고 그 위에다
자기가 색칠을 해서 농부들에게 팔곤 했다. 국왕조차도 미켈
란젤로의 작품은 소품 하나 쉽게 손에 넣을 수가 없었다. 그러
나 마니겔라가 찾아오면 그는 다른 일은 뒤로 미루고 그의 주
문대로 그림을 그려 주는 것이었다.

그에게 그려 준 그림은 헤아릴 수 없이 많았다. 그 중에는
〈십자가의 그리스도〉라는 걸작도 있었다.

율리우스 2세 묘에서 일하던 로마의 한 직공은 자기도 모르
는 사이에 자기가 대조각가가 되었다고 믿게 되었다. 미켈란
젤로의 지시대로 끌을 움직이다 보니 대리석 덩이에서 입이
딱 벌어지게 아름다운 모습이 나타났던 것이다.

남을 잘 웃기면서도 얌전했던 줄리아노 브지알디니의 이야
기도 전해진다. 줄리아노는 태어나면서부터 선량하고 악의도
질투심도 없었다. 그래서 미켈란젤로의 마음에 여간 든 것이
아니었다. 그의 결점은 다만 자기 작품을 너무 사랑한다는 것
이었다. 그러나 아무것에도 만족할 수 없었던 미켈란젤로는
이렇게 생각했다.

"그래서 행복한 것이리라."

어느 날 미켈란젤로의 초상을 그려 달라는 의뢰를 받은 줄
리아노는 자신감이 넘쳐서 일에 착수하였다. 두 시간쯤 지나
자 그는 이렇게 말했다.

"미켈란젤로님, 지금 오셔서 좀 보아 주십시오. 얼굴의 특
징은 완전히 잡혔습니다."

미켈란젤로는 초상을 보면서 말했다.

"대단한 그림이군. 한쪽 눈이 관자놀이를 파고들어 갔는데.
잘 좀 보게."

이 말에 줄리아노는 분개하였다. 그리고 초상과 모델을 몇
번이고 비교해 보았다.

“그렇게 생각되지 않는데요. 눈은 제가 그린 대로예요.”

모든 것을 빤히 알고 있던 미켈란젤로는 웃으면서 대답했다.

“그렇다면 실물이 잘못된 거야. 계속해서 그려요. 염려말고 특징을 잡아내요.”

다른 사람들에게는 잘 보이지 않던 이런 관용을 미켈란젤로는 줄리아노처럼 평범한 사람들에게는 아끼지 않았다. 아마도 엉뚱한 사람들을 놀려 주고 싶은 장난스런 기분과 함께 일면 측은하게 여기는 연민의 감정이 작용했던 탓이리라.

혹은 그런 사람들의 언동에서 자기의 광기 어린 언행을 반성하고 있었는지도 모른다. 아무튼 거기에는 우울하면서도 장난스런 비꼼이 다분히 들어 있었던 것이다.

3. 고 독

이리하여 그는 이 평범한 인간들과 함께, 또 자기가 치는 닭이나 고양이와 함께 홀로 지내고 있었다. 그는 참으로 외로웠으며 그 외로움은 날이 갈수록 더욱더 깊어만 갔다.

나는 늘 혼자다. 아무와도 이야기하지 않는다.

그는 1548년에 조카에게 이렇게 써 보냈다.

그는 인간 사회에서 떠나 있었을 뿐 아니라 인간의 관심사에서도 떠나 있었다. 공화주의에 대한 열정도 사라져 갔다. 그 열정이 뇌우와도 같은 마지막 힘을 발휘한 것은 1544년과 1546년에 공화주의자로서 추방되고 중병에 걸려 스트롯치 가에서 병간호를 받던 때였다.

미켈란젤로는 병이 회복되자 리용에 망명하고 있던 로베르트 스트롯치에게 부탁하여 프랑스 국왕에게 그와의 약속을 상기시키려고 했다. 그리고 프랑수아 1세가 피렌체에 자유를 준다면 자기 부담으로 정부 청사 앞 광장에 기마동상을 세워 드리겠다는 말을 덧붙였다.

1546년 그는 신세를 진 보답으로 스트롯치에게 2개의 〈포로〉 상을 선물했다. 스트롯치는 그것을 프랑수아 1세에게 바쳤다. 그러나 이것은 정치적 열정의 순간적인 발작에 지나지 않았다.

1545년 쟈놋티와의 대화에서 그는 전쟁의 무익함과 악에 대한 무저항을 주장하는 톨스토이의 사상과 거의 같은 말을 했다.

"살인은 지나친 행위다. 결과가 좋을지 나쁠지는 아무도 알 수 없다. 그러므로 살인부터 시작하지 않으면 좋은 결과를 얻을 수 없다고 생각하는 무리는 용서받을 길이 없다. 시대는 달라지고 새로운 일들이 꼬리를 물고 일어났으며 그에 따라 욕망도 변해서 사람들은 애초에 바라던 것에 지쳐 버리고 만다. 그리고 결국 생각지도 못했던 결과가 생겨나게 마련이다."

전에는 폭군을 살해하는 것을 변호하던 미켈란젤로가 이제는 직접 행동으로써 사회를 바꾸려는 혁명가들을 나무라고 있었다. 그리고 자기도 그 중 한 사람이었던 것을 인정하고 스스로를 무섭게 비난하는 것이었다.

마치 햄릿처럼 그는 이제 자신의 생각과 증오와 신념의 일체를 의심하고, 행동하는 것으로부터 등을 돌리고 있었다. 그는 이제 미워하지 않게 되고 미워할 수 없게 되었다. 그러나 이미 때는 늦어버린 것이다.

나는 기다리다가 지쳐버렸다. 바라던 것에 이르기에도 너무 늦었다. 이제 너도 알아야 한다. 명예롭고 마음이 넓은 자는 남을 용서하고, 욕된 일을 당해도 그를 사랑으로 대해야 한다는 것을.

*

그는 트라야누스 광장 옆의 조그마한 뜰이 있는 집에서 살았다. 하인과 하녀가 한 사람씩 있었고, 가축도 있었다. 그에게는 하인 복이 없었다. "모두 게으르고 불결했다"고 바자리가 전하고 있다.

그는 계속 하인을 바꾸면서 투덜거렸다. 그도 베토벤처럼 곧잘 하인과 싸웠던 모양이다.

그의 《비망록》에는 베토벤의 《대화수첩》에서와 같이 집안의 자질구레한 일들이 상세하게 적혀 있다.

"아아, 그런 하녀를 집에 두었다니!"

1506년 하녀 지로라마를 내보내고 나서 적은 말이다. 그의 방은 무덤 같이 음산했다. 거미줄이 줄줄이 늘어지고 계단 한가운데는 관을 짊어진 사신死神이 그려져 있었다.

그는 가난뱅이 같은 생활을 하고 식사도 제대로 취하지 않았다. 그리고 잠이 안 오면 밤중에도 끌을 잡고 일을 하였다. 나이가 들면서 더욱 고독해진 그는 로마가 모두 잠든 한밤중에 곧잘 일 속으로 도피하곤 하였다.

정적은 은혜이고 밤은 친근한 벗이었다. 어느 날 밤, 바자리가 찾아가 보니 그는 아무도 없는 집 안에서 혼자 비장하게 자기의 〈피에타〉와 마주 앉아 명상에 잠겨 있었다.

미켈란젤로는 등불을 들고 문간까지 나왔지만 바자리가 조각을 들여다보려고 하니까 등불을 떨어뜨려 불을 꺼 버렸다. 그러고는 노스승은 바자리에게 말했다.

“나는 이제 늙을 대로 늙었다. 사신이 자꾸 나타나 내 다리를 잡아당긴다. 나의 몸도 이내 이 등불 같이 떨어지고, 나의 생명의 불도 곧 꺼지겠지.”

죽음에 대한 생각이 날이 갈수록 더욱 어둡게 그를 짓눌렀다. 이제는 죽음이 그의 유일한 행복처럼 생각되었다.

그는 시에서, 오래 사는 자는 영혼에게 괴로운 인생의 회한을 남기는 복 없는 자이고 일찍 죽는 자일수록 쉽게 천국에 들어갈 수 있다고 노래했다. 그는 조카 레오나르드가 큰아들의 탄생을 축하하자 엄하게 나무랐다.

그런 허식은 싫다. 세상이 온통 울고 있는데 웃는다는 것은 용서받을 수 없는 일이다. 갓 태어난 아이에게 그런 축하를 하는 것은 무의미한 일이다. 올바르게 살다가 죽는 날까지 그 기쁨은 싸두어야 한다.

그러다가 이듬해 조카의 둘째아들이 죽자 이 일을 축하하는 것이었다.

*

지난날 그의 격한 정열과 지적 천재가 무시하였던 자연이 만년의 그를 위로해 주었다. 1556년 알바 공이 이끄는 스페인군이 로마를 위협하였을 때, 그는 스폴레트 숲에 숨어서 그 가을의 5주 동안을 지냈다. 10월 말에 로마로 다시 불려 왔을 때 그는 바자리에게 이런 편지를 썼다.

나는 나의 반 이상을 그곳에 남겨 놓고 왔네. 왜냐하면 평화는 숲 속 이외에는 없으니까.

그리고 로마에 돌아오자 82세의 그는 도시의 허위에 대립되는 들이나 전원에서의 생활을 찬양하는 한 편의 아름다운 시를 지었다. 이것은 그의 마지막 시로서 청춘과 젊음이 넘치는 것이었다.

그러나 자연 속에서 그가 찾고 있었던 것도 예술이나 사랑에 있어서와 마찬가지로 신이었다. 그는 날이 갈수록 신에게 가까이 접근하였던 것이다. 그는 항상 신앙을 가지고 있었다. 아버지나 형제가 병에 걸리거나 죽었을 때 그의 첫째 걱정은 그들이 성사聖事를 받았는가 하는 것이었다.

그는 어떤 의약보다도 기도를 믿었다. 자기에게 좋은 일이 생기든 나쁜 일이 생기든 그것을 모두 기도에 의한 것으로 생각했다. 그의 신앙은 성인聖人이나 성모聖母숭배와는 관계가 없었다고 하는 지금까지의 의견은 옳지 못하다. 만년의 20년을 사도 베드로의 성당을 세우는 데 바쳤고, 또 죽음 때문에 결국 미완성으로 남은 성 베드로 상을 마지막 작품으로 삼은 사람을 두고 신교도라고 하는 것은 이상한 일이 아닐 수 없다.

그가 1545년과 1556년에 순례 여행을 떠나려고 했다는 것과 세례자 요한 교단에 가입되어 있었다는 것도 잊어서는 안 된다. 그리고 그도 모든 기독교도들처럼 그리스도에 의해서 살고 그리스도에 의해서 죽은 것도 사실이다.

비토리아 콜론나와의 교제 이래, 특히 그녀가 죽은 뒤부터 그의 믿음은 더욱 깊어졌던 것이다. 그의 예술은 거의 그리스도의 수난을 찬미하는 데 바쳐졌고, 동시에 그의 시는 신비주의 속으로 깊이 파고들었다. 그는 예술을 부정하고 십자가에 못박힌 그리스도의 열어 젖뜨린 품에 몸을 기댔던 것이다.

*

신앙과 고뇌가 이 불행한 노인의 마음에 피운 가장 맑은 꽃은 신과 같은 자애였다.

적들이 깍정이라고 비난한 이 사람은 일생 동안 남들이 알든 모르든 상관하지 않고 불행한 사람들을 줄곧 도와 주었다. 자기나 아버지의 하인들에게 늘 마음으로부터 우러난 애정을 쏟았을 뿐 아니라 가난한 사람들에게, 특히 자신을 부끄러워하고 있던 가난한 사람들에게 계속 은혜를 베풀었다.

또 이런 자선에 조카들도 한몫 끼게 하여 그들의 자선심을 불러일으키기도 하고, 자기 이름은 드러내지 않은 채 그들로 하여금 직접 베풀도록 하기도 했다. 자기의 자선을 남에게 알리려고 하지 않았던 것이다.

그는 '착한 일을 행하는 것처럼 보이기보다는 실행하는 쪽을 좋아했다.' 또 자상한 마음으로 늘 가난한 여자 아이들의 일을 생각하며 몰래 얼마쯤의 지참금을 주어서 결혼시키거나 수녀원으로 들어갈 수 있게 해주었다.

돈이 없어서 딸을 결혼시키지 못하거나 수녀원으로 보내지 못하는 사람들을 찾아서 알려 다오(가난하지만 남의 것을 받기를 부끄러워하는 사람들 말이다). 내가 너에게 보내는 돈을 그런 사람들에게 주려무나. 단 아무도 모르게 말이다. 그리고 너 자신에게 속지 않도록 주의해 다오.

그는 이 같은 편지를 조카에게 여러 통 보냈다.

4. 죽 음

그토록 희망해도 오지 않던 죽음이 드디어 찾아왔다. 엄격한 수도사와 같은 생활에서 만들어진 완강한 체질도 병을 피할 수는 없었다.

1544년과 1546년의 악성 열병이 완전히 낫지 않은 데다가 담석이며 통풍痛風 등의 갖가지 병들이 그를 괴롭히고 아프게 했다. 그는 슬프고도 해학적인 시로써 병에 시달리는 자기의 비참한 육신을 노래했다.

나의 목소리는 뼈와 가죽 부대 속에 갇힌 꿀벌과 같도다

이는 악기의 건반처럼 흔들리고……

얼굴은 허수아비……

귀울음은 그치지 않고

한쪽 귀에서는 거미가 줄을 치고

다른 귀에서는 귀뚜라미가 밤새 노래 부른다

카타르는 씩씩거리며 잠을 방해한다

이것이 나에게 영광을 준 예술이 이끌어 온 결말이다

가난하고 늙어빠진 몸은 지칠 대로 지쳐

나는 죽음이 어서 구원하러 오기를 기다리고 있다

피로는 나를 부수어 갈기갈기 찢어 놓는다

나를 기다리는 안식처는 죽음뿐이다

그는 1555년 6월에 바자리에게 편지를 보냈다.

친애하는 조르지오, 글씨로도 알 수 있겠지만 나는 드디어 인생의 막바지에 이르렀네.

1560년 봄에 바자리가 찾아왔을 때 그는 완전히 쇠약해져 있었다. 거의 외출도 하지 않고 잠도 제대로 잘 수 없는 상태였다. 모든 것이 그의 생명도 이젠 얼마 남지 않았다는 것을 암시해 주고 있었다.

그러나 그의 명석한 정신과 정력은 조금도 쇠약해져 있지 않았다. 그는 예술에 관해서 바자리와 오랫동안 이야기하였고, 일에 관한 주의를 주기 위하여 말을 타고 함께 성 베드로 대성당으로 가기도 하였다.

1561년 8월, 그는 발작을 일으켰다. 세 시간이나 맨발로 데생에 열중하다가 갑자기 경련을 일으켜 쓰러졌던 것이다. 하인 안토니오가 의식을 잃은 그를 발견했고 카발리에리와 반디니와 카르카니가 뒤이어 달려왔다. 그들이 왔을 때 미켈란젤로는 정신을 되찾고 있었다.

며칠 뒤 그는 또 말을 타고 외출하기 시작하였다. 피아 문門의 설계에 착수했던 것이다. 이토록 성격이 철두철미한 노인은 어떤 이유에서든 남의 신세를 지지 않으려고 하였다.

친구들은 그가 언제 또다시 발작을 일으킬지 알 수 없는 데다 하인들이 그다지 양심적이지 못했기 때문에 걱정이 태산 같았다.

　상속인인 레오나르드는 큰아버지의 건강이 걱정되어 로마로 오려고 했으나 완강하게 거절당했다. 그래서 다시는 오겠다는 말을 꺼내지 않았다. 자기에 대한 레오나르드의 걱정을 거절하는 미켈란젤로의 격분된 편지는 죽음을 6개월 앞둔 88세 노인의 놀라운 활력을 보여주고 있었다.

　레오나르드만이 재산 상속을 걱정하고 있었던 것은 아니었다. 이탈리아 전체가 미켈란젤로의 재산 상속인이었다. 특히 토스카나 공과 교황은 산 로렌초 성당과 성 베드로 대성당의 건축에 관한 데생이나 설계도 전부를 손에 넣으려 하고 있었다.

　1563년 6월, 미켈란젤로의 몸이 쇠약해지자 코시모 공은 바자리의 충고를 받아들여, 교황 모르게 미켈란젤로의 하인이나 그의 집을 출입하는 자들을 엄중하게 감시하도록 명령했다. 그의 전재산에 대한 목록도 만들어 그가 갑자기 죽는다 해도 그 혼란을 틈타 물건이 밖으로 새어 나가는 일이 없도록 미리 손을 쓰기도 했다. 물론 이 모두를 미켈란젤로가 눈치 채지 못하도록 했다. 이 대비는 헛되지 않았다. 때가 와 있었던 것이다.

　미켈란젤로는 여전히 일을 계속하고 있었다. 1564년 2월 12일, 그는 종일 〈피에타〉에 매달려 있었다. 14일에는 열이 높아졌다.

　이 소식을 듣고 티벨리오 카르카니가 달려왔으나 미켈란젤

로는 집에 없었다. 비가 오는데도 캄파니아로 산책을 나갔던
것이다.

돌아온 그를 보고 카르카니가 걱정되어 충고하자,

"그럼 어떻게 하란 말이냐?"

하고 미켈란젤로는 대답했다.

"몸이 아파서 어디에서고 쉴 수가 없다."

말소리도 흐릿했다. 그 눈동자와 얼굴빛을 보고 카르카니
는 매우 걱정이 되었다.

그래서 곧 레오나르드에게 편지를 써 보냈다.

지금 바로 최후가 오지는 않겠지. 그러나 그것이 멀지 않은 것
같아 매우 걱정이 된다.

같은 날 미켈란젤로는 지금까지 그의 통신을 맡아 쓰고 있
던 다니엘로 다 볼테라에게, 와서 자기 옆에 있어 달라며 사람
을 보냈다.

다니엘로는 의사 페델리코 도나티를 불렀다. 그리고 15일에
는 미켈란젤로의 명령으로 레오나르드에게 이런 편지를 썼다.

만나러 와도 좋다. 그러나 길이 나쁘니 조심해서 오너라.

또 바자리에게는 이렇게 써 보냈다.

여덟 시 조금 지나서 작별하고 올 때의 미켈란젤로는 의식도 또렷했고 기분도 가라앉아 있었습니다. 다만 마비 상태가 계속되었기 때문에 쇠약해져 있었습니다. 오늘 오후에도 3시와 4시 사이에 여느 때처럼 외출하려고 하였으나 날씨가 찬 데다가 머리도 다리도 쇠약해져 있었기 때문에 외출할 수가 없었습니다. 그는 되돌아와서 난로 옆의 긴 의자에 앉았는데, 그곳이 편하다면서 자리로 돌아가려고 하지 않았습니다.

그의 곁에는 충실한 카발리에리가 있었다. 그가 자리에 들기를 응낙한 것은 죽기 전전날이었다. 그는 친구와 하인들에게 둘러싸여 뚜렷한 의식을 가지고 유언을 하였다.

"영혼은 신에게, 육체는 대지로 보내고 그리운 피렌체로 죽어서나마 돌아가고 싶다."

그는 이렇게 희망했던 것이다. 그리하여 '무서운 폭풍우로부터 아늑한 고요 속으로' 옮겨 갔다.

그것은 2월의 어느 '금요일'[24] 오후 5시경의 일이었다. 날이 저물었다. …… '그의 생애의 마지막 날과 평화의 왕국의 첫날이 ……'

마침내 그는 휴식을 얻었다. 오랜 소원을 이루어 드디어 시간에서 벗어난 것이다. 이상이 미켈란젤로의 성스러운 고뇌의 생애이다 — "이제 시간이 흐르지 않는 영혼은 얼마나 행

---

24) 1564년 2월 18일 금요일.

복한 것이냐.”

　이 비극적 이야기의 끝에 와서 내게는 걸리는 것이 있다. 괴로움을 당하고 있는 사람들에게 의지가 될 벗을 만들어 주려고 한 것이 도리어 그들에게 괴로움을 더해 준 것은 아닐까 하는 점이 그것이다. 다른 여러 사람들이 그랬듯이 영웅의 영웅적 행위만을 드러내고 그들의 마음 속 슬픔은 베일로 가려 놓았어야 하지 않았을까?

　아니다! 진실이야말로 이야기되어야 한다!

　진실의 입김은 거칠지만 맑고 깨끗하다. 우리의 약한 마음이 거기에 잠기도록 하자.

　위대한 혼은 높은 산꼭대기와도 같다. 바람이 치고 구름이 휘감는다. 그러나 맑은 공기가 마음의 더러움을 씻어주고 구름이 걷히면 인류를 내려다볼 수 있다.

　이것이 르네상스 기의 이탈리아에 치솟았던, 고뇌의 프로필이 하늘 저편으로 사라져 가는 저 웅장한 산이다. 이 산정에서 살 수 있는 사람은 많지 않다. 그러나 일 년에 하루쯤은 그곳으로 순례를 떠나는 것도 좋을 것이다.

　그곳에서는 허파의 숨결도, 혈관의 피도 새로워질 것이다. 그 높은 곳에서 사람들은 영원을 몸 가까이 느끼고 나날의 싸움을 위하여 마음을 억세게 다져 다시 인생의 평야로 내려올 수 있을 것이다.

베토벤의 생애

머리말

올바르고 떳떳하게 행동하는 사람은 오직 그러한 사실만으로
도 능히 불행을 견디어 나갈 수 있다는 것을 나는 증명하고 싶다.

베 토 벤

— 1819년 2월 1일, 빈 시청에 보낸 편지에서

우리들 주위의 공기는 무겁다. 노회한 유럽은 탁하고 썩은
분위기 속에서 마비되고 있다. 천박한 물질주의가 사고를 억
누르고, 모든 정부와 모든 개인의 행동을 속박한다. 세계는
그 조심스럽고 비루한 이기주의에 허덕이며 질식하고 있다.
세계는 숨이 막힌다. 다시 창을 열어 자유의 대기가 흘러들게
하자. 영웅들의 숨결을 호흡하자.

삶은 벅차다. 범속한 마음가짐으로 스스로 만족하지 않는
사람들에게 삶은 나날의 고투苦鬪이다. 게다가 그것은 대부분
위대함도 행복도 없이 고독과 침묵 속에서 진행되는 투쟁이
다. 가난과 살림살이에 대한 모진 근심과 소용없는 힘만 헛되
이 쓰는, 진력나고 부질없는 일에 시달린 채 절망 속에서 일말

의 환희의 빛도 없이 대다수의 사람들은 서로 고립된 채 살고 있다. 불행에 처한 자기 동포들의 손을 잡는 위안조차 하지 못하고 있다. 그들은 서로를 모른다. 그들은 오직 그 자신들의 힘에 의지하는 수밖에 없고 가장 굳센 사람일지라도 고뇌 속에 쓰러져버리는 순간이 있다. 그들은 하나의 구원을, 한 사람의 벗을 부르고 있다.

그들의 주위에 영웅적인 '벗들', 선善을 위해서 고민한 혼들을 내가 모아놓는 것은 그들을 돕기 위해서이다. 이 '탁월한 사람들의 생애'는 야심가들의 거만한 마음에 주려는 것이 아니며, 불행한 사람들에게 바쳐져 있다. 그리고 사실 따지고 보면 불행하지 않은 사람이 어디 있겠는가? 고민하는 사람들에게 거룩한 고뇌의 향유를 바치자. 투쟁 속에서는 고독하지 않다. 암흑의 세계는 성스러운 빛으로 비쳐지고 있다. 지금도 우리들 곁에서 가장 성스러운 두 줄기 불길, 정의의 불길과 자유의 불길이 빛나는 것을 본다. 그들이 비록 짙은 어둠을 불살라 버리지는 못하였을지라도 그들은 우리의 갈 길을 섬광 속에 가르쳐 주었다. 그들의 뒤를 따라 전진하자. 모든 나라, 세기에 있어서 그들처럼 외로이 흩어져 싸운 사람들의 뒤를 따라 전진하자, 시간의 장벽을 걷어치우자. 영웅들의 족속을 부활시키자.

나는 사상 또는 힘으로써 승리한 자가 아니라 오직 그 정신으로써 위대하였던 사람을 영웅이라 부른다. 그 가운데서도 가장 위대한 사람의 하나, 바로 우리가 여기 생애를 이야기하려는 사람이 말한 것처럼, '나는 선 외에는 아무것도 탁월의 표현으로 인정하지 않는다.' 인격이 위대하지 못한 곳에 위대한 인물, 위대한 예술가, 위대한 행동가는 없다. 다만 비속한 대중이 받드는 공허한 우상이 있을 따름이다. 시간이 그들을 모조리 소멸시킨다. 우리에게는 성공이 아니라, 참으로 위대함이 중요한 것이요, 위대해 보인다는 것은 문제가 되지 않는다.

우리가 그 전기를 이야기하려는 사람들의 생애는 거의 언제나 기나긴 수난의 역사였다. 비극적 운명이 그들의 넋을 육체적 그리고 정신적 고통 — 병고와 가난의 철상鐵床 — 위에 단련하고자 하였거나, 혹은 그들의 동포가 뼈아프게 겪는 참혹한 고난과 굴욕의 광경을 본 나머지 그들의 심정이 갈갈이 찢어지고 그리하여 그들의 생활이 여지없이 거칠어졌거나, 아무래도 그들은 나날이 시련의 빵을 먹은 것이다. 그들이 의지력으로 위대하였다면, 그것은 그들이 또한 불행을 통하여 위대하였던 까닭이다. 불행한 사람들이여, 너무 서러워하지 말라. 인류의 탁월한 사람들이 그대들과 더불어 있다. 그들의 용기로써 우리 자신을 북돋우자. 그리고 우리가 너무나 쇠약할 때 그들의 무릎 위에 잠시 머리를 고이고 쉬자. 그들은 우리를 위로해 줄 것이다. 그 성스러운 심령들로부터 청량한 힘과 세찬 자비의 물줄기가 용솟음친다. 그들의 작품을 묻지 않고서도, 그들의 목소리를 듣지 않고서도, 우리가 그들의 눈 속에, 그들의 생애 속에 읽을 수 있는 것은, 인생이란 고뇌 속

에서 가장 위대하고 가장 풍요하며 가장 행복할 수 있다는 것
이다.

　이 영웅적 대열의 선두에 맨 먼저 위대하고 청정한 베토벤
을 세우자. 스스로 고난 속에 있으면서 그가 바라던 바는, 자
신의 예가 모든 불행한 이에게 의지가 되며, '또 모든 불행한
이들이 한낱 자기와 같은 불행한 사람도 타고난 온갖 장애에
도 불구하고 그 인간이란 이름에 값하는 사람이 되고자 전력
을 다했다는 것을 알고 위로를 얻으라' 는 것이었다. 오랜 세
월의 초인적 분투와 노력으로써 마침내 시련을 이기고 천직
(그 자신의 말에 의하건대 가련한 인류에게 조금이라도 용기를 불어
넣어 주는 것)을 완수할 수 있게 되었을 때, 이 승리자 프로메테
우스는 신에게 애원하고 있던 어느 벗에게 '인간이여, 그대
자신을 도우라!' 고 대답했다.
　그의 이 자랑스러운 말에서 가르침을 받자. 그를 본받아 인
생과 인간에 대한 인간적 신앙을 다시 세우자.

1903년 1월

로맹 롤랑

베토벤의 생애

될수록 많은 선행을 할 것

무엇보다도 자유를 사랑할 것

그리고 비록 왕 앞에서라도

절대로 진리를 배신하지 말 것

베 토 벤

(1792년 기념첩에서)

그는 키가 땅딸막하고 목이 굵직하며 레슬링 선수 같은 뼈대를 가지고 있었다.

커다란 얼굴은 벽돌색이었는데 그나마 만년에는 병자처럼 누렇게 되었다. 툭 튀어나온 이마, 여러 방향으로 곤두선 시커먼 머리카락은 빗도 안 들어갈 것같이 뻗쳐 있어 메두사의 뱀 머리를 연상하게 했다.

그리고 그는 만나는 모든 사람의 마음을 사로잡는 이상한 힘을 가진, 불타는 듯한 눈을 가지고 있었다. 그런데 누구나 그 눈의 빛깔을 잘못 보기 일쑤였다. 가무잡잡한 비극적 얼굴에서 야성적으로 빛나며 타고 있는 그 눈은 얼핏 검은 빛으로 보였으나 실상은 그렇지 않고 회색 빛이 도는 푸른 빛이었다. 깊이 패인 조그마한 눈이었지만 정열이나 노여움에 사로잡히면 갑자기 활짝 열리고 눈동자가 움직여 마음속에 있는 생각을 드러내는 것이었다.

그는 또 우울한 눈길을 자주 하늘로 주었다.

커다란 코는 짧게 모가 난 것이 흡사 사자 코 같았다. 정교한 입을 타고났지만 아랫입술이 윗입술보다 조금 앞으로 나와 있었다. 턱뼈는 호두알도 깨물어 부술 만큼 튼튼하였다. 턱 왼편에 있는 깊은 보조개는 얼굴에 기묘한 불균형을 주고 있었다.

모쉘레스는 이렇게 말하고 있다.

"그는 인상이 좋은 듯한 미소를 띠고 이야기 사이사이에는 친절하게 사람을 격려하는 것 같은 시늉을 했다. 그러나 웃음소리는 듣기에 불쾌했고 짐짓 꾸민 듯한 데다가 거칠었으며, 그것도 이내 끊어져버리는 것이었다."

즉 그것은 기쁨을 자주 가져 보지 못한 사람의 웃음인 것이다. 그의 얼굴 표정은 늘 우울하고 '고칠 길 없이 슬픈 것'이었다.

"그의 부드러운 눈빛과 가슴을 찌를 듯한 고뇌를 보니 갑자기 울음이 복받쳐 참기가 매우 힘들었다."

1825년에 렐슈타프는 이렇게 말했다.

그로부터 일 년 뒤 브라운 폰 브라운탈은 어느 맥주홀에서 한쪽 구석 자리에 앉아 긴 파이프 담배를 피우며 눈을 감고 있는 베토벤을 보았다. 죽음이 가까워진 그에게서는 이런 모습을 자주 볼 수 있었다.

친구가 말을 걸면 그는 슬픈 미소를 지으며 호주머니에서 조그만 '대화 수첩'을 꺼냈다. 그러고는 듣지 못하는 사람들이 흔히 내는 그 날카로운 쇳소리로 이야기 내용을 써 달라고 청하는 것이었다.

길을 걷고 있을 때 갑자기 행인들을 놀라게 하던 영감의 발작이 일어나거나 피아노 앞에 앉아 있을 때 갑자기 그런 영감이 떠오르면 그의 표정은 놀랍게 변하는 것이었다. 안면 근육은 불거지고 혈관은 확장되었으며 그 거친 눈길은 평소보다 배나 무서워지고 입술은 덜덜 떨렸다. 그것은 자기가 불러낸 마귀에게 놀란 마술사와 같은 모습이었다. 마치 셰익스피어가 그린 어느 인물과도 같았다. 율리우스 베네딕트는 말했다. "리어 왕이다"라고.

루드비히 반 베토벤은 1770년 12월 16일, 쾰른 시市에서 멀지 않은 본의 어느 가난한 집의 누추한 다락방에서 태어났다. 선조[1]는 플랑드르 출신이었다. 그의 아버지는 무지한 술꾼이었으며 테너 가수였다. 어머니는 요리사의 딸로서 처음에는

---

1) 할아버지 루드비히는 가족 중에서도 가장 뛰어난 인물로, 베토벤이 가장 많이 닮은 사람이다. 스무 살쯤 되어 본에 정주하여 선거후選擧候의 악장樂長이 되었다. 베토벤의 완강한 독립심 같은 성격이나 본래 독일적이 아닌 그의 여러 성격 같은 많은 특징을 이해하려면 이 사실을 잊어서는 안 된다.

어느 하인과 결혼하였다가 남편이 먼저 세상을 떠나서 재혼하여 온 것이었다.

그는 괴로운 소년 시절을 보냈다. 모차르트와 같은 따뜻한 가정의 행복은 그에게는 없었다. 처음부터 슬프고 엄격한 싸움의 인생이었다.

아버지는 그가 음악적 재능이 있는 것을 이용하여 사람들에게 그를 신동이라고 자랑하려 했다. 그가 네 살이 되자 아버지는 그를 몇 시간이고 클라브생(오늘날의 피아노의 전신인 쳄발로) 앞에 앉혀 놓기도 하고 바이올린을 켜도록 방 안에 가두어 놓기도 하는 등 지독한 훈련을 강요했다. 조금만 더 심했더라면 그는 영원히 음악을 싫어하게 될 뻔했다. 베토벤은 무력에 의해 음악을 배우게 된 것이다.

그의 소년 시절은 물질적 고통이라든지 나날의 빵을 벌어야 하는 걱정, 너무나 일찍 가해진 공부 등으로 침울한 것이었다. 그는 열한 살에 극장 오케스트라의 일원이 되었고, 열세 살에는 극장 오르가니스트가 되었다.

1787년, 그는 사랑하는 어머니를 여의었다.

"어머니는 나에게 참으로 좋은 어머니, 사랑하기에 충분한 사람, 가장 좋은 벗이었다! 아아! 어머니라고 부를 수 있었고, 그 소리를 어머니가 들어주시던 때의 나보다 행복한 사람이 어디 있었을까?"

그의 어머니는 폐결핵으로 죽은 것이었다. 그래서 베토벤은 자기도 같은 병에 걸린 것으로 생각했다.

그는 이미 병 때문에 끊임없이 괴로워했고, 거기다가 우울증[2]이 겹쳐 있었다. 사실은 그에게는 우울증이 병보다 더 심했던 것이다. 열일곱 살엔 그는 한 가정의 가장이 되어 두 동생의 교육까지 책임지게 되었다. 주정뱅이고 집안을 이끌어 갈 능력도 없는 아버지의 은퇴를 바라지 않을 수 없다는 것은 그에게 실로 부끄러운 노릇이었다. 아버지의 연금은 아버지가 낭비하는 것을 막기 위해 아들 손에 건네졌다. 이런 슬픔은 그의 마음에 뼈아픈 상처를 남겨 놓았다.

그는 본의 어느 가정으로부터 애정 깊은 지원을 받게 되었다. 그것은 그 후 줄곧 그에게 따뜻한 마음을 주었던 브로이닝 일가였다. 어질고 착한 '로르헨', 엘레노레 폰 브로이닝은 그보다 두 살 아래의 소녀였다.

베토벤은 그녀에게 음악을 가르치고, 그녀는 그에게 시를 가르쳐 주었다. 엘레노레는 그의 소년 시절의 친구였다. 어쩌면 둘 사이에는 상당히 따뜻한 감정이 싹텄는지도 모른다. 엘레노레는 뒷날 베토벤의 친구의 한 사람인 의사 베겔러와 결혼하였다. 그리고 베토벤의 생애의 마지막 날까지 세 사람 사이에는 조용한 애정이 계속되었다.

베겔러와 엘레노레의 진심이 담긴 훌륭한 편지와 '충실한 옛친구'로부터 '친애하는 베겔러'에게 보낸 편지들이 그것을 증명하고 있다. 세 사람은 나이가 든 뒤에도 마음의 젊음을 잃

---

2) 1816년에 그는 말했다. "죽음을 받아들이는 방법을 모르는 사람은 불쌍하다. 나는 열다섯 살 때 이미 그것을 알고 있었다."

지 않았으며 그들의 애정은 더욱 감동적인 것이 되어 갔다.

베토벤의 소년 시절이 비록 비참한 것이었다 할지라도 그는 항상 자기 소년 시절에 대하여, 그리고 소년 시절을 보낸 고장에 대하여 따뜻하고 감상적인 추억을 지니고 있었다. 그는 본을 떠나서 거의 전생애를 빈에서 보내지 않을 수 없었지만, 그 경박한 대도시와 그 침울한 교외에서도 그는 결코 라인의 골짜기와 그가 "우리들의 아버지 라인"이라고 불렀던 그 당당하고도 아버지 같은 큰 강을 잊은 일이 없었다. 사실 이 강은 마치 사람처럼 살아 있어서 무수한 사상과 힘이 깃들인 하나의 거대한 혼과도 같은데, 우아하고 아름다운 본을 돌아 흐를 때만큼 아름답고 힘차고 부드러운 적은 다시 없었다. 라인 강은 이 도시의 나무 그늘과 꽃이 만발한 몇 개의 경사진 언덕 아래를 애무하는 것처럼 격렬한 힘으로 적시고 있었다.

베토벤은 이곳에서 생애의 첫 20년을 보낸 것이다. 그의 젊은 시절의 온갖 꿈이 이곳에서 형성된 것이다 — 안개에 싸인 포플라, 덤불이나 버드나무, 말없이 빠르게 흘러 가는 물 속에 뿌리를 담그고 있는 과일나무가 있는 목장이 한가하게 물 위에 떠 있었다 — 그리고 마을이나 교회당이나 묘지까지도 나른한 호기심을 가지고 물가에 웅크리고 있었다 — 한편 지평선에는 푸른 기운이 도는 '일곱 개의 봉우리'가 금방 폭풍이라도 부를 것 같은 얼굴로 하늘을 향해 뚜렷하게 내밀고 있었다. 이들 봉우리 꼭대기에는 몇 개의 옛 성의 폐허가 메마른 것 같은 기묘한 실루엣을 드러내고 있었다.

이 땅에 대해서 그의 마음은 영원한 애정을 갖고 있었다. 생애의 마지막 날까지 끝끝내 돌아갈 수 없었던 이 땅을 다시 볼 것을 꿈꾸고 있었다.

"나의 옛고향, 내가 이 세상의 빛을 처음 본 아름다운 고장, 그것은 내가 그곳을 떠날 때와 똑같이 늘 나의 눈앞에 아름답고 뚜렷하게 보인다."

*

'혁명'이 터졌다. 그것은 유럽을 휩쓸기 시작하였다. 그것은 또한 베토벤의 마음을 사로잡았다.

본 대학은 새로운 사상의 원천이었다. 1789년 5월 14일, 그는 이 대학에 청강 신청을 했다. 그리고 훗날 라인 지방 검찰관이 된 유명한 오일로규스 슈나이더 교수의 독일 문학 강의를 들었다.

바스티유 점령 소식이 본에 전해졌을 때 슈나이더는 강단 위에서 다음과 같이 시작되는 정열적인 시를 낭독하여 학생들을 열광시켰다.

전제의 쇠사슬은 끊어졌도다
…… 행복한 인민들이여 ……

이듬해 슈나이더는 혁명적 시집[3]을 출판하였다. 그 시집의 예약자 중에는 베토벤의 이름과 브로이닝 가의 이름도 있었다.

1972년에 베토벤은 본을 떠났다. 그것은 마침 전란이 본으로 밀려 들어올 때였다. 그는 독일 음악의 수도였던 빈[4]에서 살게 되었다.

빈으로 가던 도중 그는 프랑스를 향하여 진군 중이던 헤센의 군대와 마주쳤다. 그는 분명 애국적 감정에 사로잡혀 있었던 것이다. 1796년과 1797년에 그는 프라이드베르크의 호전적인 시를 작곡하였다. 그 하나는 〈출정의 노래〉였고 또 하나는 애국적 합창가 〈우리들은 위대한 독일의 인민〉이었다.

그러나 그가 혁명의 적을 노래 부르려고 한 것은 헛일이었다. '혁명'은 세계를 정복하고 베토벤을 정복하였다. 오스트리아와 프랑스의 관계는 1789년 이후 긴장 상태에 들어갔지만 베토벤은 프랑스 사람들인 프랑스 대사, 그리고 마침 빈에 도착한 지 얼마 안 되는 베르나도트 장군과 친밀한 교제를 시작하였다.

이러한 교제를 통하여 베토벤의 마음속에는 공화주의적 감정이 높아졌고, 그 뒤의 생애에 있어서의 감정의 힘찬 발전을 볼 수 있게 되었다.

---

3) 여기에 그 예를 하나 든다 — "광신을 업신여기고, 어리석은 왕권을 부수고 인류의 권리를 위해서 싸우는 것은 …… 왕의 신하들이 할 수 없는 일. 아첨보다는 죽음을, 굴종보다는 가난을 사랑하는 자유로운 정신이야말로 필요 …… 그리하여 나의 정신의 마지막 것이 아님을 아시옵소서."

4) 베토벤은 이미 1787년 봄에 빈으로 짧은 여행을 간 일이 있었다. 이때 그는 모차르트를 만났는데, 모차르트는 그에게 거의 주의를 주지 않은 것 같다. 그는 1790년 12월에 본에서 하이든과 알게 되었는데, 하이든은 그에게 몇 번인가 음악 교수를 해주었다. 베토벤은 또 알브레히츠베르거와 살리에리에게 사사師事했다.

이 시기의 베토벤을 그린 슈타인하우저의 스케치는 당시의 그를 상당히 잘 나타내고 있다. 이 초상과 뒷날의 그의 여러 초상을 비교해 보면, 그것은 게랭이 그린 보나파르트의 초상(저 야심적 정열에 시달려 무서운 표정을 지닌 초상)과 그밖의 나폴레옹 초상의 차이와 비슷하다. 이 초상의 베토벤은 나이보다 젊어 보이고, 마르고 반듯한 목은 높은 깃의 장식 속에 굳어 있으며, 긴장된 눈매를 하고 있다. 그는 자기의 가치를 알고 있었고, 자기의 힘을 믿고 있었다.

1796년, 그는 수첩에 이렇게 적었다.

"기운을 내라! 몸은 아무리 약해도 나의 재능은 승리를 얻을 것이다…… 25세다! 이제 25세가 된 것이다…… 올해야말로 내 힘을 모두 나타내야 한다."(그는 그때 빈에서 피아니스트로서 첫 연주를 했을 뿐이었다.)

폰 베른하르트 부인이나 겔린의 말에 의하면 베토벤은 매우 거만하고 태도가 거칠고 무뚝뚝한 데다가 심한 사투리로 이야기했다고 한다. 그러나 그와 가장 친한 사람들은 이 거만하고 어색한 태도 속에는 무어라고 말할 수 없는 선량함이 숨어 있는 것을 알고 있었다.

그는 베겔러에게 자기 음악회가 대성공을 거둔 것을 알리는 편지에 이렇게 써 보냈다.

가령 내가 곤란에 빠진 친구를 만났다고 하세. 내 지갑은 그를 금방 도울 수는 없네. 그러나 내가 책상과 마주 앉기만 하면 되네.

그러면 그 친구는 금방 궁지에서 벗어날 수 있단 말이네…… 이 얼마나 놀라운 일인가.

같은 편지 속에 그는 또 이렇게 썼다.

나의 예술은 가난한 사람들의 행복을 위해서 바쳐져야 할 것이네.

괴로움이 이미 그의 문을 두드리고 있었다. 그것은 그에게 붙어 살면서 물러날 줄을 몰랐다.

그는 1796년[5]에서 1800년 사이에 귀가 더욱 들리지 않게 되었다. 귀울음은 밤낮을 가리지 않고 그를 괴롭혔다. 또 그는 장腸 질환에도 시달리고 있었다. 청각은 날이 갈수록 약해져 갔다.

그는 그 사실을 여러 해 동안 가장 친한 친구에게도 고백하지 않았다. 이 병을 눈치채이지 않으려고 그는 사람들을 피했다. 이 무서운 비밀을 그는 자기 혼자의 가슴속에 묻어 두고 있었다.

---

[5] 1802년의 '유시'에서 베토벤은 6년 전부터, 즉 1796년부터 귀병이 시작되었다고 말했다. 그의 작품 연표를 보면 1796년 이전에 나온 것은 작품 제1번의 세 개의 3중주곡뿐이었다는 것을 추가해서 말해 둔다. 작품 제2번, 즉 피아노를 위한 최초의 세 소나타가 발표된 것은 1796년 3월의 일이었다. 따라서 베토벤의 거의 전작품은 그의 귀가 어두워진 뒤에 쓰여진 것이라고 할 수 있다. 급성 중이염이 치료마비로 만성이 되고 이에 따라 그의 귀는 점점 어두워져 갔으나 완전히 못 듣게 되지는 않았다. 그는 높은 소리보다는 낮은 소리를 비교적 잘 들을 수 있었다. 만년에 그는 나무막대기를 입에 물고 다른 끝을 피아노 속에 넣고 있었다. 작곡할 때는 이 방법으로 소리를 들었다.

그러나 1801년에는 더 이상 숨길 수가 없게 되었다. 그는 절망적인 기분으로 그것을 두 친구, 의사인 베겔러와 목사인 아멘다에게 이야기하였다.

나의 가장 친한 친구여, 선량하고 정다운 아멘다여…… 자네가 내 곁에 있어 주었으면 하고 나는 얼마나 자주 생각했는지 모른다네! 자네의 베토벤은 지금 매우 불행하네. 내 몸의 가장 소중한 부분, 즉 청각이 완전히 쇠약해졌단 말이네. 우리가 함께 지내던 그때부터 나는 이미 그 징후를 느끼고 있었지만, 그것을 숨겼네. 그러나 귀는 더욱 어두워져 갔네…… 나의 병이 나을 수 있을까? 물론 나는 그렇게 되기를 바라고 있네. 그러나 희망은 거의 없네. 이런 병은 가장 고치기 어려운 병인 것 같네. 나는 앞으로 얼마나 슬픈 생활을 해야 할까! 나는 내가 사랑하는 모든 사람들, 나와 친밀한 사람들을 피해야 하네! 그것도 이렇게 이기적이고 거친 세상에서 말이네! 슬픈 체념, 나는 그리로 가야 하네! 물론 나는 이런 모든 불행을 극복해 보려고도 생각하였네. 그런데 어떻게 하면 그것을 할 수 있단 말인가…….

또 베겔러에게 보낸 편지에는 이렇게 썼다.

…… 사실 나는 비참한 생활을 하고 있다고 해도 과언이 아니네. 약 2년 전부터 나는 사람들과 어울리기를 피해 왔네. “나는 귀머거리요.” 사람들에게 이렇게 말할 수가 없기 때문이네. 만일 내

가 다른 직업을 가졌다면 어떻게 해나갈 수도 있겠지만, 그러나 내 직업으로는 어떻게도 할 수 없으니 이것은 무서운 노릇이 아닐 수 없네. 내 적들이 이 사실을 아는 날이면 도대체 무어라고 말하겠는가. 더구나 그들의 수는 적지 않으니 말이네…… 나는 극장에 가서 배우들의 대사를 알아들으려면 오케스트라 석 바로 옆에 자리 잡아야 하네. 조금만 떨어져도 악기나 음성의 높은 소리가 들리지 않는단 말일세…… 낮은 소리는 가까스로 알아들을 수 있지만 높은 소리는 아무래도 알아들을 수가 없네…… 나는 자신의 존재와 조물주를 여러 번 저주했었네. 플루타크가 나를 체념으로 인도해 주었네. 가능하다면 나는 자신의 운명에 도전해 보고 싶네. 그러나 나는 자신이 신이 창조한 가장 비참한 인간이라고 느껴지는 순간이 자주 있네…… 체념! 그것은 얼마나 슬픈 피난처란 말인가! 그러나 그것이 나에게 남겨진 유일한 피난처이네.

이 비극적인 슬픔은 그 시기의 몇 개의 작품 속에 잘 나타나 있다. 〈비창悲愴 소나타〉라든지 특히 〈피아노를 위한 제3번 소나타〉의 '라르고' 속에.

이상한 일은 이 슬픔은 어느 작품에나 다 그 흔적이 새겨져 있는 것은 아니라는 사실이다. 다른 많은 작품들, 가령 유쾌한 〈현악 7중주곡七重奏曲〉이나 맑고 깨끗한 〈제1번 교향곡〉에는 젊은이다운 태평한 기분이 나타나 있다. 분명히 영혼이 고통에 익숙해지기까지는 상당한 시간이 걸리는 법이다. 영혼은 아무래도 기쁨을 필요로 하기 때문에, 기쁨을 갖지 못할 때에는 그것을 만들어 내지 않고는 못 배긴다. 그래서 현재가 너무 참혹할 때에 영혼은 과거에 산다. 과거에 있었던 행복한 나날은 사라지는 법이 없다. 그 빛은 그 날들이 가버린 뒤에도 영원히 남는 것이다.

빈에서 고독한 나날을 보내고 있던 베토벤은 자기가 태어난 고향의 회상 속으로 잠겨 들었다. 당시의 그의 사상은 그런 추억에 완전히 젖어 있다.

〈7중주곡〉 속의 '변조變調하는 안단테'의 테마는 라인 지방의 가곡이다. 〈제2번 교향곡〉 역시 라인 강이 낳은 작품이다. 자기의 몽상에 미소를 보내고 있는 젊은이의 시이다. 이 교향곡은 명랑하면서도 심각한 일면이 있는 듯한 곡이다. 거기에서는 사람을 기쁘게 해주고 싶은 마음과 남도 나를 기쁘게 해주었으면 하는 기대가 느껴진다.

그러나 어떤 악절에서는, 즉 도입부나 몇 개의 어두운 저음부의 명암 또는 환상적인 '스케르초'에서는 우리는 그 젊은이다운 표정 속에서 장차 나타날 천재의 눈길을 벅찬 감동과 함께 느끼는 것이다. 그것은 보티첼리가 그린 〈성스러운 가족〉의 어린 그리스도의 눈이다. 닥쳐올 비극을 이미 알고 있는 것 같은 어린 아이의 눈빛이다.

그의 육체적 고통에 또 다른 고뇌가 가해졌다. 베겔러는 격렬한 사랑의 열정에 사로잡히지 않은 베토벤은 한 번도 본 일이 없다고 말했다.

이런 그의 사랑은 매우 순수한 것이었던 것 같다. 정열과 쾌락 사이에는 아무 관계도 없는 법이다. 오늘날의 사람들이 이 두 가지를 혼동하는 것은 간단히 말해서 대부분의 사람들이 정열이 무엇인가를 알지 못하고, 그리고 진실한 정열은 드물다는 사실을 증명하는 것밖에 안 되는 것 같다.

베토벤은 영혼 속에 청교도적인 그 무엇을 가지고 있었다. 외설스런 담화나 생각은 그를 몸서리치게 만들었다. 그는 연애의 신성에 대해서 단호한 신념을 가지고 있었다.

모차르트가 〈돈 환(Don Juan)〉을 작곡해서 자기 재능을 남용한 것을 그는 용서하지 않았다고 한다.

그의 친구 쉰들러는 이렇게 단언하였다.

"그는 처녀 같은 수치심을 가지고 일생을 살았다. 그는 자책해야 할 일을 저지른 적이 한 번도 없었다."

그런데 이런 인간은 속거나 연애의 희생이 되게 마련이다. 그도 그랬다. 그는 열광적으로 사랑에 열중하였다가 이내 배신을 당하고 쓰디쓴 고통을 맛보았다. 그의 격렬한 성질이 감상적인 체념 속에 가라앉는 나이가 될 때까지 그는 늘 이렇게 열렬한 사랑과 오만한 반항 사이를 왔다갔다하며 살았다. 우리는 베토벤의 영감의 가장 풍족한 샘을 이 교착에서 찾아내야 한다.

1801년, 그의 정열의 대상은 줄리에타 기차르디였던 섯같다. 그는 〈월광月光〉으로 불리는 저 유명한 소나타를 바침으로써 이 여성을 불멸화하였다.

그는 베겔러에게 이렇게 써 보냈다.

나의 생활은 지금까지의 어느 때보다 따사로운 것이 되었네.
이전보다 나는 사람들과도 잘 어울리게 되었네…… 사실 이 변화
는 귀엽고 친절한 한 소녀의 덕택이라네. 그녀는 나를 사랑하고
있고 나도 그녀를 사랑하고 있네. 2년 만에 다시 행복한 순간을
가지게 된 것이네.

그는 이 행복한 시간에 대해서 가혹한 대가를 치렀다.

첫째로 이 사랑은 그에게 그의 지병의 비참함과, 사랑하는
여성과의 결혼을 불가능하게 만드는 자신의 불안정한 생활
조건을 통감하게 했다.

그런데 줄리에타는 들뜬 여성이었으며 어린애스럽고 이기
적이었다. 그녀는 베토벤을 괴롭히다가 1803년 11월 갈렌베르
크 백작과 결혼해 버렸다 — 이런 정열은 영혼을 황폐하게 만
든다. 특히 베토벤처럼 이미 병 때문에 영혼이 약해진 경우,
이런 정열은 영혼을 엉망으로 만들 위험이 있다.

이때는 그의 생애에서 그가 곧 파멸할 것처럼 보였던 가장
위험한 시기였다. 그는 절망적인 위기를 헤맸다. 한 통의 편
지가 그것을 우리에게 알려 주고 있다.

그가 동생 칼과 요한 앞으로 쓴 〈하일리겐쉬타트의 유서〉가
그것이다. 그 편지에는 '내가 죽은 뒤 읽고 그대로 실행할 것'
이란 주의가 붙어 있었다.

그 유서는 반항과 가슴을 찢는 것 같은 고통의 외침이었다.
사람들은 연민으로 가슴을 아프게 찔리는 듯한 슬픔을 느끼

지 않고는 그 외침을 들을 수 없을 것이다.

그는 그때 곧 자기 생명에 종지부를 찍으려고 생각하고 있었다. 다만 그의 굽힐 줄 모르는 도덕감[6]만이 그를 끌어 잡고 있었다. 병이 나을 수 있을까 하던 마지막 희망도 사라져 버렸다.

"나를 지탱하고 있던 저 커다란 용기도 사라져 버렸다. 오오, 신이여, 단 하루라도 좋으니 참된 기쁨의 날을 다시 한 번 보여주십시오! 벌써 오랫동안 참된 기쁨의 그 깊은 울림이 나에게는 들리지 않는 것입니다! 오오, 신이여, 나는 언제 그 진실한 기쁨과 다시 만날 수 있습니까? …… 그날은 영원히 오지 않는 것입니까? …… 아니 그것은 너무나 가혹한 일입니다!"

이것은 단말마의 신음 소리다.

그러나 베토벤은 그로부터 25년이나 더 살았다. 그의 강인한 천성은 시련 밑에 쓰러져 버릴 수가 없었다.

"오오! 내가 이 병에서 벗어날 수만 있다면 전세계를 품에 안을 텐데! 나의 청춘은, 그렇네, 나에게는 그것이 느껴지네, 지금 비로소 시작된 것이네…… 나는 얼마 전부터 정신력과

---

6) "너희들의 아이들에게 덕을 가르쳐라. 덕만이 사람을 행복하게 할 수 있다. 돈으로는 행복해질 수가 없다. 이것은 경험에 비추어 하는 소리다. 나의 비참한 생활 속에서 나를 지탱해 준 것은 바로 덕이었다. 내가 자살로써 나의 생명을 마치지 않은 것도 나의 예술과 아울러 이 덕 때문이다." 또 1810년 5월 2일, 베겔러에게 보낸 편지에도 다음과 같이 썼다. "인간은 아직 무언가 선행을 할 수 있는 동안엔 스스로 인생을 떠나면 안 된다는 말을 어디선가 읽지 않았던들 나는 벌써 오래 전부터 이 세상에 있지 않았을 것이네—물론 내 스스로의 손에 의해서."

함께 체력이 증가하고 있네. 날마다, 뭔가 뚜렷하게 정의할 수는 없지만 어렴풋이 보이는 목표를 향해서 나는 더욱 가까이 가고 있네…… 조금의 휴식도 없네! 잠자는 것 이외에는 나에겐 눈곱만큼도 휴식이란 없네. 그 잠에 전보다 많은 시간을 뺏겨야 한다는 것만 해도 나로서는 적지 않은 불행이네. 더도 말고 이 병에서 반만이라도 벗어나고 싶네. 그러면…… 아니, 이런 것은 아무래도 견딜 수 없는 일이네. 나는 운명의 목을 꽉 죄고 싶네. 운명 따위에 거꾸러지지는 않을 것이네. 오오, 인생을 천 배로 살 수 있다면 얼마나 좋을까!"

이 사랑과 괴로움, 이 의지와 자존심의 한없는 교착, 이들 내심의 비극은 1802년에 쓰여진 몇 개의 대작 속에 나타나 있다.

예를 들면 〈장송葬送 소나타〉, 〈환상풍幻想風 소나타〉, 〈월광〉, 비탄에 빠진 웅변적 독백과도 같은 극적인 레치타티보가 달린 〈제2번 소나타〉, 알렉산더 대왕에게 바쳐진 〈바이올린을 위한 C단조 소나타〉, 〈크로이체르 소나타〉, 겔러트의 시에 붙인 웅장하고 비통한 여섯 개의 종교곡 따위가 그것이다.

그런데 1803년에 쓴 〈제2번 교향곡〉은 그의 젊은 연정戀情을 더욱 짙게 반영하고 있다. 거기에서는 또 그의 의지가 결정적 승리를 거두는 것을 느낄 수 있다. 저항할 수 없는 슬픔을 깨끗이 씻어 내고 있다. 생명의 용솟음이 종곡終曲을 더욱 장엄하게 만들고 있다.

베토벤은 행복하기를 바라고 있었다. 그는 자기의 병을 고칠 수 없는 것이라 믿고 싶지 않았다. 그는 그것이 회복되기를

바라고 있었다. 그는 사랑을 바라고 있었다. 그는 희망에 넘
쳐 있었다.

*

이들 작품을 들어 보면 많은 곡이 행진의 리듬과 전투의 리
듬을 힘차게 되풀이하며 감동을 준다. 그것은 특히 〈제2번 교
향곡〉의 알레그로와 피날레 속에서 강하게 느껴지고, 알렉산
더 대왕에게 바쳐진 소나타의 놀랍고 용맹스런 제1악장 속에
서 더욱 강하게 느낄 수 있다.

이 곡들의 전투적인 성격은 그것들이 만들어진 시기를 연
상하게 한다. 혁명은 빈에까지 이르렀다. 베토벤은 그것에 흥
분되어 있었다.

기사騎士 폰 자이프리트는 다음과 같이 말했다.

"베토벤은 친한 사람들과는 정치적 사건에 관한 자기 의견
을 즐겨 말했다. 그런데 그의 판단은 보기 드물 만큼 총명했고
착안점이 명확했다."

그의 온 관심은 전적으로 혁명적인 사상의 방향으로 이끌
려 갔다. 마녀의 그를 가장 잘 알고 있었던 친구 쉰들러는 이
렇게 말했다.

"그는 공화주의적인 여러 원칙을 사랑하고 있었다. 그는 무
한한 자유와 국가적 독립의 지지자였다…… 그는 국가 정치
에 모든 인민이 협력할 수 있기를 바라고 있었다…… 그는 프

랑스를 위하여 보통 선거를 바랐고, 보나파르트가 그것을 실시해서 인류 행복의 기초를 다지리라고 기대하고 있었다.”

플루타크의 정신에 의해서 길러진 로마적인 혁명주의자였던 그는 ‘승리의 신’인 제1총통 나폴레옹에 의하여 건설될 하나의 영웅적인 공화국을 꿈꾸고 있었다.

여기서 그는 〈영웅 교향곡(보나파르트)〉[7]과 ‘영광’의 서사시 〈교향곡 C단조〉의 피날레를 계속해서 제작해 냈다. 이들은 실로 혁명주의의 첫 음악이었다.

시대의 혼은 커다란 사건이 고독하고 위대한 영혼 속에 끼치는 강도의 긴장과 순수함과 함께 되살아났던 것이다. 그 인상은 현실과의 접촉에도 결코 약해질 수 없었다. 베토벤의 모습은 이런 작품에서는 전투적 서사시의 반영으로 물들어 있다.

이런 특색은 아마 그 자신도 모르는 사이에 이 시기의 여러 작품 속에 나타나게 되었으리라. 예를 들면 폭풍이 몰아치는 〈코리올란 서곡〉이나, 그 제1악장이 〈코리올란 서곡〉과 매우 비슷한 〈제4번 현악 4중주곡〉이나, 혹은 비스마르크가 “그 곡을 자주 들을 수 있다면 나는 언제나 매우 용감해질 것이다”

---

7) 〈영웅 교향곡〉이 보나파르트에 대해서 쓰여진 곡이고, 그 최초의 초고에는 〈보나파르트〉란 제목이 붙어 있다는 것은 널리 알려진 사실이다. 후에 베토벤은 나폴레옹의 황제 취임 소식을 듣고 분개하여 “그렇다면 나폴레옹도 범속한 인간에 지나지 않는다!” 하고 외쳤다. 그리고 노한 나머지 그에게 헌정하는 말을 찢어 버리고 복수적이고 비통한 제명을 썼다. 〈한 영웅의 추억을 찬양하기 위하여 …… 영웅 교향곡〉. 쉰들러의 말에 의하면 그 후 그는 나폴레옹에 대한 경멸감을 버렸다 한다. 그는 나폴레옹을 동정할 만한 불행한 인간, 하늘에서 떨어진 이카로스로밖에 보지 않았다. 1821년에 세인트 헬레나에서의 비극적 파국의 소식을 듣자 그는 말했다. “17년 전에 나는 벌써 이 슬픈 사건에 알맞은 음악을 썼다.” 그는 자기가 이 교향곡의 장송곡 속에서 정복자의 비극적 최후를 예감했던 것을 즐겨 인정하였다.

라고 말하였다는 〈열정 소나타〉나, 〈에그몬트〉 또는 피아노 협주곡이나, 기교 자체가 영웅적인 성질을 가진 〈E^b장조 협주곡〉 속에서도 군대 행진 소리가 울려 나온다.

그러나 어찌 그것을 기이하게 여길 수 있으랴? 〈어느 영웅의 죽음을 위한 장송 행진곡〉을 쓸 때 그가 그의 곡에 가장 잘 어울리는 영웅, 보나파르트보다도 더 그의 〈영웅 교향곡〉의 이상에 가까운 영웅 옷슈 장군이 라인강 기슭에서 죽었다는 것을 몰랐다고 할지라도, 빈에 있으면서 혁명군이 승리를 거두는 것을 두 번이나 보지 않았던가.

1805년 11월, 오페라 〈피델리오〉의 초연을 들으러 온 것은 프랑스의 장교들이었다. 바스티유의 승리자 율랭 장군도 롭코비츠의 집에 머무르고 있었다. 롭코비츠는 베토벤의 친구이자 후원자였으며 〈영웅 교향곡〉과 〈제5번 교향곡〉은 그에게 바쳐진 곡이었다.

1809년 5월 10일, 나폴레옹은 센브룬에 머무르고 있었다. 얼마 가지 않아 베토벤은 프랑스의 승리자들을 미워하게 되었다. 그러나 그들의 영웅적 행동에 대해서는 변함없는 정열을 느끼고 있었다.

이런 정열을 베토벤 같이 크게 느끼지 못하는 사람은 당당한 승리와 행동을 노래한 이들 음악을 절반밖에는 이해하지 못하리라.

*

베토벤은 〈제5번 교향곡〉의 작곡을 갑자기 중도에서 그만뒀다. 그것은 언제나처럼, 초고를 하지 않고 단숨에 〈제4번 교향곡〉을 쓰기 위해서였다. 행복이 그의 앞에 나타났던 것이다.

1806년 5월에 그는 테레제 폰 브룬스빅[8]과 약혼하였다. 그녀는 오래 전부터 그를 사랑하고 있었다. 그것은 베토벤이 처음 빈에 왔을 때 소녀이던 그녀가 그에게서 피아노 교습을 받으면서부터의 일이었다.

베토벤은 그녀의 오빠 프란츠 백작의 친구였다. 1806년에 베토벤은 헝가리의 마르톤바자르에서 부룬스빅 가의 손님이 되었는데, 여기서 베토벤과 테레제는 서로 사랑하게 되었다.

행복했던 이 무렵의 추억은 테레제 폰 브룬스빅이 쓴 두세 가지의 이야기 속에 남아 있다. 그녀는 이렇게 쓰고 있다.

어느 일요일의 저녁식사 후에 베토벤은 피아노 앞에 앉아 있었다. 그는 처음에 저음으로 몇 개의 화음을 두드렸다. 그러고는 천천히 신비롭고도 장중하게 세바스찬 바흐의 노래[9]를 연주하기 시작했다.

---

8) 베토벤은 1799년, 빈에서 브룬스빅 가 사람들을 알게 되었다. 줄리에타 기차르디는 테레제의 사촌 동생이었다. 베토벤은 또 한때는 테레제의 여동생 조제핀에게도 마음이 끌렸었다. 조제핀은 다임 백작과 결혼하였고, 이어 슈타켄베르크 남작과 재혼하였다―이 여자 친구는 베토벤에게 적합한 사람이었다. 그녀의 긴 생애(1861년까지의)는 시련이 많았던 인생으로서 그 동안 그녀는 수많은 일을 해놓고 있다.

9) 이 빛나는 곡은 요한 세바스찬 바흐의 아내 안나 막달레나의 앨범 속에 있었으며 〈Aria di Giovanni〉라는 제목이 붙어 있다(1725년). 이 곡에 대해서는 바흐가 실제로 작곡한 것인가에 대해 논란이 되고 있다.

그대 마음을 나에게 주려거든
아무쪼록 비밀리에 주어라
두 사람의 마음을
아무도 모르게 하여라

…… 나의 어머니와 목사는 졸고 있었다. 오빠는 심각한 얼굴로 묵묵히 앞을 바라보고 있었다. 나는 베토벤의 노래와 눈길에 깊은 감동을 받고 생명이 내 속에서 풍요하게 넘쳐 오는 것을 느꼈다 — 이튿날 이렇게 말했다.

"나는 지금 오페라를 쓰고 있습니다. 주인공의 모습이 내 마음 속에, 아니 내가 가는 곳, 서는 곳이면 어디에고 있습니다. 나는 지금까지 이처럼 마음이 부푼 일이 없어요. 모든 것이 빛이요, 청순함이요, 광명입니다. 지금까지 나는 자갈만 주워 모을 뿐 자기가 걷는 길가에 피어 있는 아름다운 꽃은 보지 못하는 저 동화 속의 아이 같았습니다……."

내가 사랑하는 오빠 프란츠의 동의만으로 베토벤과 약혼한 것은 1806년 5월의 일이었다.

이 해에 쓰여진 〈제4번 교향곡〉은 그의 생애 중에서 가장 조용했던 나날들의 향기를 담고 있는 맑고 깨끗한 꽃이었다. 거기에서 "베토벤이 자기의 재능과 선인들로부터 물려받은 모든 음악 형식 중에서 일반에게 널리 알려지고 사랑받는 것을 될 수 있는 대로 조화시키고자 한 뒷날의 관심"을 지적할 수 있다. 사랑에서 생겨난 이런 조화의 정신은 그의 행동이나 생활 태도에도 영향을 미쳤다.

이그나츠 폰 자이프리트와 그릴파르처에 의하면 그는 원기가 왕성하고 발랄했으며 명랑하고 재기를 나타냈다고 한다. 또한 사람들과 어울려도 정중했으며 귀찮은 무리에게도 참을성있게 대하였고 차림에도 상당히 주의를 기울였다고 한다.

그리고 사람들은 그의 귀가 먹은 것을 눈치채지 못할 만큼 그에게 속고 있었다. 사람들은 그가 시력이 약해진 것 이외에는 건강하다고 이야기하고 있었다.

그 무렵 화가 메일러가 그린 로맨틱하고 맵시 있는, 좀 멋을 부린 그의 초상화도 우리에게 그런 느낌을 준다. 베토벤은 사람들의 호감을 사기를 원했고, 또 사람들이 자기를 좋아하는 것도 알고 있었다.

사자가 사랑을 한 것이다. 사자는 발톱을 숨기고 있다.

그러나 그의 이러한 즐거움의 밑바닥에도, 〈제4번 교향곡〉의 환상과 부드러움과 착함의 밑바닥에도 무서운 힘이, 변덕스런 마음이, 화 잘 내는 기질이 숨어 있음을 느낄 수 있다.

이 깊은 평화는 오래 지속되지 않았다. 그래도 사랑의 열기가 준 영향은 1810년까지 계속되었다. 그 무렵 그의 천재로부터 가장 완전한 열매를 따게 한 자기 통제는 이 연애의 덕이었음에 틀림없다.

가령 저 고전적 비극이라고 할 만한 〈제5번 교향곡〉이나 여름 한나절의 눈부신 꿈인 〈전원 교향곡〉은 거기서 태어났던 것이다. 한편 셰익스피어의 〈템페스트〉에서 영감을 얻어 만들었고, 그 자신도 자기 소나타 중에서 가장 기운찬 곡으로 보았던 〈열정 소나타〉는 1807년에 발표되어 테레제의 오빠에게 바쳐졌다.

테레제 자신에게는 몽상적이고 색다른 소나타, 작품 제78번을 바쳤다. '불멸의 연인' 앞으로 부친, 날짜 없는 그의 편지는 〈열정 소나타〉에 못지 않게 그의 격렬한 애정을 나타내고 있다.

나의 천사여, 나의 전부이며 내 자신인 그대여, …… 나의 마음은 당신에게 말하고 싶은 너무나 많은 일로 가득 차 있소…… 일요일까지는 당신이 나의 첫 편지를 받아 보지 못하리라 생각하니 나는 울고만 싶소.

나는 당신을 사랑하고 있소. 당신이 나를 사랑하듯이, 아니 그보다 더욱더 많이…… 아아! 이것이 무슨 생활이오, 당신이 없는 이 생활이! 이렇게 가까우면서도 이렇게 멀게 느껴지는 당신 — 나의 생각은 당신 곁으로만 달려가오. 나의 영원한 사람이여, 나의 마음은 가끔 명랑해지기도 하나 이내 슬퍼져서 운명에게 물어본다오. 우리의 소원을 들어줄 수 있는지를 묻는 것이오.

나는 당신과 함께 살든지, 그렇지 않으면 살기를 그만두든지 둘 중의 하나를 택할 것이오…… 결코 당신 이외의 어떤 여성이 내 마음을 차지하는 일은 없을 것이오. 절대로! 그야말로 절대로 없을 것이오! 오오! 서로 사랑하면서 왜 떨어져 있어야 하는 것일까요? 더욱이 나의 생활은 지금도 그렇소만, 슬픔의 생활이오.

　당신의 사랑은 나를 모든 사람 중에서 가장 행복한 사람으로 만들었소만, 동시에 가장 불행한 사람으로 만들었소 ─ 안심하시오 …… 안심하시오 ─ 나를 사랑해 주시오! 오늘도 ─ 어제도 ─ 얼마나 뜨겁게 당신을 동경하고, 얼마나 당신을 그리워하며 눈물을 흘렸던가! 사랑하는 사람이여 ─ 그대여 ─ 나의 목숨이여 ─ 나의 전부여 ─ 그럼 안녕! 오오! 언제까지나 나를 사랑해 주시오! 당신의 사랑하는 L의 마음을 결코 잊지 말아 주시오 ─ 이 마음은 영원히 당신의 것입니다 ─ 영원히 나의 것입니다 ─ 영원히 우리의 것입니다.

　어떤 알 수 없는 원인이 이 사랑하는 두 사람의 행복을 방해한 것일까? 아마 베토벤에게 재산이 없다는 것과 두 사람의 신분이 다르다는 것이었는지도 모른다.

　혹은 베토벤이 언제까지나 기다려야 하는 일에 초조해지고, 사랑을 비밀로 간직해야 했던 굴욕에 방황했기 때문이었는지도 모른다.

　아마 고집쟁이이고 병자이고 인간 혐오가인 그가 사랑하는 그녀를 마음에도 없이 괴롭힌 끝에 자기도 절망하여 버렸는지도 모른다. 어쨌든 약혼은 깨졌다. 그러나 두 사람은 결코 서로의 애정을 잊을 수가 없었던 것 같다.

　테레제 폰 브룬스빅은 그녀 생애의 마지막 날까지(그녀는 1861년까지 살았다) 베토벤을 사랑하였다. 그리고 베토벤도

1816년에 다음과 같이 말했다.

"그녀를 생각하면 나의 심장은 그녀를 처음 만났을 때 같이 뛴다."

이 해에 '멀리 있는 연인에게' 바치는 여섯 편의 가곡이 작곡되었다. 참으로 감동적이고 깊이 있는 곡들이다.

그는 수첩에 이렇게 적고 있다.

"이 눈부신 자연을 보고 나의 마음은 부푼다. 그러나 그 사람은 내 곁에 없다!"

테레제는 베토벤에게 자기 초상을 보냈다. 그 헌사로 이렇게 쓰여 있었다.

"세상에 보기 드문 천재에게, 위대한 예술가에게, 선량한 분에게 — T. B."

만년에 한 친구가 그를 방문했을 때 그는 혼자 방에서 테레제의 초상에 입을 맞추며 울고 있었다. 그리고 언제나처럼 큰 소리로 이렇게 말했다.

"그대는 정말 아름답고 훌륭하고 마치 천사 같았지!"

친구는 그대로 살며시 나왔다가 조금 뒤에 다시 가보니까 그는 피아노 앞에 앉아 있었다.

그래서 친구는 그에게 말했다.

"여어, 이 사람, 오늘은 자네 얼굴에서 악마가 물러났군."

그러자 베토벤은 대답했다.

"나의 사랑스런 천사가 찾아온 것이라네."

마음의 상처는 깊었다. 그는 자기 자신에게 말했다.

"가엾은 베토벤, 이 세상에는 너를 위한 행복은 하나도 없다. 오로지 이상의 세계에서만 너는 친구를 찾을 수 있을 것이다."

그는 수첩에 이렇게 쓰고 있다.

"복종한다는 것, 너의 운명에 복종한다는 것. 너는 이미 너 자신을 위해서 존재할 수 없다. 다만 남을 위해 존재하는 것이다. 너에게는 너의 예술 속에 있는 행복, 그 이상의 행복은 없다. 오오, 신이여, 나에게 자신을 이길 힘을 주십시오!"

*

이렇게 그는 사랑에 버림받았다. 1810년, 그는 다시 고독 속에서 몸부림치고 있었다. 그러나 그에게는 영광이, 또한 스스로의 재능에 대한 자각이 찾아왔다. 그는 활동의 절정기에 이른 것이다.

벌써 아무것에도 구애되지 않았다. 세상에도, 관습에도, 남의 비판에도 마음 쓸 것 없이, 외고집이고 야성적인 기분이 내키는 대로 행동했다.

무엇을 무서워하고 꺼릴 필요가 있었으랴? 이미 사랑도 야심도 없는 것이다. 지금 그에게 남아 있는 것이라곤 그의 힘뿐이었다. 자기 힘을 느끼는 기쁨과 그것을 사용하는, 거의 남용하고 싶은 욕구뿐이었다.

"힘, 이것만이 나를 대중 속에서 뛰어나게 하는 도덕이다!"

그의 옷차림은 다시 멋대로 되었다. 거리낄 줄 모르는 거동은 전보다도 더 대담해졌다. 아무리 훌륭한 사람 앞에서도 그는 무슨 말이라도 할 수 있는 권리가 있다는 것을 알고 있었다.

"나는 마음의 선량함 이외에는 사람의 우월성을 인정하지 않는다."

그는 1812년 7월 17일에 이렇게 쓰고 있다.[10]

이 무렵 그와 만난 베티나 브렌타노는 말했다.

"어떤 황제도, 왕도 베토벤만큼 자기 힘을 자각한 자는 없다."

그녀는 그의 힘에 매혹되어버렸다. 그래서 그녀는 괴테에게 보내는 편지에 이렇게 썼다.

처음 베토벤을 만났을 때 나에게서 전세계가 사라져 버렸습니다. 베토벤이 나로 하여금 세계를 잊어버리게 한 것입니다. 오오, 괴테여, 당신 자신까지도…… 이분은 현대 문명보다 훨씬 앞선 사람이라고 단정해도 나는 결코 내가 그릇되었다고는 생각지 않습니다.

괴테는 베토벤을 잘 이해하려고 노력했다. 두 사람은 1812년에 보헤미아의 온천장 테플리츠에서 만났다. 그러나 서로 이해할 수 없었다.

---

10) "마음이야말로 모든 위대한 것을 일으키는 지렛대다."

베토벤은 괴테[11]의 천재를 열렬하게 존경하고 있었다. 그러나 그의 성격은 너무나 자유롭고 거칠었기 때문에 괴테의 성격과는 맞지 않아서 그의 기분을 상하게 하였다.

베토벤은 두 사람이 함께 산책을 나갔을 때의 일을 말했다. 그때 이 오만한 공화주의자는 바이마르 대공大公의 추밀 고문관樞密顧問官인 괴테를 향하여 인간의 존엄성에 관해서 훈계를 하였던 것이다. 이러한 그를 괴테는 결코 용서할 수 없었다.

임금이나 제후들은 교수나 추밀 고문관은 만들어 낼 수 있습니다. 그리고 그들에게 지위와 훈장을 얼마든지 줄 수 있습니다. 그러나 위대한 인간, 대중 위에 높게 솟아난 정신을 만들 수는 없습니다. 나와 괴테와 같은 두 사람이 함께 있으면 훌륭한 사람들도 우리의 위대함을 느낄 것임에 틀림없습니다.

어제 우리는 돌아가는 길에서 대공의 일가와 마주쳤습니다. 우리는 멀리서 그들의 모습을 쉽게 알아볼 수 있었습니다. 괴테는 나의 팔을 빠져 나가 길 옆에 몸을 붙이고 섰습니다. 내가 뭐라고

---

11) "괴테의 시는 나를 행복하게 해줍니다" 하고 그는 1811년에 베티나 폰 브렌타노에게 보낸 편지에 썼다. 베토벤이 대단한 교육을 받지 못했음에도 불구하고 문학에 대한 취미가 매우 확실했던 것은 주목할 만한 사실이다. "항상 위대하고 당당해서 D장조처럼 생각된다"고 한 괴테 이외에도 그는 괴테 이상으로 호메로스, 플루타크, 셰익스피어, 이 세 사람을 좋아했다. 호메로스의 작품으로는 《오딧세이아》를 애독했다. 셰익스피어는 늘 독일어 판으로 읽고 있었다. 그가 〈코리올란 서곡〉과 〈템페스트〉를 얼마나 비극적이고 위대한 음악으로 옮겨 놓았는가 하는 것은 잘 알려진 사실이다. 그는 또 프랑스 혁명 시대 사람들과 마찬가지로 플루타크의 작품에서 그의 사상을 배웠다. 브루투스는 미켈란젤로에게 있어서와 마찬가지로 베토벤에게 있어서도 영웅이었다. 그는 자신의 방에 이 폭군 살해자의 조그만 상像을 놓아 두었었다. 그는 또 플라톤도 사랑하여 플라톤의 이상인 그 공화국을 전세계에 수립하고 싶다고 꿈꾸었다. 그는 "소크라테스와 예수는 나의 모범이다"라고도 말하였다.

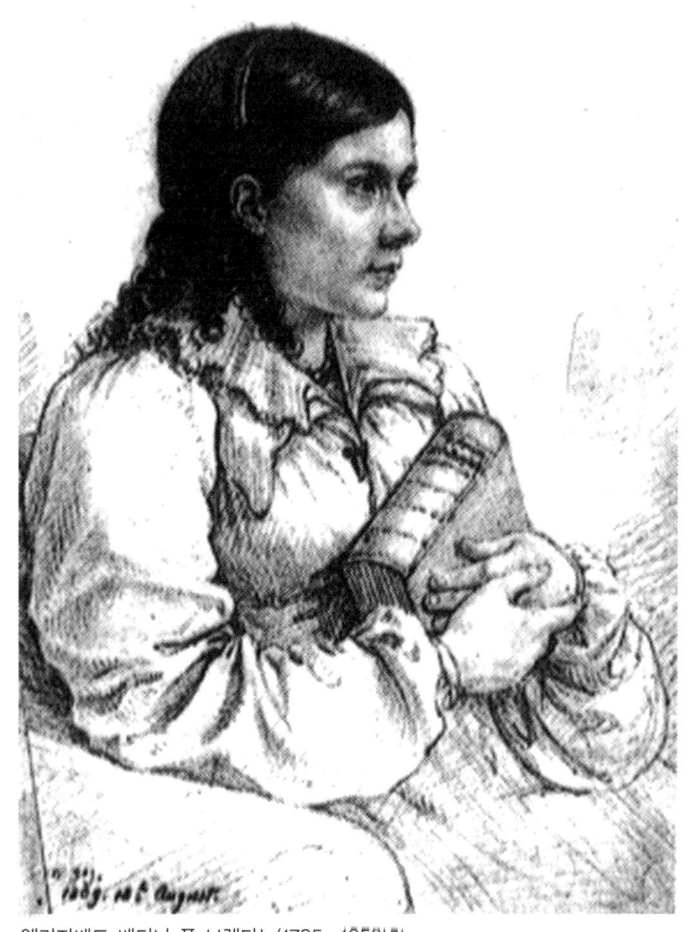

엘리자베트 베티나 폰 브렌타노(1785~1859년)

해도 그는 한 걸음도 앞으로 나가지 않는 것이었습니다.

그래서 나는 모자를 푹 눌러 쓰고 프록코트의 단추를 채운 뒤

뒷짐을 지고 붐비는 인파 속으로 뚫고 들어갔습니다. 제후들과 신

하들은 줄을 지어 늘어섰습니다. 루돌프 공은 나를 보자 모자를 벗어들었고, 공비公妃께서도 나보다 먼저 인사를 하셨습니다 — 이 훌륭한 분들은 내가 누군가를 잘 알고 있었습니다.

일행이 괴테 앞을 지날 때 나는 웃음이 나왔습니다. 그는 모자를 손에 들고 길옆에 서서 공손하게 허리를 굽히고 있는 것이었습니다. 나는 뒤에 괴테를 크게 비난했습니다. 나는 그것을 결코 보아 넘길 수 없었습니다…….

괴테 역시 이 일을 결코 잊을 수가 없었다.[12]

이 시기에 만들어진 것이 〈제7번 교향곡〉과 〈제8번 교향곡〉이다. 이 두 곡은 1812년에 테플리츠에서 몇 달 동안에 쓰여졌다. 전자는 리듬의 대향연이고 후자는 해학을 담은 교향곡이었다. 이 두 작품은 그의 모습이 아마 가장 자연스럽게, 그의 말을 빌린다면 온통 '단추를 풀고' 나타난 작품이다.

거기에는 괴테와 젤터에게 무서움을 준, 정신없이 터지는 쾌활과 열광이 있고 엉뚱한 대조가 있으며, 사람을 당황하게 만드는 대규모의 기지가 있고 거인적인 폭발이 있다. 그래서

---

12) 괴테는 젤터에게 말했다. "베토벤은 불행하게도 자제심이 없는 성격의 사람이다. 그가 이 세상을 좋게 보지 않는 것은 틀린 일은 아니다. 그러나 그 생각이 그 자신이나 타인을 위해서 세상을 살기 좋게 해줄 수는 없다. 하긴 그는 귀머거리다. 우리는 그를 용서하고 동정해 주어야 한다." 그 뒤 괴테는 베토벤에게 반대하는 일도 찬성하는 일도 전혀 없었다. 그의 작품이나 그의 이름에 대해서 완전히 침묵을 지켰던 것이다. 그는, 마음속으로는 베토벤의 음악에 탄복하고 있었지만 한편 무서워하고 있었다. 그 음악이 자기가 많은 고뇌 끝에 가까스로 얻은 마음의 평안을 흔들어 놓았기 때문이었다. 그 평안을 베토벤의 음악에 의해서 잃어버리는 것을 그는 두려워했던 것이다.

북독일에서는 〈제7번 교향곡〉은 주정꾼의 작품이라고 했다
— 아닌게 아니라 주정꾼의 작품임에 틀림없다. 그러나 그것
은 자기의 힘과 천재에 취해 있는 인간의 작품이다.

그는 자기 자신에게도 말했다.

"나는 인류를 위하여 맛좋은 술을 만들어 내는 바커스다.
인간에게 정신의 숭고한 열광을 주는 것은 나다."

바그너가 말했듯이 베토벤이 〈제7번 교향곡〉의 피날레에
디오니소스의 축제[13]를 그리려 했는지 어쩐지 나로서는 알 수
가 없다. 나는 이 열광적인 축제 속에 특히 플랑드르 혈통으로
서의 그의 핏줄의 특징을 인정한다. 그와 동시에 규율과 복종
의 나라에서 실로 놀라운 부조화를 나타내는 그의 대담하리
만큼 자유로운 말과 태도에서도 그의 핏줄을 엿볼 수 있는 것
이다.

이 〈제7번 교향곡〉만큼 솔직하고 자유로운 힘이 나타나 있
는 작품은 없다. 그것은 초인적인 정력의 남용, 목적도 없이
단순히 즐기기 위한 엄청난 낭비이며 기슭을 넘어서 범람하
는 대하大河의 즐거움이다.

〈제8번 교향곡〉은 힘에서는 그렇게 웅대하지 않다. 그러나

---

13) 어쨌든 그것은 베토벤이 생각하고 있었던 주제의 하나이기는 했다. 특히 〈제10번 교
  향곡〉의 초안 중에 그것이 발견되었다.

14) 베토벤은 1811년과 1812년, 테플리츠에서 베를린의 젊은 여가수 아말리에 제발트와
  매우 애정 깊은 우정을 맺었다. 이 사실은 아마 당시의 그의 작품에 가끔 영감을 주었
  으리라. 같은 무렵 지금도 누군지 밝혀 내지 못한 어느 여성과의 열렬한 사랑이 있었
  다. 그것은 희망 없는, 병든 노인이 된 베토벤의 마음에는 괴로운 마지막 사랑의 불길
  이었다.

한층 더 기묘한 작품이고 그의 인간으로서의 특징을 더욱 잘 나타내고 있다. 즉 비극과 희극이 뒤섞이고 아이들의 변덕과 놀이에 헤라클레스와 같은 억센 힘이 혼합되어 있다.[14]

1814년은 베토벤의 인생의 절정기였다. 빈 회의에서 그는 유럽의 한 영광으로서 대우를 받았다. 그는 축제에 적극적으로 참가했다. 황후들은 그에게 경의를 표하였다. 그리고 그는 지난날 쉰들러에게 자랑했던 대로 그들에게 대접을 받으며 의기양양했던 것이다.

그는 해방전쟁에 많은 관심을 쏟았다. 1813년에는 교향곡 〈웰링턴의 승리〉를, 1814년 초에는 전투적인 합창 〈게르마니아의 부활〉을 작곡했다. 1814년 11월 29일에는 왕후들을 청중으로 하여 애국적 가곡 〈영광의 순간〉을 지휘했고, 1815년의 파리 점령 때는 합창곡 〈모든 것은 이루어지리라〉를 작곡했다. 이들 작품들은 다른 모든 작품 이상으로 그를 유명하게 만들었다.

프랑스 인 르트론느의 데생에 의해 블라지우스 헤펠이 제작한 판화와 1812년에 프란츠 클라인이 박아낸 그 사나운 마스크는 빈 회의 당시의 베토벤의 생기 있는 모습을 나타내고 있다. 꽉 다문 입과 노여움과 슬픔의 주름을 가진, 이 사자와도 같은 얼굴을 지배하고 있는 특징은 틀림없는 의지이다.

그것은 나폴레옹적인 의지이다. 이에나의 싸움이 있은 뒤에 나폴레옹에 관해서, "내가 전쟁을 음악만큼 모르는 것은 유감이다! 그 따위는 부숴 버릴 텐데!" 하고 말했던 인간을 거기에서 인정할 수 있다.

그러나 그의 왕국은 이 세상의 것이 아니었다.

나의 세계는 대기 속에 있다.

이렇게 프란츠 폰 브룬스빅에게 써 보낸 그대로이다.

*

이 영광의 시기에 이어 가장 슬프고도 참담한 시기가 뒤따랐다.

빈에 대하여 사실 지금까지 베토벤은 한 번도 호의와 공감을 가진 일이 없었다. 그처럼 자존심이 강하고 자유로운 천재가, 바그너도 매서운 경멸을 쏟은 이 도시를, 세속적 정신이 들어찬 이 인공적인 도시를 좋아할 까닭이 없었다.

그는 이곳을 떠나기 위해서라면 어떠한 기회도 놓치지 않으려고 노력했다. 1808년 경에는 오스트리아를 떠나 웨스트 팔리아의 왕 제롬 보나파르트[15]의 궁정으로 가려고 진정으로 생각하고 있었다.

그러나 빈에서도 그의 음악을 지지하는 힘이 상당히 컸었

15) 제롬 왕은 베토벤에게 그가 살아 있는 동안 금화 6백 두카도의 연금과 은화 1백 50두 카도의 여비를 제공하겠다고 제의했다. 그 계약 조건으로서는 다만 때때로 왕 앞에 서 연주한다는 것과 가끔 그리 길지 않은 시간씩 실내 음악회를 지휘한다는 것이었 다. 베토벤은 거의 왕 곁으로 갈 생각이었다.

고, 베토벤의 위대함을 알고 조국이 그를 잃어버리는 치욕을
겪지 않게 하려는 귀족 음악 애호가들이 있었다는 것을 인정
해야 한다.

1809년, 빈에서 가장 부유한 세 귀족, 루돌프 대공(베토벤의
제자였다)과 롭코비츠 공과 킨스키 공이 나서서, 만일 베토벤
이 오스트리아에 그대로 머물러 준다면 4천 플로린의 연금을
주겠다고 약속했다.

그들의 약속 증서에는 다음과 같이 기록되어 있었다.

예술가는 모든 물질적 괴로움에서 해방되어야 자기 예술에 전
념할 수 있으며, 그래야 비로소 예술의 영광, 숭고한 작품을 낳을
수 있다. 이에 서명자들은 루드비히 반 베토벤 씨를 궁핍으로부터
보호하고 그의 천재의 비약을 방해하는 비참한 장애를 제거하기
로 결의하였다.

그러나 불행하게도 이 약속은 제대로 이행되지 못했다. 연
금의 지불은 매우 불규칙적이었다. 그러다가 얼마 가지 않아
전혀 지불되지 않게 되었다.

게다가 빈도 1814년의 회의 뒤에는 거리의 성격이 완전히 달
라져 버렸다. 사교계의 관심이 정치에 쏠리고 예술에서 떠났
다. 음악 취미에도 이탈리아 취향이 들어와 타락해버렸다. 롯
시니[16]에게로 쏠린 유행은 베토벤을 현학자로 취급하였다.

베토벤의 친구나 보호자들은 사방으로 흩어지거나 죽거나

했다. 킨스키 공은 1812년에, 리히노프스키는 1814년에, 롭코 비츠는 1816년에 죽었다. 베토벤이 그 훌륭한 현악 4중주곡, 작품 제59번을 바친 라주모프스키는 1815년 2월의 연주를 마지막으로 죽었다.

1815년에 베토벤은 어릴 때부터의 친구이며 엘레노레의 오빠인 스페판 폰 브로이닝과도 사이가 나빠졌다.[17] 그 후로 그는 완전히 고독하게 되었다.[18]

그는 1816년의 수기에 이렇게 쓰고 있다.

"나에게는 단 한 사람의 친구도 없다. 나는 이 세상에서 외톨이가 되었다."

또한 그는 완전히 귀머거리[19]가 되었다. 1815년 가을 이후부터 사람들과의 대화도 필담筆談에 의지할 수밖에 없었다.

1822년의 〈피델리오〉를 상연할 때의 일에 대해 쉰들러[20]가 쓴 슬픈 이야기는 사람들이 잘 아는 바이다.

"베토벤은 마지막 본연습의 지휘를 하겠다고 나섰다……

---

16) 독일 음악의 모든 지반을 흔드는 데는 롯시니의 〈탄크레디〉 하나만으로도 충분했다.

17) 같은 해 베토벤은 동생 칼을 잃었다. "나는 기꺼이 내 생명을 버릴 생각이었는데 그는 자기 생명에 매우 집착하고 있었습니다" 하고 베토벤은 안토니오 브렌타노에게 보낸 편지에 쓰고 있다.

18) 마리아 폰 에르되디 백작 부인과의 감동적인 우정만은 예외였다. 이 부인도 불치의 병에 걸려 베토벤처럼 언제나 괴로워하고 있었다. 그러다가 1816년에 갑자기 아들을 잃었다. 베토벤은 두 곡의 3중주곡과 첼로를 위한 두 개의 소나타를 그녀에게 바쳤다.

19) 귓병은 물론 건강 상태도 나날이 악화되어 갔다. 1816년 이후부터는 심한 카타르성 염증에 걸렸고, 이듬해 여름에는 폐결핵이라는 진단이 나왔다. 겨울에는 자칭 폐결핵 때문에 고생했고 심한 류머티즘에도 시달렸다. 또한 황달, 결막염도 앓았다.

20) 쉰들러는 1819년 이후 베토벤과 친해졌으나 그와 우정을 유지하기란 쉬운 일이 아니었다. 베토벤은 처음에 내려다보는 태도로 쉰들러를 대하였다.

제1막 2중창 때부터 무대 위에서 연주하는 것이 그에게는 하나도 들리지 않는다는 것이 드러났다. 그의 박자는 매우 느려졌다. 오케스트라는 그의 지휘봉을 따르고 있었으나, 가수들은 멋대로 서둘러 나갔다. 그 결과 전체가 혼란에 빠졌다. 상임 지휘자 움라우프는 이유는 말하지 않고 연주 정지를 명했다. 그리고 가수들에게 두어 마디 말을 하고는 다시 연주를 계속하게 했다. 그러나 같은 혼란이 또 일어났다. 그래서 연주는 다시 정지되지 않으면 안 되었다. 베토벤의 지휘 아래에서는 연주를 계속할 수 없다는 것이 확실해졌다. 그러나 어떻게 그에게 그것을 이해시킬 것인가? '물러나 주시오. 안 됐지만 당신은 지휘를 할 수 없습니다' 라고 그에게 말해 줄 용기가 있는 사람은 아무도 없었다. 베토벤은 불안을 느끼고 초조해져서 좌우를 둘러보며 사람들의 눈치를 살피고 잘못의 원인을 이해하려고 하였다. 그러나 어느 편을 보아도 침묵뿐이었다. 갑자기 그는 명령적인 어조로 나를 불렀다. 내가 곁으로 가니까 그는 수첩을 내밀면서 무엇 때문인지 써 달라고 손짓했다. 나는 다음과 같이 썼다. '부디 연주를 그만둬 주게. 이유는 집에 가서 설명하겠네.' 그러자 그는 단숨에 무대에서 뛰어내려 나에게 소리쳤다. '자아, 어서 나가세!' 그는 단숨에 집까지 뛰어갔다. 방에 들어서자 그는 긴 의자 위에 털썩 주저앉더니 두 손으로 얼굴을 가렸다. 그는 식사 시간까지 그렇게 하고 있었다. 식탁에 앉아서도 그에게 무슨 말을 하게 하는 것은 불가능한 일이었다. 그는 낙담했다. 더없이 깊은 슬픔이 얼굴에서 떠날 줄을 몰랐다. 식후에 그를 남기고 떠나려고 하자 혼자 있기 싫다는 표정으로 나를 가지 못하게 했다. 드디어 헤어질 때 귓병의 명의로서 평판이 난 의사에게 함께 가자고 했다…… 나와 베토벤의 오랜 교제 중에서 이 숙명적인 11일의 하루 같은 날은 달리 없었다. 그는 마음에 커다란 타격을 받았다. 그리고 그는 죽는 날까지 이날의 무서운 광경에서 벗어나지 못했다."

그로부터 2년 뒤인 1824년 5월 7일, 〈합창 교향곡(제9번 교향곡)〉을 그가 또 지휘하였을 때(지휘했다기보다 프로그램에 쓰여진 대로 '연주의 지도에 참가하였을 때') 그에게 만장의 박수갈채가 쏟아졌는데, 그의 귀에는 하나도 들리지 않았다. 한 여가수가 나와서 그의 손을 잡아 청중 쪽으로 돌아서게 할 때까지 그는 그 광경을 전혀 상상도 못 하고 서 있었다. 그는 청중이 갑자기 일어서서 모자를 흔들고 손뼉을 치는 것을 보았다.

1825년 경에 영국인 여행자 러셀은 베토벤의 피아노 연주를 보고 다음과 같이 말했다.

"베토벤이 조용한 소리를 내려고 하면 건반은 조금도 울리지 않았다. 그 침묵 속에서 그를 몰아 대는 감동을 그 얼굴이나 시경질적인 손가락에서 보는 것은 가슴이 죄는 일이었다."

자기 자신 속에 갇혀서 모든 사람들로부터 떨어져 있던 그는 자연에서밖에 위안을 찾을 수 없었다.

"자연이 그의 유일한 친구였습니다."

테레제 폰 브룬스빅은 이렇게 말하였다.

자연은 그의 은신처였다. 1815년에 그를 알게 된 찰즈니트는 그처럼 꽃이나 구름이나 자연을 완전히 사랑하는 사람은 본 일이 없다고 말했다.

그는 자연에 의해서 살아가고 있는 것 같았다.

“아무도 나만큼 전원을 사랑할 수는 없다……나는 인간이상으로 수목을 사랑한다…….”

베토벤은 이렇게 썼다.

빈에서 그는 날마다 성벽을 한 바퀴 돌았다. 시골에서는 새벽부터 밤까지 오직 혼자 모자도 쓰지 않고 뙤약볕을 쬐면서 혹은 비를 맞으면서 산책을 하였다.

“전능의 신이여! 숲 속에 있으면 나는 행복합니다. 참으로 행복합니다. 숲 속에서는 — 거기에서는 나무 한 그루 한 그루가 당신의 말씀으로 이야기합니다. 신이여, 아아, 이 얼마나 아름다운가! 이 숲 속, 이 언덕 위에 있는 — 그 고요함이여! — 당신을 섬기기 위한 고요함이여!”

그의 불안한 정신은 이렇게 자연 속에서 휴식을 찾아내고 있었다.[21]

그는 금전적인 괴로움에 시달리고 있었다. 1818년에 그는 이렇게 쓰고 있다.

“나는 거의 걸식을 해야 될 지경이다. 그러나 무엇이든지 있는 척해야 한다.”

---

21) 베토벤은 같은 집에서 오래 살지를 못했다. 25년 동안에 그는 30회나 이사를 했다.

다시 그는 이렇게도 말하고 있다.

"작품 제106번의 소나타는 궁핍한 상태 속에서 만들어진 것이다. 빵을 벌기 위해서 작곡한다는 것은 괴로운 일이다."

슈포르에 의하면 베토벤은 구두에 구멍이 뚫렸기 때문에 외출하지 못한 일도 자주 있었던 것 같다.

악보 출판사에는 빚이 쌓였기 때문에 작품을 출판해도 돌아오는 것은 한푼도 없었다. 예약 출판으로 낸 〈장엄 미사〉는 일곱 사람만이 주문했다. 그 중에는 음악가는 단 한 사람도 없었다.

그의 빛나는 소나타는 한 곡을 짓는 데 3개월의 노력을 필요로 했다. 그러나 그것에 대하여 그가 받는 것은 겨우 30두카도뿐이었다.

갈리친 공은 그에게 작품 제127번, 130번, 132번의 〈4중주곡〉을 작곡시켰다. 아마 이 곡들은 그의 작품 중에서도 가장 감정이 깊은 것이리라. 피로써 쓰여진 것으로 생각되는 작품들이다. 그러나 갈리친 공은 이 작곡에 대해서 돈을 지불하지 않았다.

베토벤은 가계의 곤란과 당연히 받아야 할 연금을 손에 넣기 위해서, 또 한 조카의 보호자로서의 권리를 되찾기 위해서 끝이 나지 않는 소송으로 완전히 지쳐버렸다.

이 조카는 1815년에 폐결핵으로 죽은 동생 칼의 아들이었다. 그는 마음에 넘치는 희생의 욕구를 이 아이에게 쏟고 있었던 것이다.

그러나 여기에서도 그는 또 잔혹한 괴로움을 맛보아야 했다. 마치 일종의 '은총'이 끝없이 불행을 새롭게 하고 증대시키기 위해서 천재로 하여금 그 양분을 부족함 없이 대주도록 배려하고 있는 것 같았다.

우선 그는 자기 손에서 조카를 빼앗아 가려는 자격없는 그 어머니와 싸워야 했다.

그는 이렇게 쓰고 있다.

"오오, 나의 신이여, 나의 보금자리, 나의 보호자, 나의 하나밖에 없는 은신처인 신이여! 당신은 나의 영혼의 밑바닥을 읽으셨겠지요. 나의 칼, 나의 보물을 나와 싸워서 데려가려는 사람들을 내가 할 수 없이 아프게 해야 하는 이 슬픔을 당신은 잘 아실 것입니다! 내가 무어라고 불러야 할지 알 수 없는 실재자여, 당신이 만드신 것 중에서 가장 불행한 이 인간이 마음으로부터 드리는 기도를 들어주십시오."

"오오, 신이여! 나를 구원하여 주소서! 부정과 타협하지 않으려고 했기 때문에 모든 사람으로부터 버림받은 나를 당신은 보셨을 것임에 틀림없습니다! 더도 말고 앞으로 칼과 함께 살고 싶다고 바라는 나의 소원을 부디 들어주십시오! …… 오오, 잔인한 운명이여, 무자비한 숙명이여! 아니 아니, 나의 불행은 영원히 끝나는 일이 없을 것입니다!"

그러나 이렇게도 열렬한 사랑을 받는 조카는 큰아버지의 신뢰에 어울리지 않는 태도를 보였다. 조카에게 보낸 베토벤의 편지는 미켈란젤로가 동생들에게 보낸 편지와 같이 비통하고 노여움에 찬 것이었는데, 그러면서도 그것보다는 한층 소박하고 안쓰러운 것이었다.

나는 또 이런 지독한 망은으로 보답을 받아야 하느냐? 좋다, 우리 사이의 정을 끊어야 한다면 그도 할 수 없는 일이다! 공평한 사람들이 그것을 알면 누구나 너를 미워할 것이다…… 만일 나와의 정이 너에게 무거운 짐이라면 신의 이름으로 — 신의 마음에 맡기자! — 나는 너를 신에게 맡기겠다. 이제 나는 할 수 있는 노력은 모두 했다. 이 이상은 신의 재판을 기다릴 수밖에 없다…….
너는 어리광 속에서 자라고 말았으나, 순진하고 참다운 사람이 되려고 노력하는 것은 너에게 있어서도 나쁜 일은 아닐 것이다. 나에 대한 너의 위선적인 행위로 나의 마음은 너무나 괴로웠다. 나로서 그것을 잊기란 어렵다…… 내가 너나 건달 동생이나 염증나는 가정과 무관한 사람이 되기를 바라는 것에 대해 신께서도 증인이 되어 주실 것이다…… 나는 이제 너를 신용할 수 없다.

그리고 다음과 같이 서명하였다.

불행하게도 너의 아버지가 된 — 아니 차라리 너의 아버지가 아닌 베토벤으로부터.

그러나 그는 이내 조카를 용서하고 있다.

나의 사랑하는 아들아! …… 이제 아무 말도 하지 않겠다 — 내 품으로 돌아오너라. 더는 너를 꾸짖지 않을 테니…… 변함없는 애정으로 너를 맞이하겠다. 너의 장래에 관해서 차분하게 상의하기로 하자. 절대 꾸짖지 않겠다고 맹세하마! 꾸짖어 보았자 아무 소용도 없으니 말이다. 너는 나에게 가장 가까운 육친의 조력과 뒷바라지만을 기대하면 된다. 돌아오너라 — 너의 아버지 — 베토벤의 변함없는 마음으로 돌아오너라. 이 편지를 받으면 바로 와야 한다. 집으로 돌아오너라. (그리고 봉투 위에다 "네가 안 오면 너는 나를 틀림없이 죽이는 셈이 된다"고 프랑스 어로 적었다.)

그는 애원했다.

속이지 말아다오. 언제나 나의 사랑스런 아들이 되어다오! 남들이 나에게 하는 것같이 너도 겉으로만 나를 믿게 해서 넘기려고 한다면 그것은 얼마나 무서운 일이냐! …… 잘 있거라. 너를 낳은 아버지는 아니지만 너를 기르고, 너의 친아버지 못지 않은 애정을 가지고 네가 훌륭한 인간이 되도록 걱정해 온 내가 마음속으로 간절히 바라고 있는 바다. 부디 바르고 훌륭한, 오직 한길을 걸어가다오. 너를 항상 사랑하고 있는 따뜻한 아버지로부터.

베토벤은 이 조카가 결코 총명하지 못한 것은 아니었기 때문에 그를 대학에 진학시키려고 하였다. 그리고 그의 장래에 대해서 온갖 꿈을 꾸었으나 결국 상인이 되는 것에 동의해야만 했다. 그러나 칼은 노름판에 쳐박히다시피 하며 빚을 잔뜩 짊어졌다.

이런 일은 뜻밖에도 자주 있는 슬픈 일이지만, 큰아버지의 위대한 마음씨는 조카에게 도움이 되기는커녕 도리어 불행을 가져왔다. 그것은 조카를 초조하게 하고 마침내 반항하게 만들었다.

칼은 그 일을 이렇게 무섭게 말하고 있다.

"큰아버지가 나를 너무 착한 사람으로 만들려고 했기 때문에 나는 더욱 나쁜 인간이 되었다."

칼의 이 말에는 그의 처절한 영혼의 모습이 뚜렷하게 나타나 있다.

1826년 여름, 칼은 마침내 자기 머리에 권총을 쏘아야 할 딱한 입장에 처했다. 그는 죽지는 않았다. 그러나 하마터면 죽을 뻔한 것은 베토벤이었다. 그는 이 무서운 충격에서 다시는 벗어날 수 없었다.[22]

칼은 회복되었다. 그는 목숨을 건져 마지막까지, 이 큰아버지가 죽을 때까지 — 그 죽음은 결코 칼과 무관한 것이 아니었지만 — 계속 괴롭혔다.

그는 큰아버지의 임종 때두 곁에 없었다. 베토벤은 죽기 수년 전에 조카에게 이렇게 써 보냈다.

---

22) 그 당시 베토벤을 만난 쉰들러는 말하고 있다. 그는 갑자기 늙고, 몸이 약해지고, 힘도 의지도 없는 노인이 되었다. 만일 칼이 그때 죽었다면 그도 죽고 말았을 것이다 — 그로부터 몇 달 안 되어서 그는 죽었다.

신은 지금까지 한 번도 나를 버리신 일이 없었다. 내가 죽을 때
도 나의 눈을 감겨 줄 누군가가 있을 것이다.

이 누군가는 그가 '나의 아들' 이라고 불렀던 사람이 아니었
던 것이다.

＊

베토벤이 '환희' 를 찬양하려고 마음 먹은 것은 그가 이런
슬픔의 심연 속에 있을 때의 일이었다.

그것은 그의 필생의 계획이었다. 그는 본에 있었던 1793년
부터 벌써 그것을 생각하고 있었다.[23] 그는 전생애를 통하여
'환희' 를 노래하려고 하였던 것이다. 그것으로 자기의 수많
은 대작을 장식하는 왕관을 삼고자 하였던 것이다.

그는 거의 일생을 통하여 송가頌歌의 바른 형식과 그것을 넣
을 수 있는 작품을 찾아내지 못하고 있었다.

---

23) 피셴니히에서 샬로테 실러(실러 부인)에게 보낸 편지(1793년 1월)에 그 생각을 적었
　　다. 실러의 시 〈환희의 송가〉는 1785년에 쓰여진 것이다. 베토벤이 곡을 붙인 합창의
　　오늘날의 테마는 이미 1808년의 〈피아노와 오케스트라와 합창을 위한 환상곡〉 및
　　1810년에 괴테의 시 〈작은 꽃, 작은 꽃잎〉에 작곡한 곡 중에 나타나 있다. 나는 전날
　　본의 에리히 프리거 박사가 소장하고 있던 1812년의 노트 속에서 〈제7번 교향곡〉의
　　초안이나 〈맥베드 서곡〉의 계획 사이에 실러의 시구를 음악의 테마에 맞추려는 시도
　　가 끼어 있는 것을 보았다. 이 테마는 그가 후년 작품 제115번 〈명명일命名日의 축하〉
　　서곡에 쓴 것이다. 〈제9번 교향곡〉의 악기의 모티브 몇 개는 이미 1815년 이전에 나
　　타났다. 결국 〈환희의 노래〉의 결정적 테마는 이 교향곡의 다른 곡들과 마찬가지로
　　1822년에 쓰여진 것이다. 그러나 조금 뒤에 작곡된 3중창과 다음의 안단테, 모데라토
　　와 마지막에 지은 아다지오만은 다르다.

〈제9번 교향곡〉에 와서도 그의 결심은 좀처럼 결정을 내리지 못했다. 마지막 순간까지 〈환희의 노래〉를 넣는 것은 제10번이나 제11번 교향곡으로 미루어 버릴까 하는 생각을 했다.

우리는 〈제9번 교향곡〉이 보통 사람들이 말하는 것과 같이 〈합창이 동반된 교향곡〉이란 제목으로 나온 것이 아니라 〈환희의 노래 합창을 종곡終曲으로 한 교향곡〉이란 제목으로 나왔다는 것에 충분히 주의를 기울여야 한다.

이 교향곡은 어쩌면 다른 종곡이 붙여지기를 기다리고 있었는지도 모른다. 1823년 7월까지도 베토벤은 기악만으로 된 종곡을 붙이려고 생각하고 있었다. 이 테마는 후일에 가서 4중주곡, 작품 제132번에 전용되고 있다. 〈제9번 교향곡〉을 연주한(1824년 5월) 이후에도 베토벤은 이 생각을 버리지 않고 있었다고 체르니와 존라이트너는 단언하였다.

교향곡 안에 합창곡을 넣는 데는 기술상 여러 가지 큰 어려움이 있었다. 베토벤의 수기나 그의 많은 시작試作들이 그것을 증명하고 있다.

베토벤은 사람의 노랫소리를 오늘날의 작품과는 다른 형식으로, 그리고 다른 대목에 넣으려고 여러 가지 시도를 해보았던 것이다. 아다지오 제2멜로디의 초안(베를린 도서관 수장)에 그는 이렇게 쓰고 있다.

"아마도 합창은 여기에 넣는 것이 적당할 것이다."

그러나 그는 자기의 충실한 오케스트라와 작별할 결심이 서지 않았다.

“하나의 악상이 마음속에 떠오르면 나에게는 그것이 악기의 소리로 들리지, 결코 사람의 목소리로는 들려 오지 않는다.”

그는 이렇게 말했다. 그 때문에 그는 사람의 목소리를 사용하는 것을 가능한 한 미루었던 것이다. 처음에는 단지 종곡의 레치타티보만이 아니라 ‘환희’의 테마까지도 기악으로 하려고 했던 것이다.

이렇게 미루고 주저한 이유는 더 자세히 설명되어야 한다. 그 이유는 한층 깊은 데에 있는 것이다.

끊임없는 슬픔에 시달리고 있던 이 불행한 사람은 언제나 눈부신 ‘환희’의 아름다움을 노래 부르기를 갈망하고 있었다. 그러나 끝없는 정열과 우수에 사로잡히면서 해마다 그 일을 미루고 있었다.

그러다가 그는 생애의 마지막 단계에 이르러 가까스로 이 목적을 이룰 수가 있었던 것이다. 그러나 얼마나 위대하게 그것을 완수하였던 것인가!

‘환희’의 테마가 처음 나타나려는 순간에 오케스트라는 갑자기 멈춘다. 홀연 침묵이 흐른다. 이 침묵이 환희의 노래의 등장에 장엄하고도 신비로운 성격을 준다. 사실 그대로인 것이다. 이 테마는 틀림없는 신이다.

‘환희’는 초자연적인 조용함에 싸여서 하늘에서 내려온다. ‘환희’는 그 깃털같이 가벼운 숨결로 고뇌를 애무한다. 소생한 그 마음속에 ‘환희’가 살며시 스며들면 그 최초의 촉감은 실로 즐거운 것이어서 베토벤의 친구처럼 “부드러운 그 눈을 보면 울고 싶어진다"고 할 정도다.

이윽고 테마가 성악으로 옮겨지면 그것은 먼저 장엄하고 약간 억제된 성격을 띤 낮은 소리로 나타난다. '환희'는 조금씩 우리 생명을 사로잡는다. 그것은 정복이다. 고뇌에 대한 싸움이다. 그러자 행진의 리듬이 온다. 군대의 진군, 테너의 열렬하고 가쁜 노랫소리.

격렬하게 몸부림치는 이 부분에서는 베토벤의 숨소리가 들린다. 비바람 속의 늙은 리어 왕같이 악마적인 열광에 사로잡혀 광야를 뛰어다니면서 작곡할 때의 그의 거센 숨결과 영감을 받은 그의 절규의 리듬이 들려 온다. 전사戰士의 환희 뒤에 종교적인 황홀의 감정이 찾아온다. 그러고는 신성한 대향연과 사랑의 열광이 펼쳐진다. 사람이란 사람은 모두 하늘을 향해 팔을 뻗고 힘찬 환성을 지르며 '환희'를 향해 뛰어올라 그것을 가슴에 꼭 껴안는 것이다.

이 거인적인 작품은 마침내 범속한 대중을 굴복시켰다. 빈의 경박한 풍조도 한동안 뒤흔들리지 않을 수 없었다. 그러나 결국 빈의 청중들은 롯시니나 이탈리아 가극에 더 관심을 갖게 되었다.

베토벤우 굴욕을 느꼈다, 슬픔에 지친 나머지 런던으로 가서 살려고 생각했다. 런던에서 〈제9번 교향곡〉을 연주하게 하려고도 생각하였다. 그러나 이번에도 1809년처럼 그의 친구인 몇 사람의 귀족들이 그가 오스트리아를 떠나지 않도록 탄원했다. 그들은 이런 편지를 썼다.

당신이 새로운 종교 음악을 작곡하시고(D장조의 〈장엄 미사〉) 그 속에 당신의 '깊은 신앙'에서 영감을 받은 감정을 표현하였다는 것을 우리는 잘 알고 있습니다. 당신의 위대한 정신을 꿰뚫고 있는 초자연적인 빛이 그 작품을 비춰 주고 있습니다. 또 우리들은 당신의 수많은 그 위대한 교향곡의 화관에 또 하나의 불멸의 꽃이 첨가되었다는 것도 알고 있습니다…… 요 몇 해 동안 당신이 작품을 쓰지 않고 있다는 것에 대해서 당신을 지켜 보고 있는 모든 사람들이 슬퍼하고 있습니다.[24] 지금 일종의 외래 음악이라고 할 수 있는 것이 우리 땅에 뿌리를 내리려 하고, 독일의 예술 작품을 잊게 하려 합니다. 이런 마당에, 살아 있는 예술가 중에서 최고의 지위에 있는 천재가 침묵을 지키고 있다는 것은 우리로서는 커다란 슬픔입니다…… 우리 조국은 오늘날의 유행이 어떻든 새로운 생명, 새로운 월계관, 진실과 미의 새로운 지배를 당신에게서 기대하고 있는 것입니다…… 머지않아 우리들의 이 기대가 이루어질 것이라는 희망을 주십시오…… 다시 오는 봄이 당신의 재능의 덕택으로 우리와 세계 사람들을 위해서 두 배의 꽃을 피우기를!

이 부드럽고 따뜻한 부탁은 베토벤이 독일의 엘리트들에게 주고 있던 영향이 비단 예술적인 것일 뿐 아니라 도덕적으로도 얼마나 강력한 것이었던가를 말해 준다.

---

24) 베토벤은 생활의 번잡함, 빈곤, 갖가지 걱정으로 지쳐서 1816년부터 1821년까지 5년 동안에 피아노를 위한 세 작품(작품 제101번, 제102번, 제106번)밖에 쓰지 못했다. 그의 적대자들은 그가 이미 힘을 다 써버렸다고 말했다. 그러나 그는 1821년부터 다시 작품을 쓰기 시작했다.

그를 숭배하는 사람들이 그의 천재를 기릴 때 처음 입에 올리는 말은 지식에 관한 말도 예술에 관한 말도 아니다. 그것은 '신앙'에 관한 말이다.[25]

베토벤은 친구들의 이 말에 깊이 감동을 받았다. 그래서 그는 빈에 눌러 앉기로 했다.

1824년 5월 7일, 빈에서 〈장엄 미사〉와 〈제9번 교향곡〉이 처음으로 연주되었다. 그 성공은 참으로 대단한 것이었다. 청중들의 갈채는 마치 폭동 같은 대소동이었다. 베토벤이 무대에 나타날 때마다 만장의 사람들은 일어서서 다섯 번이나 박수 갈채를 쏟아 놓는 것이었다. 의례적인 예의가 깊은 이 나라에서는 황족의 내빈에 대해서도 기립 박수는 세 번밖에 보내지 않는 것이 관례였다.

드디어 경관들이 출동하여 이 대단한 열광을 제지해야만 했다. 〈제9번 교향곡〉은 광적인 감격의 바람을 불러일으켰던 것이다. 많은 청중이 울음을 터뜨렸다. 베토벤은 연주회가 끝난 뒤 너무나 감동하여 정신을 잃고 말았다.

사람들은 그를 쉰들러의 집으로 옮겨 갔다. 그는 옷을 입은 채로, 마시지도 먹지도 못하고 그날 밤과 다음날 아침을 선잠 속에서 지냈다

그러나 그 승리도 일시적인 것이었다. 실제적인 이익으로

---

25) 베토벤은 1918년 2월 1일에 조카에 대한 보호자의 권리를 되찾기 위해 빈 시 당국에 낸 편지 속에서 다음과 같이 자랑스럽게 말했다. "나의 도덕적 성격은 일반에게서 인정받고 있습니다. 그것에 대해서 바이젠바하 같은 뛰어난 작가가 글을 쓸 만하다고 생각합니다."

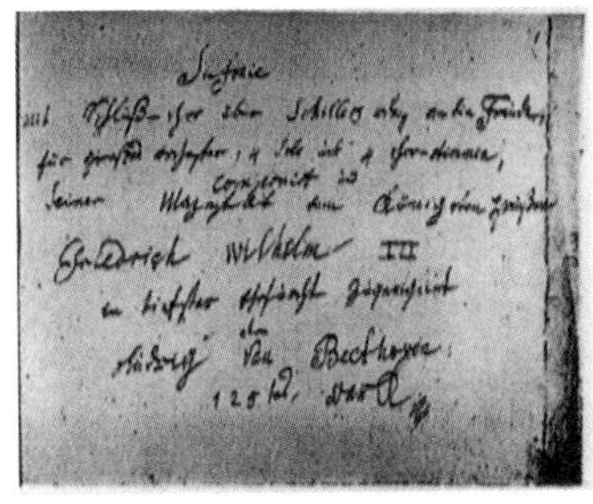
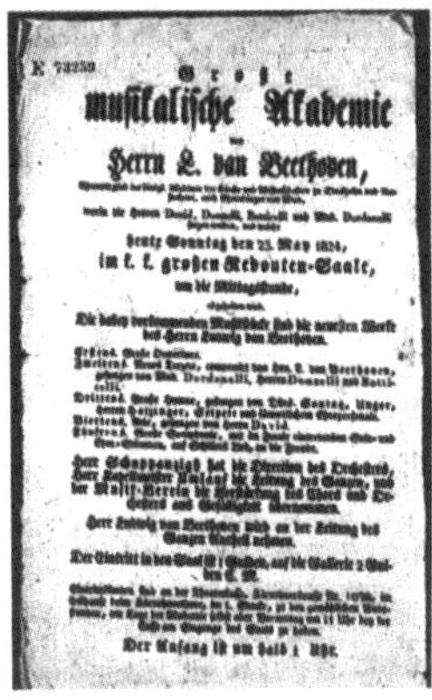

(왼쪽) 〈제9번 교향곡〉 D단조 작품 125의
　　　 표제지.
(오른쪽) 〈제9번 교향곡〉의 5월 23일 두번
　　　 째 연주회 전단.

서 베토벤에게 돌아온 것은 아무것도 없었다. 음악회에서 들
어온 수입은 한푼도 없었다.

그의 물질적 궁핍은 조금도 달라지지 않았다. 그는 여전히
가난하였고 병약했고[26] 고독하였다. 그러나 그는 이제는 승리
자였다[27] — 범인凡人들을 정복한 승리자, 자기의 운명을 정복
한 승리자, 또 자기의 고통을 정복한 승리자였던 것이다.

"생활 속의 너저분한 일들을 너의 예술을 위해서 희생하라!
신만이 모든 것 위에 계시는 자니라."

＊

---

26) 1824년 8월, 베토벤은 발작을 일으켜, "내가 너무나 닮은 친애하는 할아버지처럼"
　　(1824년 8월 16일에 의사 바흐 앞으로 보낸 편지) 갑자기 죽는 것이 아닌가 하는 두려
　　움에 사로잡혔다. 그는 극심한 위병으로 고생하고 있었다. 1824년에서 1825년에 걸
　　친 겨울에는 그의 건강 상태가 매우 나빠졌던 것 같다. 1825년 5월에는 각혈도 하고
　　코피도 쏟았다. 그해 6월 9일, 그는 조카에게 다음과 같이 써 보냈다. "나는 극도로
　　쇠약해져 가고 있다…… 낫을 가진 사신死神이 곧 찾아오겠지."

　그리하여 베토벤은 그 일생의 목표로 삼았던 것을 꽉 붙잡았다. ‘환희’를 붙잡은 것이다.

　비바람을 지배하는 이 정신의 절정에 그는 언제까지나 머물러 있을 수 있을까?

　확실히 그는 다시 지난날의 고통 속으로 떨어졌던 것 같다. 그래서 그의 마지막 몇 개의 4중주곡에는 이상한 어둠이 들어차 있는 것이다.

　그러나 〈제9번 교향곡〉의 승리는 그의 마음에 빛나는 자취를 남긴 것 같다. 그가 장래를 위해서 세운 계획[28], 즉 〈제10번 교향곡〉[29], 〈바흐의 이름에 의한 서곡〉, 그릴파르처의 극시劇詩 〈멜류지네〉를 위한 음악[30], 쾨르너의 〈오딧세우스〉를 위한 음악, 괴테의 《파우스트》를 위한 음악[31], 구약성서의 〈사울과 다윗〉의 옛이야기에 의한 종교 음악 따위는 그의 정신이 바흐라든지 헨델과 같은 지난날의 독일 거장들의 힘차고 맑음에 매혹되어 있었다는 것과 — 그보다도 더 남국의 빛을 향하여, 프

---

27) 〈제9번 교향곡〉은 1825년 4월 1일, 독일에서는 프랑크푸르트에서 처음 연주되었다. 런던에서는 1825년 3월 25일부터 연주되었다. 파리에서는 1831년 3월 27일에 음악 학교에서 연주되었다. 그 무렵 17세였던 멘델스존은 1826년 11월 14일, 베를린의 예 거할레에서 이 작품을 피아노로 연주하였다. 당시 라이프치히 대학생이었던 바그너 는 〈제9번 교향곡〉의 악보 전부를 자기 손으로 베꼈다. 그리고 1830년 10월 6일의 편 지로 그는 출판업자 쇼트에게, 이 교향곡을 피아노 곡으로 편곡한 것을 제공하고 싶 다고 말하고 있다. 〈제9번 교향곡〉은 실로 바그너의 일생을 결정했다고 말할 수 있는 것이다.

28) “아폴로와 뮤즈들이 나를 죽음에 내주는 일은 아직 없겠지요. 왜냐하면 나는 그 신 들에게 아직 빚이 많으니까요. 천국에 가기 전에 ‘정신’이 나에게 영감을 주어 완성 하라고 명령한 일을 모두 해서 뒤에 남겨야 합니다. 나는 아직 작품이라 할 만한 것 을 별로 쓰지 않은 느낌이 듭니다.”(1824년 9월 17일, 쇼트 형제에게 보낸 편지)

랑스 남부 지방을 향하여 혹은 그가 늘 편력하기를 꿈꾸었던 저 이탈리아를 향하여[32] 마음이 끌리고 있었다는 것을 증명하고 있다.

1826년에 그를 만난 스필러 박사는 그의 얼굴이 즐겁고 밝아 보였다고 이야기하고 있다. 같은 해 상심의 시인 그릴파르처가 그와 마지막 이야기를 나누었는데, 그 때 그는 도리어 시인을 격려했다고 한다. 그릴파르처는 말했다.

"아아, 나에게 힘과 확신이 당신의 4분의 1만이라도 있었으면!"

괴로운 시대였다. 반동적인 군주 정치가 사람들의 정신을

---

29) 베토벤은 1827년 3월 18일에 모쉘레스에게 "초안이 다 된 교향곡이 새 서곡과 함께 내 책상 속에 들어 있습니다"라고 썼다. 그러나 이 초안은 그 뒤 발견되지 않았다― 다만 그의 노트 속에 다음과 같이 쓰여 있는 것을 볼 수 있을 뿐이다.
"찬가적인 아다지오―고대풍의 교향곡을 위한 종교 가곡. 독립적인 것으로 하거나 푸가의 도입부로 하거나, 이 교향곡은 성악을 종곡이나 아다지오 속에 넣음으로써 특색 있는 것이 될 것이다. 오케스트라의 바이올린 등은 마지막 악장을 위해서 10배로 한다. 성악을 하나하나 삽입한다. 따라서 마지막 장에서 아다지오를 반복한다. 아다지오의 시구는 그리스 신화나 구약 성서 속의 찬가. 알레그로에서는 바커스의 축제."(1818년)
이것으로도 알 수 있듯이 이 합창의 종곡은 〈제10번 교향곡〉을 위한 것이었지 〈제9번 교향곡〉을 위한 것이 아니었다. 그 후 그가 말한 바에 의하면 "괴테가 《파우스트》 제2부에서 시도해 본 것 같이 근대 세계와 고대 세계와의 화해"를 〈제10번 교향곡〉 속에서 이루어 보려고 하였다 한다.
30) 이 소재는 물의 요정을 사랑했다가 그에게 사로잡힌 몸이 되어 잃어버린 자유를 그리워하며 괴로워하는 기사騎士의 전설이다. 이 시와 〈탄호이저〉는 많은 유사점이 있다. 베토벤은 1823년에서 1826년에 걸쳐 이것을 작곡했다.
31) 베토벤은 1808년 이래 《파우스트》에 곡을 붙일 계획을 세우고 있었다(《파우스트》 제1부가 1807년 가을에 〈비극〉이란 표제로 막 간행될 참이었다). 이것은 그의 가장 큰 계획이었다. "이것은 나로서, 또 음악으로서 최상의 일이다."
32) "남프랑스다! 거기다! 그곳으로 가자!" "…… 이곳을 떠나자. 그렇게 함으로써 너는 다시 너의 예술의 높은 영역에 오를 수가 있는 것이다…… 여름 내 여비를 마련하기 위해 일하고…… 이탈리아나 시실리 섬을, 몇몇 예술가와 함께 편력하는 것이다."
(베를린 도서관 소장 《대화 수첩》)

억누르고 있었다.

"검열은 나를 죽여 버렸습니다. 자유롭게 이야기하고 생각도 하려면 북아메리카로 가야 합니다."

그릴파르처는 이렇게 한탄했다.

그러나 어떠한 권력도 베토벤의 사상의 입을 틀어막을 수는 없었다.

말(語)은 쇠사슬에 매여 있습니다. 그러나 다행히 소리는 아직 자유롭습니다.

시인 쿠프너는 그에게 보낸 편지에 이렇게 쓰고 있다.

베토벤은 위대한 자유의 소리였다. 그리고 그것은 아마 당시 독일 사상계의 유일한 소리였을 것이다. 그는 그것을 느끼고 있었다.

그는 자기에게 주어진 의무에 관해서 자주 이야기하였다. 자기는 예술을 통해서 '불행한 인류를 위하여', '미래의 인류를 위하여' 일하고, 인류에게 용기를 주고, 그 잠을 흔들어 깨우고, 그 비겁함을 매질할 만한 완강한 정신을 필요로 한다는 것이었다.

뮐러 박사는 1827년에 다음과 같이 말했다.

"베토벤은 늘 정부나 경찰이나 귀족 계급에 대하여 공중 앞에서까지 거침없이 자기의견을 말했다.[33] 경찰은 그것을 알고 있었으나 그의 비평이나 비꼼을 별로 해가 안 되는 꿈 이야기

쯤으로 너그럽게 보고 있었다. 경찰은 빛나는 천재를 가진 그를 방임하였던 것이다."[34]

이렇게 어떠한 것도 그의 힘을 굴복시킬 수는 없었다. 이 힘은 지금에 와서는 괴로움까지도 즐거움으로 삼고 있는 듯했다.

이 즈음의 쓰라린 사태[35]에도 불구하고 만년에 쓰여진 작품은 대개 남성적이고 유쾌한 경멸이나 아이러니가 깃들인, 전혀 새로운 성격의 곡들이었다.

죽기 4개월 전인 1826년 11월에 쓰여진 최후의 작품, 즉 작품 제130번 〈현악4중주곡〉의 새로 쓰여진 종곡은 참으로 명랑한 것이었다. 사실 이런 명랑함은 누구나 가지고 있는 명랑함은 아니었다. 어떤 때는 모쉘레스가 말한 대로 그것은 귀에 거슬리는 거친 웃음이었고, 또 어떤 때는 많은 고통을 이겨낸 사람만이 웃을 수 있는, 가슴에 스며드는 웃음이었다.

---

33) 《대화 수첩》 속에 다음과 같은 글귀가 있다(1819년).
"유럽의 정치는 이제 돈과 은행 없이는 아무것도 할 수 없는 길을 걷고 있다."
"정권을 쥐고 있는 귀족놈들은 더 배운 것이 아무것도 없지만 잊어버린 것도 없다."
"50년 뒤에는 세계 도처에 공화국이 들어서겠지."

34) 1819년에 베토벤은 하마터면 경찰에 구속될 뻔했다. 그가 너무나 큰소리로 "결국 그리스도도 십자가에 못박혀 죽은 유태인에 지나지 않는단 말이야" 하고 말했기 때문이었다. 그는 그 무렵 〈장엄 미사〉를 쓰고 있었다. 이 일은 〈장엄 미사〉에서의 그의 종교적 영감이 자유로운 것이었음을 증명하고도 남음이 있다. 정치적으로도 마찬가지로 자유로운 입장이었던 베토벤은 정치적 결함을 대담하게 공격하였다. 특히 압제와 비굴, 소송 수속이 한없이 길어 기능이 마비될 지경인 재판 제도를—경찰권의 남용을—개인적 발의를 말살하고 행동을 방해하는, 몰상식하고 무기력한 관청의 사무를—정부 요직을 차지하려는 데 급급한 부패한 귀족 계급의 특권을 비난했다. 그 무렵 베토벤의 정치적 관심은 영국으로 쏠리고 있었다. 그는 영국 의회의 보고서를 열심히 읽고, 영국 야당에 열을 쏟고 있었다. "베토벤은 오스트리아 정부를 모멸적인 말로 나쁘게 이야기했다. 그리고 하원을 견학하러 런던에 가고 싶어했다"라고 1817년 빈에 온 영국의 지휘자 포타는 말했다.

35) 조카의 자살 미수 사건.

그것은 어느 편이든 상관없다. 어쨌든 그는 승리한 것이다. 그는 죽음이 존재한다는 것을 믿지 않고 있었다.

그러나 드디어 그 죽음이 찾아왔다. 1826년 11월 말에 그는 늑막염성 감기에 걸렸다. 조카의 장래를 안정시켜 주기 위해서 겨울 여행을 떠났다가 돌아와 빈에서 병석에 눕게 되었다.[36)]

그의 친구들은 가까이에 없었다.

그는 조카에게 의사를 불러 달라고 부탁했다. 그런데 이 한심한 녀석은, 사람들이 전하는 바에 의하면 그것을 잊어버리고 있다가 이틀이 지나서야 겨우 생각해 냈다고 한다.

의사는 너무나 늦게 왔다. 게다가 의사는 그를 함부로 다루었다. 그의 강인한 몸의 조직은 3개월 동안 병과 싸웠다.

1827년 1월 3일, 그는 사랑하는 조카를 자신의 유산 상속인으로 정하였다. 그는 라인 강변의 어린 시절의 친구들을 그리워하였다. 그리고 그는 베겔러에게 편지를 썼다.

---

36) 베토벤의 마지막 병의 경과는 두 단계로 진행되었다. 첫단계에서는 폐에 뜻밖의 증상이 나타났으나 그것은 6일 뒤에는 없어진 것 같다. 7일째 되는 날에 그는 기분도 좀 나아지고 일어나서 걷기도 하고 읽고 쓸 수도 있었다. 두번째 단계에서는 혈액 순환의 장애를 수반하여 소화기 계통에 장애가 일어났다. 그러나 8일째 되던 날에 그의 온몸이 노랗게 되어 쇠약해 있는 것을 발견했다. 구토와 격심한 설사로 인하여 그는 하마터면 그날 밤을 넘기지 못할 뻔했다. 이때부터 심하게 수종水腫이 생겼다.
이 병의 재발에는 뚜렷하지 않은 몇 가지의 원인이 있었다.
"사람에게서 받은 망은적인 처사와 부당한 모멸에 대하여 일어난 격심한 노여움과 깊은 고통이 이 급작스런 병의 원인이 되었다. 그는 벌벌 떨면서, 내장을 찢기는 것 같은 아픔에 몸을 웅크렸다"라고 의사 봐우프는 쓰고 있다.
논문 〈베토벤의 마지막 병과 죽음〉을 쓴 포레스트 박사는 이런 점으로 미루어 폐충혈의 발작 뒤에 간장의 위축 경화가 복수병腹水病과 하지의 부종을 가져온 것이라고 진단했다. 그리고 "베토벤은 앉기만 하면 마셨다"는 과음이 그 큰 원인이 되었다고 말한다.

…… 얼마나 자네와 이야기하고 싶은지 모르네! 그러나 나는 이미 기력이 없네. 나는 이제 자네와 자네의 로르헨을 마음속으로 끌어안을 수밖에 없네.

몇몇 영국 친구들의 따뜻한 보살핌이 없었던들 비참한 그의 생활은 마지막 순간을 더욱 어둡게 하였으리라.

그는 마음이 매우 너그러워지고 참을성이 더욱 많아졌다.[37] 1827년 2월 17일, 빈사 상태에서 세번째 수술을 받은 뒤 네번째 수술을 기다리면서 그는 조용하고 맑은 기분으로 이렇게 쓰고 있다.

"나는 참으면서 생각한다. 모든 불행은 무엇인가 좋은 것을 가져온다고." 그 좋은 것이란 해방이었다. 임종시의 그의 말에 의하면 '희극의 끝'이었다.

그러나 이렇게 말할 수 있지 않을까 — '그의 생애의 비극의 끝'이라고.

베토벤은 비바람 속에서 — 휘몰아치는 눈보라 속에서 — 뇌우가 땅을 울리는 가운데 죽었다. 지나가던 어느 낯선 사람이 그의 눈을 감겨주었다(1827년 3월 26일).[38]

*

---

37) 가수 루드비히 크라몰리니의 《회상록》에서는 베토벤이 앓고 있을 때 그를 방문한 감동적인 회상을 이야기하고 있다. 그때 베토벤은 사람의 가슴을 칠 것 같은 밝고 친절한 태도를 보였다고 한다.

친애하는 베토벤! 이미 만인이 그의 예술적 위대함을 충분히 찬양했다. 그러나 그는 음악의 제일인자 이상의 인물이었다. 그는 근대 예술의 가장 영웅적인 힘이다.

그는 괴로움과 싸우는 사람들의 최대 최선의 친구였다. 우리가 이 세상의 비참함에 울 때 그는 우리 곁에 와 준다. 사랑하는 어린애를 잃은 어머니가 피아노 앞에 앉아서 말도 못 하고 체념과 비탄의 노래를 연주하며 울고 있을 때 그녀에게 가서 슬픔을 위로해 준 것같이.

또 우리가 악덕에도, 도덕에도 있게 마련인 범속함에 대한 무익하고 끝없는 싸움에 지쳤을 때 베토벤의 의지와 신념의 바다에 몸을 적시는 것은 말할 수 없는 행복감이다. 그렇게 하면 그로부터 용기와 싸우는 것의 행복[39]과 자기 속에 신을 느끼는 듯한 도취가 전해져 온다.

그는 언제나 자연과 융합함으로써[40] 마침내 자연이 가지고 있는 뿌리 깊은 힘을 자기 것으로 만든 듯하다. 일종의 두려움을 가지고 베토벤을 찬탄하고 있던 그릴파르처는 그에 관해서 이렇게 말했다.

---

38) 젊은 음악가 안젤름 휘텐브레너는 말한다.
"신을 찬양할지어다! 이 길고 괴로운 수난의 일생을 끝나게 해주신 것을 신에게 감사하지 않겠는가!" 하고 브로이닝은 쓰고 있다.
베토벤의 직필直筆 원고, 장서, 가구 일체는 경매에 붙여져 1천 5백 75플로린에 매각되었다. 목록에는 2백 52부의 직필 원고와 음악 서적이 있었으나 그 값은 9백 82플로린 37크로이처를 넘지 못했다. 《대화 수첩》과 《일기》는 1플로린 20크로이처에 팔렸다. 베토벤의 장서 중에는 다음과 같은 것들이 있었다. 칸트의 《자연과학과 천문학 이론》, 보데의 《천체 지식 입문》, 토머스 아 켐피스의 《그리스도를 본받아》, 그리고 검열관이 압수한 서적들로 조이메의 《시라쿠스 여행기》, 코체부의 《귀족론》, 페슬러의 《종교 및 교회에 관한 의견》 등이다.

"그는 예술이 자연의 야성적이고 변덕스런 여러 요소와 융합하는 것 같은 무서운 정점에까지 이르렀다."

슈만도 〈제5번 교향곡〉에 관해서 똑같은 말을 하고 있다.

"이 작품은 몇 번을 들어도 변함 없는 힘을 우리에게 준다. 마치 아무리 자주 일어나도 항상 우리를 두려움과 놀라움으로 채우는 저 자연 현상처럼."

또 그의 절친한 친구 쉰들러는 이렇게 말하고 있다.

"그는 자연의 정신을 붙들었다."

그것은 사실이다.

베토벤은 자연의 한 힘이다. 그리고 이 원초적인 힘과 그밖의 모든 자연력과의 싸움은 호메로스적인 웅대함을 가진 눈부신 광경이다.

그의 일생은 폭풍의 하루와 흡사하다 —처음은 상쾌하고 맑은 아침, 상쾌한 미풍이 산들산들 불고 있다. 그러나 움직이지 않는 대기 속에는 벌써 은근한 위협과 무거운 예감이 감돈다.

그리하여 갑자기 커다란 그림자가 지나가고 비극적인 뇌성이 울리고 나면 소란을 담은 무서운 침묵이 덮치고 미친 듯이 휘몰아치는 바람이 불어닥친다.

---

39) "무엇이든 어려운 일을 극복할 때마다 나는 행복을 느낍니다."(〈불멸의 연인에게 보낸 편지〉) "오오, 인생을 천 배로 살 수 있다면 …… 나는 평온한 생활을 하도록 태어난 인간이 아니네."(1801년 11월 16일 베겔러에게 보낸 편지)

40) "베토벤은 나에게 자연의 학문을 가르쳐 주었다. 그리고 자연의 연구에서도 음악의 연구에서와 같이 나를 지도해 주었다. 그를 매혹한 것은 자연의 여러 법칙이 아니라 자연의 원초적인 힘이었다."(쉰들러)

그것이 〈영웅〉과 〈제5번 교향곡〉이다. 그래도 아직 깨끗하고 투명한 햇빛은 손상되지 않고 그대로 있다.

환희는 여전히 환희요, 비애도 꾸준히 희망을 잃지 않고 있다.

그러나 1810년 이후에는 정신의 균형이 깨진다. 빛이 이상한 색깔을 띤다. 더없이 밝은 사념思念에서 수증기와 같은 것이 피어오르는 것이 보인다. 그 수증기 같은 것은 흩어지기도 혹은 다시 엉기기도 하면서 그 우울하고 변덕스런 안개와도 같은 것이 마음에 어두운 그림자를 던진다.

음악의 상념이 안개 속에서 한두 번 떠올랐다가 다시 안개 속으로 삼켜져 완전히 사라져 버리는 일도 자주 있다. 그러나 그것은 맨 나중에 이르르면 다시 한 번 마치 돌풍같이 휘몰아쳐 일어나게 된다.

그러면 상쾌함 그 자체가 뭔가 격렬하고 야성적인 성질을 띠게 된다. 모든 감정에 뜨거운 열기가, 쓴 독이 섞여들어온다.[41] 저녁 어둠이 내려옴에 따라서 폭풍이 준비된다. 그리고 이제야 벼락을 동반한 시커멓고 커다랗고 무거운 뇌운이 — 그것은 〈제9번 교향곡〉의 첫 부분이다 — 갑자기 일어난 회오리바람 한가운데서 서서히 걷히고 저녁의 어둠이 하늘로부터 쫓겨간다. 의지의 힘에 의해서 맑고 맑은 한낮의 빛이 되돌아온다.

---

41) "오오 인생은 참으로 아름답다! 그러나 나의 인생은 어느 대목에나 쓴 독이 섞여 있다."(1810년 5월 2일, 베겔러에게 보낸 편지)

어떤 승리가 이 승리만큼 가치를 가질 수 있으랴. 보나파르트의 어떤 싸움이, 오스텔리츠의 어떤 태양이 이 초인적인 노력의 영광과 '정신' 이 얻을 수 있는 가장 빛나는 승리에 이를 수 있으랴.

불행하고 가난하고, 불구이고 고독한 하나의 인간, 고뇌의 화신과도 같은, 인간 세계로부터 기쁨을 거절당한 한 인간이 스스로 환희를 창조하였다.

환희, 그것으로 세계에 기여하기 위해서 그는 자기의 불행으로 그것을 다듬었다. 다음의 자랑스런 말 속에 나타나 있듯이.

이 말 속에는 그의 전생애가 요약되어 있다. 이 말은 또한 모든 용감한 정신의 금언이기도 하다— "고뇌를 지나서 환희로!"(에르되디 백작 부인에게, 1815년 10월 10일)

하일리겐쉬타트[1]의 유서
── 내 동생 칼과 요한[2]에게 ──

* 여기에서 고딕 부분은 베토벤의 원문에는 밑줄이 그어져 있다
── 옮긴이

오오, 너희들은 나를 가련하고 광기가 있는 인간이며 사람을 미워한다고 생각하고 다른 사람에게도 그렇게 생각하도록 하지만, 그것은 나에 대해서 얼마나 부당한 짓이냐! 너희들은 겉으로 그렇게 보이는 것의 이면에 숨은 참된 이유를 모른다!

나의 마음과 정신은 어려서부터 친절한 것을 좋아했고 따뜻한 감정으로 쏠렸었다. 나는 늘 크고 훌륭한 일을 하고 싶다고도 생각하고 있었다.

그러나 생각해 보라. 이 6년 동안의 내 처지가 얼마나 처참한 것이었는가를.

확실한 진단도 못 하는 의사들에 의해서 나의 병은 더욱 악화되어 왔고, 이내 회복되리라는 희망에 해마다 속아만 오다가 마친내 **만성병** 환자가 되지 않을 수 없었다. 그 회복은 전혀 불가능하지는 않겠지만 아마 앞으로 수년은 걸릴 것이다.

나는 사교계의 즐거움에도 쉽게 마음이 움직이는, 열정적

---

1) 하일리겐쉬타트는 빈의 교외에 있는 지명으로 베토벤은 여기서 살고 있었다.
2) 원문에는 요한의 이름을 적어 넣지 않았다.

이고 행동적인 기질을 타고났으면서도 이렇게 일찍부터 사람들로부터 멀어지고 고독한 생활을 보내지 않을 수 없게 되었다. 때로는 이런 모든 장애를 이기고 싶다는 생각도 했으나, 오오, 그때마다 나는 불구라는 서글픈 현실에 부딪쳐서 얼마나 고통스러웠는지 알 수 없다! 그러면서도 나는 사람들에게, "더 큰소리로 말해 주시오. 소리쳐 주시오. 나는 귀머거리란 말이오!"라고 말할 수가 없었다.

나로서는 다른 누구보다도 완전해야 할 하나의 감각, 지난날에는 다시없이 완전하였으며, 분명히 나와 똑같은 직업의 사람들도 거의 갖고 있지 못할 만큼 완벽하게 소유하였던 감각의 결함을 어떻게 사람 앞에 드러낼 수가 있단 말이냐!

오오, 그런 일은 도저히 할 수 없다! 그러니까 내가 너희들과 어울리고 싶어도 이렇게 떨어져서 생활할 수밖에 없는 점을 용서해 주기 바란다.

나의 불행은 나에게 있어 이중으로 괴로운 것이다. 그 불행으로 나는 사람들로부터 무시당하기 때문이다. 모임에 어울리거나, 신경에 부담이 되지 않는 담화를 즐기거나, 서로의 가슴을 털어놓으며 위안을 받는다는 것은 나에게는 허용되지 않는다.

나는 혼자다. 완전히 혼자다. 어쩔 수 없는 일이 아니면 감히 사람들 속에 끼여들지 못한다. 나는 추방당한 사람처럼 살아가야 한다. 사람들의 모임에 가까이 가면 내 병이 탄로날 것만 같아서 가슴이 죄고 불안하다.

이 6개월 동안 내가 시골에서 지낸 것도 그 때문이었다. 현명한 나의 의사는 내게 될수록 청각을 쓰지 말라고 권했다. 의사의 그 권고와 내 자신의 뜻이 일치한 셈이다.

그래도 몇 번은 사람들 속에 끼여들고 싶은 마음에서 그들에게로 가보았다. 그러나 내 곁에 있는 사람은 먼 데서 부는 피리 소리를 들었지만 **나에게는 아무 소리도 들리지 않았고**, 그에게는 양치기의 노랫소리가 들렸지만 나에게는 여전히 아무 것도 들리지 않았다.

그럴 때마다 내가 얼마나 큰 굴욕감을 느꼈겠느냐![3] 이런 일을 몇 번이고 경험하고 난 후에 나는 거의 절망감에 빠지게 되었다. 하마터면 스스로 목숨을 끊을 뻔하기도 했다. 이런 나를 제지해 준 것은 **예술**이었다. 오로지 그것뿐이었다.

아아, 나에게 주어진 것과 느끼고 있는 일을 완성하지 못하고 세상을 떠난다는 것은 나로서는 못 할 노릇으로 생각되었다. 그래서 나는 이 비참한 — 참으로 비참한 — 목숨을 이어왔고, 조그만 변화로도 최선의 상태에서 최악의 상태로 떨어질 만큼 민감한 내 육체를 이끌고 온 것이다!

---

3) 이 비통한 한탄에 대해서 나는 하나의 고찰을, 지금까지 한 번도 한 일이 없으리라고 생각되는 고찰을 해두고 싶다. 이미 잘 알려진 바와 같이 〈전원 교향곡〉이 제2악장 끝에서 오케스트라는 나이팅게일과 뻐꾸기와 메추라기의 노랫소리를 들려준다. 또 이 교향곡의 거의 전부는 자연의 노래나 속삭임으로 짜여져 있다고 할 수 있다. 미학자들은 이러한 모방적인 음악의 시도를 인정할 것인가 아닌가에 대해서 큰 논쟁을 벌였다. 그러나 베토벤은 아무것도 모방하지 않았다. 왜냐하면 그는 귀로 들을 수가 없었으니까. 그런데 이 사실을 깨달은 사람은 아무도 없었다. 베토벤은 자기에게서는 소멸되어 버린 하나의 세계를 자기 정신의 세계에서 재창조했던 것이다. 그랬기 때문에 저 새들의 노래의 환희가 그토록 감동적일 수 있었다. 새의 노래를 듣기 위해서 그에게 남겨진 유일한 방법은 새를 자신 속에서 노래 부르게 하는 것이었다.

인내다! 하고 사람들은 흔히 말한다.

내가 지금 안내자로서 선택해야 하는 것은 그것뿐이다. 그래서 나는 인내하였다 — 참아야겠다고 생각하는 이 결심이 오래 지속되었으면 좋겠다. 냉혹한 운명의 여신들이 나의 생명의 줄을 끊기를 원할 그날까지.

나의 상태가 좋아지든 악화되든 각오는 되어 있다 — 28세에 벌써 체념하는 인간이 된다는 것은 쉬운 일이 아니다. 그것은 예술가에게 있어서는 다른 사람에게 있어서보다 훨씬 견디기 힘든 일이다.

신이여, 당신은 나의 마음을 위에서부터 아래까지 환히 들여다보고 계십니다. 당신은 나의 마음을 잘 알고 계십니다. 그것은 사람에 대한 사랑과 선을 행하고 싶은 희망에 가득 차 있다는 것을 당신은 알고 계십니다!

오오, 사람들이여, 어느 날 당신들이 이것을 읽게 되면 당신들이 나에게 얼마나 부당한 짓을 했는가 생각해 보라. 또 불행한 사람들은, 자기와 똑같은 어떤 불행한 사람이 자연의 모든 장애에도 불구하고 예술가나 선택된 사람들의 대열에 끼기 위해서 온 힘을 기울였다는 것을 알고 스스로를 위안하는 것이 좋을 것이다.

나의 동생 칼(과 요한)이여, 내가 죽은 뒤 그때까지 만일 슈미트 박사께서 살아 계시거든 바로 나의 병상病床 기록을 작성하도록 나의 이름으로 부탁해 다오. 그리고 그 병상기록과 이 편지를 함께 보관해 두기 바란다. 그러면 내가 죽은 후 세상 사

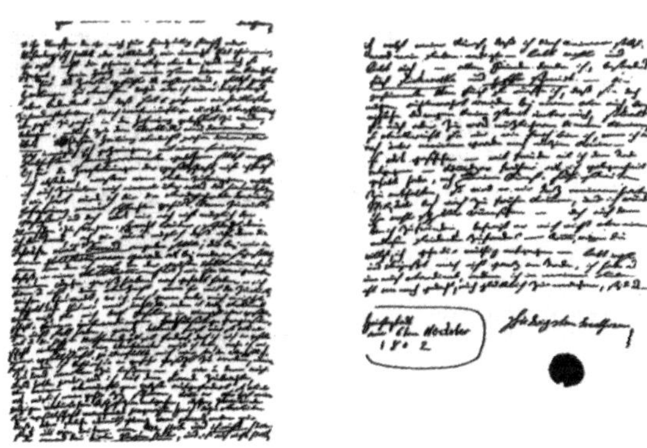

〈하일리겐쉬타트의 유서〉 첫 장과 마지막 장

람들은 나와 적어도 가능한 한도의 화해를 할 수 있을 것이다.

동시에 나는 너희들 두 사람을 나의 적은 재산(만일 그것을 재산이라고 부를 수 있다면)의 상속인으로 인정한다. 그것을 정직하게 나누어 가져 다오. 그리고 서로 사이좋게 도와 가며 살아 다오. 너희들이 나에게 큰 고통을 준 것은 너희들도 잘 알다시피 벌써 오래 전에 이미 용서하고 있다.

동생 칼이여, 네가 최근 나에게 베풀어 준 애정에 대해서는 특히 감사한다. 나의 소원은 너희들이 나보다 행복하고 걱정 없는 생활을 하는 것이다.

너희들이 아이들에게 덕을 권하기 바란다. 사람을 행복하게 해주는 것은 오로지 덕뿐이다. 돈으로는 행복해질 수가 없다. 이것은 경험에 비추어 하는 소리다. 나의 비참한 생활 속에서 나를 지탱해 준 것은 오로지 이 덕이었다. 내가 자살로써 나의 생명을 끊지 않은 것은 나의 예술 때문이기도 했지만 또 이 덕 때문이기도 했다.

잘 있거라. 서로 사랑해라! 나는 모든 친구 중에서도 특히 리히노프스키 공작과 슈미트 박사에게 감사한다. 리히노프스키 공작이 나에게 보내 준 악기는 너희들 중의 한 사람이 보관해 주기 바란다. 그러나 그 때문에 너희들 사이에 알력이 일어나지 않도록 해라. 만일 돈으로 바꾸는 것이 더 도움이 된다면 바로 팔아도 좋다. 내가 무덤 속에서라도 너희들에게 도움이 될 수 있다면 얼마나 좋겠느냐!

만일 내가 죽어야 한다면 기꺼이 죽음을 맞이하겠다. 하기야 나의 운명은 가혹한 것이기는 하지만 내가 예술적 능력을 모두 발휘할 기회를 갖기도 전에 죽음이 온다면 너무 이르게 왔다고 말하지 않을 수 없으리라. 나는 죽음이 좀 늦게 왔으면 하고 바라게 될 것이다. 그러나 그렇다고 해도 나는 만족한다. 죽음은 나를 끝없는 괴로움에서 해방시켜 주지 않겠느냐? 언제나 오고 싶을 때 오라. 나는 감연히 너(죽음)를 맞이하리라.

그럼 잘 있거라. 내가 죽어도 나를 완전히 잊어버리지는 말아 다오. 나는 너희들이 생각해 줄 만한 인간일 것이다. 왜냐하면 나는 살아 있는 동안 너희들을 행복하게 해주기 위해서 수없이 너희들을 생각했으니까. 부디 나의 부탁을 들어 다오.

하일리겐쉬타트에서, 1802년 10월 6일

루드비히 반 베토벤

나의 동생 칼(요한)에게
— 내가 죽은 뒤 이것을 읽고 실천하라

하일리겐쉬타트에서, 1802년 10월 10일

친애하는 희망이여, 그러면 너희들에게 작별을 고한다, 정말 슬픈 마음으로. 그렇다, 병이 나을 것이다, 적어도 어느 정도는 나을 것이다 하고 지금까지 줄곧 가졌던 희망 — 그것이 완전히 나를 버린 것이다. 가을의 나뭇잎이 땅에 떨어져 썩는 것 같이, 꼭 그와 같이 희망도 나로부터 떨어져 시들고 말았다.

거의 이 세상에 올 때의 그 상태 그대로 나는 이 세상을 떠나간다. 여름의 아름다운 나날에 몇 번이고 나를 받쳐 주던 저 뛰어난 용기도 지금은 깨끗이 사라지고 말았다.

오오, 신이여 — 맑게 갠 환희의 하루를 한 번만 더 보여주십시오! 벌써 오래 전에 참된 환희의 깊은 울림은 나와 인연이 없는 것이 되었습니다. 오오! 어느 날에나 — 오오! 신이여, 어느 날에나 나는 다시 자연과 인간의 전당 속에서 그 울림을 느낄 수 있겠습니까? 영원히 그런 날은 오지 않는 것입니까? 아닙니다! 오오! 그것은 너무나 참혹한 일입니다!

베토벤의 편지

의사 프란츠 게르하르트 베겔러에게

빈에서, 1801년 6월 29일

친애하는 벗 베겔러.

자네가 나를 잊지 않고 가끔 생각해 준다는 것을 얼마나 감사하는지 모르네.

나는 자네가 생각해 줄 만큼 훌륭하지도 못했고, 또 그런 노력도 하지 않았네. 그런데도 자네는 이토록 친절하네.

자네는 어떤 일에도 낙심하지 않네. 내가 까닭없이 오랫동안 소식을 전하지 않아도 자네는 언제나 성실하고 친절한 벗이 되어 주었네.

자네를, 자네들을, 나에게 그렇게 친절하고 귀중한 자네들 전부를 내가 잊어버리다니, 당치도 않네. 그런 일은 믿지 말아 주게! 자네들을 그리워하고, 잠깐이라도 자네들 곁에서 지내고 싶다고 생각하는 순간이 한두 번이 아니라네.

나의 조국, 내가 이 세상의 빛을 처음 본 아름다운 나라는 내가 자네들과 헤어진 그때와 조금도 다름없이 언제나 뚜렷하게 내 눈앞에 있네. 다시 자네들을 만나고 아버지인 라인 강에 인사하는 날은 나의 생애에서 가장 행복한 날이 될 것이네

— 그것이 언제가 될지는 알 수 없지만 — 적어도 그때 자네들은 훨씬 성장한 나를 보게 되리라는 것을 말해 두는 바이네. 그것은 내가 예술가로서 성장했다는 뜻이 아니네. 자네들에게 더욱 훌륭하게, 더욱 완성된 인간으로 보일 것이라는 뜻이네. 그리고 우리 조국이 그다지 행복한 상태에 있지 않으면, 나의 예술은 가난한 사람들의 행복을 위해서 바쳐져야 할 것이네…….

자네는 요사이 나의 형편을 알고 싶다고 하였네. 요즈음 나는 그다지 나쁘지 않네.

지난해부터 리히노프스키가 — 이렇게 말하면 믿지 않을지 모르지만 — 언제나 나의 가장 친한 친구가 되어 주었네. 지금도 그렇지만 — 두 사람 사이에 있었던 조그만 갈등은 도리어 우정을 두텁게 하여 주었네 — 그 리히노프스키가 나에게 6백 플로린의 연금을 대주고 있다네. 적합한 지위가 나설 때까지 계속 그 연금을 받을 수 있게 되어 있네.

작곡으로 들어오는 수입도 많네. 다 맡을 수 없을 만큼 주문이 밀리고 있네. 곡 하나를 예닐곱 출판사가 내주고, 내가 하겠다고만 하면 그 이상의 출판사도 내줄 것이네. 지금은 그들도 이것저것 까다로운 조건을 달지 않게 되었네. 내가 가격을 말하면 그대로 지불해 주네.

이 얼마나 놀라운 일인가?

가령 내가 곤란에 빠진 친구를 만났다고 하세. 내 지갑은 그를 금방 도울 수는 없네. 그러나 내가 책상과 마주앉기만 하면 되네. 그러면 그 친구는 금방 궁지에서 벗어날 수 있단 말이네. 나는 또 이전보다 꽤 절약하는 사람이 되었네 …….

불행하게도 쇠약이라는 시기심 많은 악마가 나를 방해하러 찾아왔네. 나의 청각은 **3년 전부터** 자꾸 나빠지기만 하네. 이것은 훨씬 이전부터 나를 괴롭히고 있는, 자네도 아는 그 복통이 원인임이 틀림없는데, 그 복통이 또 매우 심해졌네.

끊임없이 설사가 나고 그 때문에 매우 쇠약해졌네. 프랑크는 강장제로 내게 기운을 북돋우고 은행 기름으로 귀를 치료하려고 하였네. 그러나 그것은 고마운 일이긴 하지만 아무 효과도 없었네. 내 귀는 여전히 나빠지기만 하고 복통도 여전하였네. 이런 상태가 작년 가을까지 계속되어 나는 몇 번이나 절망하였네.

어느 돌팔이 의사는 냉수욕을 권장하였고, 조금 낫다는 다른 의사는 도나우의 온탕욕을 권하였네. 이 온탕욕은 상당히 효험이 있어서 복통은 좀 나아졌네. 그러나 귀만은 여전히 차도가 없고 오히려 더 악화된 형편이라네.

지난 겨울에 나의 몸은 참 딱한 꼴이 되었네. 격심한 복통은 다시 나를 괴롭혀 완전히 먼저 상태로 되돌아간 셈이네.

지난 달까지 이 모양이었기 때문에 나는 폐링에게 진찰을 받아 보았네. 내 병은 차라리 외과 의사의 진찰이 필요하리라고 생각되었고, 평상시 그를 신용하고 있었기 때문이네. 덕택으로 격심한 설사는 거의 완전히 멈추었네.

그도 도나우의 온탕욕을 권하였네. 그는 목욕물에다 강장

액 한 병을 타라고 명했네. 다른 약은 주지 않더군. 그런데 약 4일 전부터 위를 위한 환약과 귀에 쓸 탕약湯藥을 주었네. 그래서 몸이 훨씬 좋아지고 원기도 얼마만큼 회복되었는데, 귀만은 낮이나 밤이나 변함없이 계속 윙윙거리고 있네.

사실 나는 비참한 생활을 하고 있다고 해도 과언이 아니네. 약 2년 전부터 나는 사람들과 어울리기를 피해 왔네.

"나는 귀머거리요."

사람들에게 이렇게 말할 수가 없기 때문이네.

만일 내가 다른 직업을 가졌다면 어떻게 해나갈 수도 있겠지만, 그러나 내 직업으로는 어떻게도 할 수 없으니 이것은 무서운 노릇이 아닐 수 없네. 내 적들이 이 사실을 아는 날이면 도대체 무어라고 말하겠는가. 더구나 그들의 수는 적지 않으니 말이네.

이 기묘한 귀머거리 상태를 자네가 짐작할 수 있게 일례를 든다면, 나는 극장에 가서 배우들의 대사를 알아들으려면 오케스트라 석 바로 옆에 자리 잡아야 하네. 조금만 떨어져도 악기나 음성의 높은 소리가 들리지 않는단 말일세.

나와 이야기를 하면서도 나의 그런 상태를 조금도 눈치채지 못한 사람이 있다는 것이 이상스러울 정도네. 나에게는 방심 상태에 잘 빠지는 버릇이 있기 때문에 모두 그 때문으로 생각하는 것 같네. 낮은 소리는 가까스로 알아들을 수 있지만 높은 소리는 아무래도 알아들을 수가 없네. 그런가 하면 사람이 큰소리로 외치면 나는 견딜 수가 없네.

앞으로 내 귀가 어떻게 될지 전혀 알 수가 없네, 페링은 완쾌될 수는 없어도 틀림없이 좋아질 것이라고 하지만.

나는 자신의 존재와 조물주를 여러 번 저주했었네. 플루타크가 나를 체념으로 인도해 주었네. 가능하다면 나는 자신의 운명에 도전해 보고 싶네. 그러나 나에게는 자신이 신이 창조한 가장 비참한 인간이라고 느껴지는 순간이 자주 있네.

나의 상태에 관해서는 아무에게도 이야기하지 말아주기 바라네. 로르헨(엘레노레)에게도 말이네. 자네가 내 비밀을 지켜 준다는 약속 때문에 털어놓는 것이네.

자네가 내 병에 관해서 페링과 편지로 상의해 주면 고맙겠네.

만일 이 병이 오래 계속되면 내년 봄에는 자네 곁으로 가겠네. 그러면 어디 경치 좋은 곳이나 농가라도 한 채 빌려 주지 않겠나? 한 여섯 달 정도 농부가 되어 보고 싶네. 그러면 아마 내 귀에도 좋은 결과가 나타날 것이네.

체념! 그것은 얼마나 슬픈 피난처란 말인가! 그러나 그것이 나에게 남겨진 유일한 피난처이네.

자네에게도 여러 가지 근심이 있을 텐데 우정에 매달려 이런 귀찮은 부탁을 하는 것을 용서해 주게.

스테판 폰 브로이닝이 지금 이곳에 와 있네. 우리는 거의 날마다 만나고 있네. 그래서 나는 지난날의 일들을 이것저것 회상하고 있네!

그는 참 훌륭한 청년이 되었네. 무언가 할 수 있는 청년이네. 그리고 (우리 친구들은 많건 적건 대개 그렇지만) 인정이 많네.

친절한 로르헨에게도 편지를 쓰고 싶네. 친애하는 자네들을 나는 결코 잊은 적이 없네. 내가 오랫동안 소식을 전하지 않을 때에도.

그런데 자네도 알다시피 편지를 쓴다는 것은 나의 장기는 아니잖나. 나의 가장 친한 사람들도 여러 해 동안 내 편지를 한 통도 받지 못하는 형편들이네.

나는 오직 악보만을 그리는 생활을 하고 있네. 하나가 끝나면 곧 다음 것을 그리네. 지금의 방식으로 하자면 한꺼번에 서너 가지의 일을 해치우기도 하네.

소식 좀 더 자주 보내 주게. 나도 자네에게 회답을 쓸 시간을 내도록 노력하겠네.

그곳 여러분에게 안부 전해 주기 바라네…….

잘 있게. 언제나 친절하고 변함없는 베겔러! 자네의 베토벤의 애정과 우정을 굳게 믿어 주게.

베겔러에게

빈에서, 1801년 11월 16일

친애하는 베겔러!

나는 받을 자격도 없는데 또 자네의 후한 배려를 받으니 고맙네. 자네는 내가 어떤 상태이며 또 필요한 것은 무엇인가를 물었네. 그런 것을 이야기한다는 것이 나로서는 그다지 유쾌한 일은 아니지만, 자네에게는 즐겁게 이야기하겠네.

페링은 몇 달 전부터 나의 양 팔에 발포제發疱劑를 발라 주고 있네. 이 요법은 매우 불쾌한 치료법인데, 아픈 것은 그만두고라도 그 때문에 하루나 이틀은 팔을 쓸 수가 없네. 귀울음은 전보다 조금 줄었고, 특히 왼쪽 귀가 그러하네. 내 귀가 어두워지기 시작한 것은 왼쪽부터였네. 하지만 청력은 지금까지도 하나도 나아지지 않았네. 더 나빠지지나 않았다면 다행일 지경이네.

배탈은 훨씬 나아졌네. 특히 온수욕을 며칠 계속한 뒤면 8일이나 10일 동안은 비교적 괜찮네. 위를 강하게 하는 약도 가끔 먹고 있네. 또 자네의 권고에 따라 배에 약초를 바르는 일도 시작했네. 페링은 관수욕灌水浴 따위는 들은 척도 하지 않네. 도대체 나는 그에게 만족할 수가 없네. 사실 그는 나의 병에 대해서는 그리 마음도 쓰지 않네. 내가 찾아가지 않으면 — 외출은 나로서는 고통스런 일인데도 — 다시는 그를 만나 볼 수도 없을 것이네.

자네는 슈미트를 어떻게 생각하는가? 나는 함부로 의사를 바꾸고 싶지는 않네. 그러나 페링은 너무나 실제적인 대가이기 때문에 책을 읽고 새로운 방법을 쓰는 것 따위는 생각도 하지 않는 것 같네. 이런 면에서 슈미트는 좀 다를 것 같네. 게다가 페링처럼 그렇게 소홀하지는 않을 테지.

전기 요법의 효과가 매우 좋다는 소문인데 자네는 어떻게 생각하나? 어느 의사의 말에 의하면, 그것으로 귀머거리에 벙 어리였던 어린이가 들을 수 있게 되었고, 일곱 살 때부터 귀머거리였던 사람이 고쳐진 예를 실제로 자기가 보았다고 하던데 —마침 슈미트가 그 전기 요법의 실험을 하고 있다는 말이네.

나의 생활은 지금까지의 어느 때보다 따사로운 것이 되었네. 이전보다 사람들과도 잘 어울리게 되었네. 내가 2년 전부터 얼마나 슬프고 고독한 생활을 해 왔는지 자네는 아마 상상도 못 할 것이네. 가는 곳마다 나의 병이 유령처럼 앞을 막고 있었네. 나는 사람을 피하였기 때문에 인간 혐오가처럼 보일 수밖에 없었네. 사실은 조금도 인간이 싫지 않았는데!

사실 이 변화는 귀엽고 친절한 한 소녀의 덕택이라네. 그녀는 나를 사랑하고 있고, 나도 그녀를 사랑하고 있네. 2년 만에 다시 행복한 순간을 가지게 된 것이네.

그래서 이번에 나는 처음으로 결혼이 행복을 가져올 수 있을지도 모른다는 것을 느끼고 있네. 그러나 불행하게도 그녀와 나는 신분이 다르네 — 게다가 지금은 — 사실을 말하면 나는 아직 많은 활동을 해야 하네. 귀만 이렇지 않았던들 훨씬 전에 지구의 반은 돌아다녔을 것이네. 그리고 이것은 아무래도 그렇게 하지 않으면 안 될 일이네. 나에게는 자신의 예술을 완성하고 그것을 세상에 내놓는 이상이 기쁨은 없는 것이네. 그 일을 못 한다면 내가 비록 자네 옆에 간다 해도 나는 행복하지 못할 것이네. 무엇이 나를 그보다 더 행복하게 해줄 수 있겠나. 자네들의 친절한 마음조차 나에게는 무거운 짐이 될 것이네. 나는 늘 자네들의 표정에서 동정심을 읽을 것이고 그러면 더욱 비참한 기분에 빠질 것이네.

무엇이 나를 조국의 아름다운 풍경으로 잡아끌었겠는가? 그것은 다름 아닌, 보다 나은 지위를 얻겠다는 희망이었네. 이 병만 아니었던들 나는 그것을 어떻게든 손에 넣었을 것이네.

오오! 내가 이 병에서 벗어날 수만 있다면 전세계를 품에 안을 텐데! 나의 젊음은, 그렇네, 나에게는 그것이 느껴지네, 지금 비로소 시작된 것이네. 지금까지는 끝없는 괴로움의 연속뿐이었네.

나는 얼마 전부터 정신력과 함께 체력이 증가하고 있네. 날마다, 뭔가 뚜렷하게 정의할 수는 없지만 어렴풋이 보이는 목표를 향해서 나는 더욱 가까이 가고 있네. 자네의 베토벤은 이런 생각 속에서만 살아갈 수가 있네.

조금의 휴식도 없네! 잠자는 것 이외에는 나에겐 눈곱만큼도 휴식이란 없네. 수면에 전보다 많은 시간을 뺏겨야 한다는 것만 해도 나로서는 적지 않은 불행이네.

더도 말고 이 병에서 반만이라도 벗어나고 싶네. 그러면 자신을 제어할 수 있는 한층 원숙한 인간으로서 자네들을 만나러 가서 옛 우정을 새롭게 하겠는데.

그 때 자네들은 이 세상에서 받을 수 있는 행복을 모두 받은 나를 만나게 될 것이네 ― 불행을 가진 내가 아니라 말일세. 아니 그런 것은 아무래도 견딜 수 없는 일이네! 나는 운명의 목을 죄고 싶네.

운명 따위에 거꾸러지지는 않을 것이네. 오오, 인생을 천

배로 살 수 있다면 얼마나 좋을까! 나는 평온한 생활을 하도록
— 나는 그것을 느낄 수 있는데 — 태어난 인간이 아니네.

　부디 로르헨에게 안부를 전해 주게. 자네는 나를 조금은 사
랑해 주겠지? 나의 애정과 우정을 믿어 주게.

자네의 베토벤

톨스토이의 생애

톨스토이의 생애

톨스토이의 생애

1

요 백 년 남짓한 동안 땅 위를 밝혀 주었던 위대한 러시아의
한 영혼이 사라졌다. 그것은 우리 세대의 사람들에게 있어서
는 젊은 시절을 비쳐 주는 가장 순수한 빛이었다. 19세기 말
무겁고 어두운 그늘이 드리워진 황혼 속에서 그 빛은 위안의
별이었다. 그 별빛은 우리 청년들의 정신을 사로잡고 위로해
주었다.

톨스토이를, 사랑하는 예술가 이상의 어떤 존재로 여기는
사람이 많았다. 프랑스에도 그를 벗으로, 그것도 최상의 벗으
로, 전 유럽 예술에 있어서 하나뿐인 진실한 벗으로 생각하는
사람들이 참으로 많았다.

나도 그렇게 생각했던 한 사람으로서 그의 신성한 이름 앞
에 나의 감사와 사랑을 바치고 싶다.

내가 그를 처음 알게 된 날은 결코 내 마음에서 지워지지 않
을 것이다. 그것은 1886년이었다. 러시아 예술의 눈부신 꽃들
이 수년의 침묵의 발아기發芽期를 지나 프랑스의 대지 위에서

꽃을 피우기 시작한 바로 그해였다.

톨스토이와 도스토예프스키의 번역서가 한꺼번에, 그것도 그야말로 열광적인 속도로 모든 출판사로부터 쏟아져 나오기 시작했다. 《전쟁과 평화》, 《안나 카레니나》, 《유년 시절》, 《소년 시절》, 《폴리쿠슈카》, 《이반 일리이치의 죽음》, 카프카즈의 중편 소설, 민화民話 등이 1885년에서 1887년에 걸쳐 파리에서 간행되었다. 수개월, 아니 수주일이 채 못 되어 한 민족과 하나의 새로운 세계를 담은 위대한 작품들이 우리들 눈앞에 그 모습을 나타냈던 것이다.

우리들이 오랫동안 기다리고 필요로 했던 그 정신의 음악을 처음 들었을 때, 그때 체험한 그 감동의 전율을 어떻게 설명해야 좋을까.

우리들은 작품을 읽고 감동하는 것만으로는 만족할 수 없었다. 우리들은 그 작품을 살렸다. 톨스토이의 작품은 곧 우리의 작품이 되었던 것이다. 그의 인생에 대한 타오르는 정열에 의해서, 그의 마음의 젊은 기운에 의해서 그의 작품은 우리들의 작품이 되었던 것이다.

그의 냉소적인 현실 폭로, 그의 준엄한 관찰, 그의 죽음에 대한 강박 관념 등에 의해서 그의 작품은 우리들의 작품이 되었다. 그가 사람들에게 던져 준 우애友愛와 평화의 꿈에 의해서, 문명의 허위에 대한 그의 격렬한 공격에 의해서, 더욱이 그의 리얼리즘에 의해서, 신비주의에 의해서, 자연의 숨결에 의해서, 눈에 보이지 않는 힘에 대한 감각에 의해서, 무한에의 눈부신 사실들에 의해서 그의 작품은 우리들의 작품이 되었다.

그의 책은 우리들 대다수에 대해서 마치 '베르테르'가 그 세대 사람들에 대해서 지녔던 것과 똑같은 의미를 지니고 있었다. 즉 우리들의 사랑의 힘과 연약함과 희망과 공포의 선명한 거울이 되었다.

우리들은 이런 모순들을 조화시키려고 몸부림치지 않았다. 더욱이 폴 부르제를 흉내내서 우주 그 자체의 울림과도 같은 저 복잡한 정신을 종교나 정치의 좁은 영역으로 끌어내리려는 야비한 노력을 한 일도 없었다. 톨스토이가 죽은 이튿날 폴 부르제는 《전쟁과 평화》의 호메로스적 시인을 자기네의 당파적 정열의 낮은 수준으로 끌어내렸던 것이다. 그 사람들은 당파를 만드는 일이야말로 천재를 증명하는 일이라고 생각했던 것일까!

톨스토이가 나의 당파에 속해 있든 그렇지 않든 그런 것은 아무래도 상관없다. 단테나 셰익스피어는 그 숨결을 들이마시고 그 빛을 마시면 그것으로 족한 것이다. 그들이 어느 당파에 속해 있든 그런 게 무슨 상관이겠는가?

우리들은 요즈음의 비평가들처럼 이런 따위의 소리는 하지 않았다.

"톨스토이는 둘이다. 즉 위기 이전의 톨스토이와 위기 이후의 톨스토이로 나눌 수 있는데, 전자는 좋으나 후자는 좋지 않다."

우리들에게 있어서는 하나의 톨스토이밖에 없었다. 우리는 그 전체를 사랑하였다. 왜냐하면 우리들은 본능적으로 이러한 정신 속에는 모든 것이 서로 결부되어 하나로 뭉쳐 있다고 느끼고 있었기 때문이다.

2

당시 우리들의 본능이 그 이유도 모른 채 느끼고 있었던 것, 그것을 오늘 우리들의 이성은 증명하지 않으면 안 된다.

이제야 우리들은 그것을 증명할 수 있다. 그 긴 생명이 끝을 고했으니까. 그것은 만인이 우러러보는 정신의 하늘에 뜬 가리울 것 없는 태양이 되었으니까.

먼저 우리들을 놀라게 하는 것은 그의 생활 신조가 처음부터 끝까지 조금도 변하지 않았다는 것이다. 사람들이 그를 가로막으려고 놓은 장애에도 불구하고, 또 그 자신의 사람됨이 그러했음에도 불구하고 그것은 변하지 않았던 것이다.

그의 사상의 단일성에 대해서는 이야기할 수 없을 것이다. 결코 그것은 단일한 것이 아니었으니까, 그러나 그의 사상의 일관된 지속성, 어떤 때는 조화되고 또 어떤 때는, 아니 대개의 경우는 반발하는 요소를 집요하게 일으키는 것을 중단하지 않은 그 지속의 단일성에 대해서는 이야기할 수 있다.

단일성, 그것은 톨스토이와 같은 사람의 정신 속이라든지 마음 속에는 있지 않았다. 그것은 그의 정열의 싸움 속에, 그의 예술과 인생과의 비극 속에만 있었다.

그에게 있어서는 예술과 생활이 일치되어 있었다. 지난날 그 어떤 작품이 이토록 내적 생활과 밀착되어 있었던가.

그의 작품은 거의 한결같이 자전적自傳的 성격을 띠고 있다. 따라서 25세 이후 그 파란 많던 생애의 여러 모순된 경험을 우리는 그의 작품을 통해서 하나하나 더듬어 볼 수가 있다.

20세 이전부터 쓰기 시작하여 죽을 때까지 계속 써 왔던 〈일기〉와 비류코프 씨에게 제공한 각서에 의해서 우리는 이 천재를 거의 완전하게 재생시킬 수 있다. 그것에 의해서 거의 날마다의 톨스토이의 의식을 들여다볼 수 있을 뿐 아니라, 그의 천재가 뿌리를 내리고 있던 세계와 그의 정신을 길러 준 사람들을 재생시킬 수가 있다.

그는 자기 양친에 대해서 잘 몰랐다. 저 감동적인 이야기 《유년 시절》과 《소년 시절》은 아는 바와 같이 현실과는 상당히 동떨어진 것이었다. 현실의 어머니는 그가 두 살도 못되어 세상을 떠났다. 따라서 그는 어머니의 얼굴도 생각해 낼 수 없었다.

그러나 그녀는 완벽하리만큼 순박한 성격과 세상의 평판에 무관심한 태도와 자기가 만든 이야기를 남에게 들려줄 수 있는 빛나는 재능을 아들에게 물려주었던 것 같다.

아버지에 대해서는 그도 몇 가지 추억을 가지고 있었다. 그의 아버지는 농담을 좋아하는 사람으로서 슬픈 듯한 눈매를 가지고 있었다. 자기 영지 안에서 자유롭고 욕심 없는 생활을 즐기고 있었다.

톨스토이는 아홉 살 때 아버지를 여의었다. 이 죽음이 그에게 "처음으로 진실한 괴로움을 맛보게 했고, 그의 마음을 절망으로 가득 채웠다."

양친은 다섯 명의 아이들을 야스나야 폴랴나[1]의 옛집에 남기고 세상을 떠났다. 레프 톨스토이는 1828년 8월 28일에 이 집에서 태어나 82년 뒤, 그러니까 죽기 직전까지 이 곳을 떠나지 않았다.

그의 형제는 맨 아래가 누이 마리아이고 위로는 셀쥬, 드리트리, 니콜라이였다.

이 고아들 곁에는 마음이 고결한 두 부인이 있었다. 그 중 한 사람은 톨스토이에게 "사랑이라는 정신적인 기쁨을 가르쳐 준" 다치아나 숙모였다. 또 한 사람은 알렉산드라 숙모였는데, 그녀는 좋아하는 성자전聖者傳을 읽는다거나 순례자나 순박한 사람들과 한가한 이야기를 나누는 것이었다. 그밖에도 순박한 남녀가 몇 사람 함께 살고 있었다. 그 중 한 사람은 순례자로서 시편을 줄줄 암송했고, 글리샤는 기도와 눈물짓는 일밖에 몰랐다.

모두 이렇게 눈에 잘 띄지 않는 정신의 소유자들이었으나, 그들이 톨스토이를 형성하는 데 끼친 몫은 빼놓을 수 없을 것

---

1) 야스나야 폴랴나는 '숲 속의 밝은 빈터'라는 뜻으로, 모스크바 남쪽 쓰라에서 수십 리 떨어진 곳에 있는 작은 마을이다.

이다. 이 사람들은 만년에 가서 톨스토이가 그려냄으로써 드러난 사람들이다. 그들의 기도, 그들의 사랑은 어린 마음속에 신앙의 씨를 뿌려 주었고, 늙은 톨스토이가 그것을 거두어들인 것이다.

톨스토이는 《유년 시절》을 이야기함에 있어서 그의 정신을 만드는 데 도움이 된 이들 겸손한 사람들에 관해서 순박한 글리샤를 빼놓고는 아무 말도 하지 않았다.

그러나 그에 비해서 이 어린아이의 정신, "맑고, 인정이 깊고, 밝은 빛처럼 언제나 다른 사람에게서 뛰어난 특성을 찾아내는 마음", 그 극도의 따뜻함은 《유년 시절》을 통해서 참으로 또렷하게 드러났다.

자기가 행복하기 때문에 자기가 아는 단 한 사람의 불행한 사람을 생각하고, 그 사람을 위해서 울며, 힘을 다해서 도와주려고 한다. 그는 늙은 말을 껴안고 괴롭혔던 것에 대해 용서를 빈다. 또한 사랑받지 못할지라도 사랑함으로써 행복해 한다. 벌써 그의 미래에 대한 천분이 싹튼 것이다.

자기가 만든 이야기가 자신을 울려 버릴 만큼 뛰어난 상상력, 사람들이 생각하고 있는 일을 자기도 생각하기 위해 언제나 쉬지 않는 두뇌, 일찍 발달된 관찰력과 기억력, 자기 슬픔에 잠겨서도 남의 얼굴빛을 살피고 그 사람의 괴로움의 진실을 더듬는 주의 깊은 시선 등의 천분이 싹이 튼 것이다.

그는 다섯 살 때 처음으로 "산다는 것은 즐거움이 아니라 항상 무거운 고역이다"라고 느꼈다고 했다. 그러나 다행히 그는 그 일을 잊어버렸다. 그 당시 그는 밤마다 할머니의 집 창 옆에 앉아 이야기꾼이 맹목적으로 해주는 이야기, 즉 민화나 러시아 전설 등의 신화적인 민속적 꿈 이야기라든지 성서 이야기, 나아가서는 《아라비안 나이트》 같은 것을 들으며 자랐다.

3

그는 카잔에서 공부하였다. 재미없는 수업이었다. 그 삼형제에 대한 평가는 다음과 같았다.

"셀쥬는 의욕적이고 성적도 좋다. 드미트리는 의욕은 있으나 성적이 좋지 않다. 레프는 의욕도 없고 성적도 나쁘다."

그는 스스로가 '청년기의 사막'이라고 이름지은 시기에 들어섰던 것이다. 보이는 것은 넓디넓은 사막, 타오르는 광기狂氣가 돌풍이 되어 그곳에 휘몰아쳤다.

그는 일 년 동안 온갖 주의主義를 자기 식으로 파악해서 스스로에게 모두 시험해 본다. 금욕주의자로서 스스로에게 육체적 고문을 가하고 쾌락주의자로서 짐짓 타락한다. 이어 윤희輪廻를 믿는다. 마지막에는 허무주의에 빠져 미친 사람같이 된다. 그는 자기를 분석하고 또 분석한다.

"나는 무엇을 생각하지 못하게 되었다. 나는 내가 무엇을 생각하고 있다고 생각하고 있었다……."

끝없는 이 분석. 이 때문에 그는 자기의 신념을 완전히 잃어

버렸다. 적어도 스스로는 그렇게 생각했다.

16세 때 그는 기도하는 것도 그만두고 교회에도 나가지 않게 되었다. 그러나 신앙은 버리지 않았다. 다만 모습을 감추었던 것이다.

"그러나 나는 무엇인가의 존재를 믿고 있었다. 그것이 무엇이냐고 누가 물으면 나로서는 무엇이라고 대답할 수 없었다. 나는 아직 신의 존재는 믿고 있었다. 신을 부정하지 않았다고 하는 것이 더 정확할 것이다. 그러나 그게 어떤 신이냐고 물으면 나는 알 수 없었다."

그는 때때로 자선을 꿈꾸었다. 마차를 팔아서 그 돈을 가난한 사람에게 나누어주자, 재산의 10분의 1을 그들을 위해 희생시키자, 심부름꾼 없이 지내자……. "왜냐하면 그들도 나와 마찬가지로 사람이니까."

그는 〈생활의 규칙〉을 썼으며 자신에게 다음과 같은 의무를 과했다.

"모든 것을 배우고, 모든 것을 깊이 규명할 것. 즉 법률, 의학, 어학, 농업, 역사, 지리, 수학, 나아가서 음악과 미술에 있어서도 최고의 완성에 이를 것."

그는 "사람의 숙명은 끊임없는 완성에 있다는 확신"을 가지고 있었다. 그러나 이 완성에의 신앙은 자기도 모르는 사이에 청년기의 정열이나 격렬한 관능이나 거대한 자존심에 밀려나 그 욕심 없는 성질을 잃고 실제적이면서도 물질적인 것이 되어 버렸다.

그러나 단 한 가지가 언제나 그를 구해 주었다. 그것은 순수한 성실성이었다.

그는 최악의 미망迷妄 속에서도 가차없는 판단력으로 스스로를 비판하고 있었다.

"나는 정말 짐승처럼 살고 있다. 완전히 의기소침해져 있다."

이렇게 그는 〈일기〉에 적고 있다.

그는 또 예의 분석벽을 발휘하여 자기 과오의 원인을 면밀하게 밝혔다.

"① 우유부단, 즉 기력의 결여 ② 자기기만 ③ 성급함 ④ 거짓 수치심 ⑤ 우울증 ⑥ 착란 ⑦ 모방심 ⑧ 변덕스런 마음 ⑨ 경솔."

이와 같은 자주적 판단을 그는 학생 시절에는 사회의 인습이나 학문상의 미망을 비판하는 데 사용한다. 그는 대학의 학문을 조롱하고 역사적 연구 방법을 날카롭게 비판하는데, 그 사상의 기발함이 원인이 되어 근신을 명령받는다.

이 무렵에 그는 루소의 《참회록》과 《에밀》을 발견한다. 그에게 있어 그것은 청천벽력과 같은 것이었다.

"그를 숭배하였습니다. 그의 초상 메달을 성상聖像처럼 언제나 목에 걸고 있었습니다."

그의 첫 철학 논문은 루소에 대한 논평이었다.

그러나 그는 역시 대학에 염증을 느끼고 자기의 영지 야스나야 폴랴나에 돌아와서 숨어 버린다. 그는 민중과의 접촉을 회복한다. 민중을 돕고, 그 후원자이자 교육자이기를 바란다.

이 시기의 그의 체험은 초기 작품의 하나인 《어떤 영주의 아침》에서 더듬어 볼 수 있다. 이것은 주목할 만한 중편 소설 이다. 주인공은 그가 좋아하는 그의 대리인 네프류도프 공작 이다.

네프류도프는 20세. 대학을 떠나 농민의 복지를 위하여 힘을 기울인다. 그러나 그를 맞이하는 것은 냉소 섞인 무관심, 뿌리 깊은 불신, 인습, 악덕, 망은忘恩 뿐으로 노력은 모두 헛된 것이 되고 만다. 그러나 그는 사랑의 직감에 의해서 그들의 마음 속으로 들어간다.

그들 속에서 그는 사람을 짓누르는 운명에 대한 인내와 체념, 부정에 대한 용서, 가족에 대한 사랑을 본다. 그리고 과거에 대한 인습적이고 경건한 집착의 여러 원인을 알게 된다.

이 첫 중편 소설의 주인공에게 이미 톨스토이의 모든 것이 나타나 있다. 그가 가진 흐리지 않은 시력과 집요한 상상력이 그것이다. 그는 어김없는 리얼리즘으로 사람들을 관찰한다. 그러나 그가 눈을 감으면 그의 꿈이, 인간에 대한 사랑이 그를 사로잡았다.

4

그러나 1850년의 톨스토이는 네프류도프만큼 참을성이 없다. 야스나야는 그를 배신했다. 그는 엘리트에게도, 민중에 대해서도 염증을 느끼고 만다. 더구나 그의 채권자들에게 들볶였다.

그리하여 1851년에 그는 카프카즈의 군대로, 장교였던 형 니콜라이에게로 달아난다. 조용한 산골에 도착하자 자기를 회복하고 신을 다시 발견한다.

"어젯밤 나는 거의 한잠도 못 잤다…… 나는 신에게 기도를 하기 시작하였다. 기도를 하면서 경험한 그 기쁨을 표현하기란 나로서는 도저히 불가능하다. 그 동안 무엇인가 엄청나게 위대한 것, 아름다운 것이 그리웠었다…… 그것이 무엇이었느냐고 물으면 말할 수 없는 것이었다. 무한의 '존재'와 융합되기를 바라고 있었던 것이다. 나의 과거를 용서해 달라고 그 '존재'에게 빌었다. 나에게 이 지극한 기쁨을 주었으니까 그 '존재'가 나를 용서한 것이라고 나는 느꼈다. 나는 구하였다. 동시에 나는 구할 것이 아무것도 없다는 것을, 구할 수가 없다는 것을, 구할 줄 모른다는 것을 느끼고 있었다. 나는 감사하였다. 그러나 그것은 말에 의해서도, 사상에 의해서도 아니었다…… 한 시간도 지나지 않아서 나는 악의 소리에 귀를 기울이고 있었다. 나는 영광과 여자를 꿈꾸면서 잠들었다. 악의 목소리는 나의 힘보다 강했다 —— 상관 있는가! 나는 이 기쁨의 순간을 신에게 감사한다. 또 내가 비천하다는 것과 위대하다는 것을 보여준 신에게 감사한다. 나는 기도하고 싶다. 그러나 나는 기도할 수 없다. 나는 이해하고 싶다. 그러나 이해할 수 없다. 나는 나를 '신의 뜻'에 맡긴다!"

싸움은 마음 깊은 곳에서, 정념情念과 신과의 사이에서 계속되었다. 톨스토이는 〈일기〉에 자기를 괴롭히는 세 가지 악마를 이렇게 적었다.

1. 도박열 — 가능한 싸움
2. 성욕 — 매우 곤란한 싸움
3. 허영심 — 가장 무서운 싸움

'상관 있는가!' 신은 거기 있을 따름이다. 신은 이제 그를 떠나지 않는 것이다. 싸움의 몸부림, 그것에 의미가 있는 것이다. 그의 생명의 모든 힘은 이 싸움 속에서 높아져 가는 것이다.

1852년에 톨스토이의 천재는 처음으로 몇 송이의 꽃을 피웠다. 《유년 시절》, 《어떤 영주의 아침》, 《침입》, 《소년 시절》이 그것이다. 그는 그에게 열매를 맺게 해준 생명의 신에게 감사했다.

5

《유년 시절》은 1851년 가을에 티플리스에서 쓰기 시작하여 1852년 7월 2일에 카프카즈에서 완성하였다. 처음 톨스토이는 청춘의 정열과 엄청난 계획을 가지고 그 당시 《유년 시절》의 이야기를 《네 개의 시기의 이야기》의 첫장으로 할 생각이었다.

그는 구심적 성격을 가진 자기의 시적 상상력을 위하여 고립된 주제를 택하지는 않았다. 그의 위대한 소설들도 긴 역사의 쇠사슬의 일환으로서, 결국 그가 실현할 수 없었던 거대한 총체總體의 여러 단편들에 지나지 않았다.

뒷날 톨스토이는 그의 명성의 일부를 차지하고 있는 이 《유년 시절》의 이야기를 매우 엄격한 눈으로 바라보았다.

"그것은 형편없는 것이야. 문학적 진실 따위는 하나도 없이 쓰여진 것이니까."

이런 의견을 가진 사람은 그 혼자뿐이었다.

원고는 서명도 없이 러시아의 대잡지 《소브레닉》에 보내지자 곧 발표되어 유럽의 전체 대중이 인정해 주는 대성공을 거두었다.

그 시적인 매력, 세련된 문체, 미묘한 감동에도 불구하고 그의 마음에 들지 않은 이유는 후일에 와서야 사람들이 이해하게 되었다. 그 작품이 그의 마음에 들지 않은 것은 그것이 다른 사람을 기쁘게 해준 것과 같은 이유에서였다. 거기에는 달콤하고 부드러운 감상이 넘쳐 있었는데, 그것이 후일의 그의 뜻에 맞지 않았던 것이다. 이런 감상은 그의 다른 작품에서는 일체 배제되었다.

이윽고 그의 개성은 뚜렷하게 모습을 나타냈다. 《소년 시절》은 《유년 시절》만큼 순수하거나 완전하지는 못했지만 보다 독창적인 심리와 자연에 대한 예민한 감각 그리고 정신의 고뇌를 나타내고 있었다.

《어떤 영주의 아침》에서는 관찰의 성질과 정확성, 애정에 대한 신앙이라는 점에서 톨스토이의 성격이 명확한 형태를 나타내기 시작했다.

그러나 이 시기의 대표적 작품은 자기의 감동을 직접 기록한 작품인 카프카즈의 이야기들이다. 그 첫 작품인 〈침입〉은 그 웅장하고 아름다운 풍경으로 독자의 마음을 압도한다. 《전쟁과 평화》의 몇 개의 원형이 여기에서 탄생하려고 했던 것이다. 그는 다른 사람의 사상에 물들지 않고 관찰했으며, 이미 전쟁에 대한 항의를 소리 높이 외치고 있었다.

〈삼림 벌채〉와 〈파견대에서 모스크바의 한 친구와의 만남〉도 이 시기의 관찰에 의한 카프카즈의 이야기이며 훨씬 뒤에 쓰여졌다.

이 모든 작품을 넘어서서 첫 산맥의 최고봉이 솟아 있다. 그것은 톨스토이가 쓴 가장 아름다운 서정적 소설의 하나로 그의 청춘의 노래이며 카프카즈의 시인 〈카자흐〉이다.

빛나는 하늘에 수려한 윤곽을 그리고 있는 화려한 설산雪山에서 들려오는 음악이 작품 전체에 넘쳐 있다. 천재가 활짝 꽃 핀 이 작품은 다른 어떤 것과도 비교할 수 없는 것이다. 톨스토이가 말했듯이 "청춘이라는 전능의 신, 이제 두 번 다시 찾아볼 수 없는 비약"에 의해서.

그것은 얼마나 놀라운 봄의 분류奔流이냐! 얼마나 아름다운 사랑의 유로流露이냐!

"나는 사랑하노라, 한없이 사랑하노라."

톨스토이는 인생의 힘과 인생에 대한 사랑에 도취되어 이 청춘에서 살았던 것이다. 그는 자연을 포옹하고 자연과 융화되었다. 그러나 이 낭만적인 도취 속에서도 그의 눈길의 명석함은 결코 흐려지지 않았다. 이 뜨거운 시에 있어서만큼 풍경이 힘있게 그려지고 등장 인물의 진실성이 뚜렷하게 드러난 작품은 달리 없다.

자연과 인간의 대립이 이 저작의 바탕을 이루고 있다. 그것은 톨스토이가 일생을 통하여 즐겨 다룬 테마의 하나이며, 더욱이 그의 '신조'의 한 항목으로 되어 있는 것이다. 이 대립은 뒤에 가서 《크로이체르 소나타》에 차갑고 혹독한 성격을 주고 인간의 희극에 용서 없는 매질을 가한다.

그러나 그는 자기가 사랑하는 사람들에 대해서도 마찬가지로 용서하지 않았다. 자연 속에 사는 아름다운 카자흐 처녀와 그의 친구들도 그들의 이기주의와 탐욕과 속임수와 더불어 악덕을 송두리째 드러냈던 것이다.

특히 카프카즈는 무엇보다도 톨스토이에게 자기 속에 깊이 숨겨 둔 종교심의 깊이를 계시해 주었다. 그는 1859년 5월 3일, 청춘 시절 마음의 벗이었던 젊은 수모 알렉산드라에게 부친 편지 속에 비밀을 지켜 달라며 '신앙 고백'을 하고 있다.

— 그것은 카프카즈에 있을 때였습니다. 내가 이 2년 동안만큼 자신을 깊이 바라본 일은 없었습니다. 그때 내가 발견한 모든 것

은 나의 신념으로 남을 것입니다…… 나는 하나의 아무 특색도 없
는 낡아빠진 진리를 발견했습니다. 즉 불멸의 존재가 있다는 것,
사랑이 있다는 것, 영원히 행복하기 위해서는 다른 사람을 위해서
살아야 한다는 것을 발견했던 것입니다…… 그리하여 나는 나의
종교와 함께 오직 혼자가 될 수 있었던 것입니다…….

6

1853년 11월, 터키에 대한 선전 포고가 내려졌다. 톨스토이
는 루마니아 군에 배속되었다. 이어 크리미아 군으로 옮겨져
1854년 11월 7일에 세바스토폴리에 도착했다. 그는 열광하였
고 애국적 충성심에 불탔다. 용감하게 자기 의무를 다했고 위
험에 자주 직면했다.

몇 달 동안을 죽음에 직면하여 끝없는 흥분과 공포 속에서
살았기 때문에 종교적 신비주의가 되살아났다. 그의 인생의
목적, 그것은 예술이 아니라 종교였다.

1855년 3월 5일에 그는 이렇게 적고 있다.

"나는 위대한 이념에 이끌렸다. 그 이념의 실현에 전 생애
를 바칠 수 있다고 나는 느꼈다. 그 이념이란 새로운 종교의
창설이다. 그리스도의 종교이기는 하나 교리나 신비성에서
순화된 종교다…… 양심에 부끄럽지 않게 행동하고 종교에
의해서 인간을 화합시키는 것이었다."

이것은 그의 만년의 계획이 될 것이다.

그러나 자기를 둘러싼 광경에서 기분을 돌리기 위해 그는 다시 쓰기 시작했다. 포탄이 빗발치는 가운데서 그는 어떻게 '추억'의 제3부 《청년 시절》을 쓰기 위한 정신의 자유를 발견할 수 있었을까? 이 작품은 혼돈된 것이지만 젊은이의 두뇌 속에 몰려드는 착잡한 생각이라든지 꿈의 잡다한 퇴적에 대한 그의 냉정한 통찰력에는 다시 한 번 놀라지 않을 수 없다. 그러나 눈앞의 현실이 과거의 꿈보다 소리 높이 그에게 말을 걸었다. 현실은 오만하게 스스로를 강요했다.

《청년 시절》은 완성되지 못했다. 그리고 2등 대위 레프 톨스토이 백작은 요새에서, 포탄이 터지는 가운데서 전우들을 관찰하기 시작했다. 살아 있는 사람과 죽어 가는 사람을 관찰하면서 그들의 괴로움이나 자기의 괴로움을 저 잊을 수 없는 《세바스토폴리》의 이야기 속에 담았다.

그 세 편의 이야기(《1854년 12월의 세바스토폴리》, 《1855년 5월의 세바스토폴리》, 《1855년 8월의 세바스토폴리》)는 흔히 구별되지 않고 같은 평가를 받고 있다.

그러나 이들 세 편의 이야기는 서로 많이 다르다. 그 중에서도 두 번째의 이야기는 감정과 기교에 있어 다른 두 편보다 뛰어나다. 다른 두 편은 애국심에 지배되고 있으나, 이 작품에는 진실이 숨김없이 드러나 있다.

러시아 황후는 첫 작품을 읽은 뒤 눈물을 흘렸고, 황제는 감동한 나머지 이것을 프랑스 어로 번역하게 하는 한편 이 작가를 안전 지대로 보내라고 명령하였다고 한다. 이것은 쉽게 납득할 수 있는 일이다. 이 이야기 속에는 조국과 전쟁을 찬미하지 않는 부분은 단 한 곳도 없다.

톨스토이는 얼마 전에 전쟁터에 도착한 것이다. 그의 열광은 아직 상처를 입지 않고 있었다. 영웅주의에 빠져 있었다.

그는 세바스토폴리를 지키는 사람들의 야심도, 자존심도, 야비한 감정도 아직 눈치 채지 못하고 있었다. 전쟁은 그에게 있어서 숭고한 하나의 서사시였고, 병사들은 '그리스 시대에도 뒤지지 않는' 영웅들이었다. 이것은 위대한 현지 보고서인 셈이다.

전혀 딴판의 작품이 제2편 《1855년 5월의 세바스토폴리》이다. 이 이야기는 이미 작가의 단순한 보고서가 아니라 감정과 인간을 무대 위에 올려놓고 영웅적 행위 뒤에 숨겨진 것을 들춰낸 것이다.

톨스토이의 밝은 눈길은 미망에서 깨어나 전우들의 마음 밑바닥을 들여다본다. 그는 자기 자신에게서와 마찬가지로 그들 속에서도 오만과 공포를 보고 죽음의 코앞에서 이루어지는 이 세상의 희극을 보게 된다. 기독교도 톨스토이는 첫 이야기의 저 애국심을 잊어버리고 종교에 배반된 전쟁을 저주한다.

"이 기독교도들은 사랑과 희생이라는 위대한 법도를 공언하면서도 자기가 한 일에 대해 신에게 회개하고 무릎을 꿇을 줄 모른다. 신은 그들에게 생명을 주심과 동시에 개개인의 정신 속에 죽음의 공포와 함께 선과 미에 대한 사랑을 쏟아 넣으셨다고 하지만……."

지금까지 그의 어떤 작품에서도 볼 수 없었던 통렬함을 나타낸 이 작품을 마치면서 그는 하나의 회의에 사로잡혔음을 느낀다.

"하나의 괴로운 회의가 나의 목을 죈다. 이런 이야기를 하는 것이 아니었지 않나? 내가 이야기 한 것은 유해한 진실인지도 모른다."

그러나 그는 자부심을 가지고 자기를 회복한다.

"나의 소설의 주인공, 정신의 힘으로 사랑하고, 더욱 아름답게 표현하려고 힘쓰고, 언제나 아름다웠고 현재도 아름다우며 앞으로도 아름다워야 할 주인공, 그것은 '진실' 이다."

7

톨스토이는 일 년 동안 감정이나 허영이나 인간의 고뇌 등의 밑바닥을 맛보았던 이 지옥에서 나왔다.

1855년 11월, 그는 페테르부르크의 문학가들에게로 돌아왔다. 그때 그는 그들에 대해 혐오와 경멸을 느꼈다. 멀리서 볼 때는 예술의 영광 속에 있는 것처럼 보이던 사람들을 가까이에서 본 그는 완전히 실망해버린 것이다. 그가 찬미하였던 나머지 《삼림 벌채》를 바친 지 얼마 안 되는 투르게네프에 대해서도 예외일 수는 없었다. 이 두 사람은 서로 공감할 수 없었다. 이 두 사람은 서로 상반되는 영혼의 색채로 세상을 관찰하였다. 투르게네프의 영혼은 빈정대기 잘하고, 흥분하기 쉽고, 애정에 차 있으면서도 환멸을 잘 느끼는 미美의 찬미자였다. 톨스토이의 영혼은 격렬하고 자존심이 강하며, 도덕적인 사상으로 인해 괴로워하면서 숨은 신神을 잉태하고 있었던 것이다.

1856년에 찍은 한 장의 사진에는 투르게네프, 곤차로프, 오스트로프스키, 글리고로비치, 드루우지닌과 함께 그가 찍혀 있다.

다른 사람들의 제멋대로의 모습 가운데 있는, 금욕적이고 엄격한 그의 모습이 눈을 끈다. 군복을 입고 문학자들 뒤에 서 있는 그의 모습은 슈아레스의 재주 있는 필치가 지적하듯이 "그들의 동료라기보다는 차라리 그들을 감옥에 보내려고 감시하고 있는 것 같았다."

톨스토이가 특히 이 문학가들을 용납하지 못한 점은, 그들이 자신들을 선택된 계급의 사람으로 알고 인류의 지도자로 믿고 있었던 점이었다. 그는 인간의 이성을 믿지 않았으며, 넌즈시 경멸하였다.

톨스토이의 문학가 친구들에 대한 반발심은 시간이 흐를수록 더해 갈 뿐이었다. 그는 이 예술가들이 타락적인 생활과 도덕적인 주장을 뒤섞어서 하고 있는 것을 용서하지 못했다.

그는 그들에게서 떨어져 나왔다. 그러나 그들이 가지고 있던 예술에 대한 욕심과 이해가 얽힌 신앙은 한동안 그대로 지니고 있었다. 그것은 충분한 보수를 받을 수 있는 종교였다.

"나는 이 종교의 사제의 한 사람이었다. 매우 편하고 편리한 신분……."

그는 지금까지보다 이 종교에 더욱 몰두하기 위해서 군대 생활을 그만두었다. 1856년 11월의 일이었다.

그러나 그와 같은 성격의 인간은 오래 눈을 감고 있을 수가 없다. 그는 진보를 믿었다. 아니 믿고 싶었다. 그러나 프랑스, 스위스, 독일을 여행하면서 이 신념은 붕괴되고 말았다.

1857년 4월 6일에 파리에서 본 사형 집행 광경은 "그에게 진보라는 미신의 허망함을 보여주었다……."

"나는 머리가 몸에서 떨어져 광주리 속으로 떨어지는 것을 본 순간, 현재 이루어지고 있는 질서에 근거를 줄 어떠한 이론이라 할지라도 이러한 행위를 변명할 수는 없다는 것을 이론상으로 뿐 아니라 나의 존재 전체로 깨닫게 되었다. 설령 전세계의 인류가 어떤 이론에 의해서 이 행위가 필요하다고 인정한다고 할지라도 나는 여전히 그것을 악이라고 생각하게 될 것이다. 선과 악을 결정하는 것은 다른 사람의 언동이 아니라 나의 마음이기 때문이다."

그는 자유주의자들이 익히 아는 환영幻影 일체에 대한 멸시와 '선과 악의 바다에 가공의 경계선을 긋는' 사람들에 대한 멸시를 적었다.

"그들에게는 문명은 선, 야만은 악, 자유는 선, 예속은 악이다. 이 가공할 인식은 본능적이고 본성적인 보다 좋은 욕구를 파괴하였다. 무엇이 자유인가, 무엇이 전제인가, 무엇이 문명인가, 무엇이 야만인가, 그것을 누가 나에게 명시해 줄 수 있단 말인가? 도대체 선과 악이 공존하지 않는 곳이 어디 있단 말인가? 우리 속에는 절대로 과오를 범하는 일이 없는 유일한 인도자, 즉 보편적 정신이 존재할 뿐이다. 모든 사람에게 공통된 이 ‘정신’은 우리에게 서로 화합하라고 속삭인다.”

러시아의 야스나야로 돌아오자 그는 다시 농민들을 위한 일에 몰두하기 시작했다. 그는 학교를 세웠다. 그리고 아동 교육의 여러 체계를 연구했다.

이 학교는 그가 혐오스럽고 어리석은 것으로 보는 의무적인 학교와는 대립되는 것이었다. 엘리트, 즉 ‘자유주의의 특권 계급’이 자기네와 관계도 없는 민중에게 자기네의 지식이나 오류를 강요하는 것을 그는 전혀 인정해 주지 않았다. 그런 권리가 어디에 있을 수 있단 말인가. 민중에게는 민중에게 더 절실한, 더 정당한 정신적 요구가 있는 것이다. 그것을 이해하도록 노력해야 한다. 그것이 만족되도록 그들을 도와야 한다!

보수적 혁명론가 톨스토이는 야스나야에서 이 자유로운 이론을 실천에 옮기려고 했다. 그와 동시에 농업 개발 속에 가장 인간적인 정신을 끌어들이려고 힘썼다.

1861년에 크라피브라의 토지 중개인으로 임명되자, 그는 지주와 국가 권력의 권력 남용에 맞서서 민중의 옹호자가 되었다. 그러나 이런 사회 활동이 그를 만족시켜 주고 그를 채워 주었다고 생각해서는 안 된다. 그는 여전히 상반된 갖가지 정열에 사로잡혀 있었다.

마음이 내키지 않을지라도 그는 언제나 사교계를 사랑했고 또 필요로 했다. 쾌락이 주기적으로 그를 붙잡았던 것이다. 말하자면 그는 가만히 있을 수가 없었다. 그리하여 곰사냥을 하다가 죽을 뻔하기도 했다. 큰 도박도 했다. 멸시하고 있던 페테르부르크의 문단의 영향을 받을 때도 있었다.

그러다가 그는 이런 미망에서 깨어나면 이번에는 혐오감의 발작에 휩싸이는 것이었다.

이 시기의 그의 작품에는 유감스럽게도 이러한 예술적 · 도덕적 불안감의 흔적이 남아 있다.

〈두 경기병〉, 〈알베르〉, 〈어느 득점 기록계의 일기〉 등의 작품이 그것이다.

3부작 《세 죽음》은 뛰어난 것이기는 하나, 전체로 보면 예술을 위해서 씌어진 것인지 아니면 도덕적 의도에 따른 것인지에 관해서 뚜렷하지 못한 점이 있었다.

일 년 뒤인 1860년 9월, 사랑하던 형 니콜라이의 죽음이 톨스토이를 뒤흔들어 놓았다. 마침내는 "선에 대한, 모든 것에 대한 신념이 동요를 일으켰고" 예술을 부정하게 되었다.

"진실을 알고 진실을 이야기하고 싶은 욕구, 이것이 나에게 남겨진 유일한 도덕적 관념이다. 이것밖에 나는 할 수 없을 것이다. 예술은 허구다. 나는 이미 아름다운 허구를 사랑할 수가 없다."

그러나 여섯 달도 채 안 되어 〈폴리크슈카〉를 냄으로써 그는 '아름다운 허구' 로 되돌아갔다. 이것은 아마 그의 작품 중에서 도덕적 의도가 가장 적은 작품일 것이다. 순수하게 예술을 위해서 쓰여졌고 게다가 걸작이었던 것이다.

8

뛰어난 재질을 가진 톨스토이가 자신을 의심하고 기력을 잃은 것같이 보이던 이 과도기에 지금까지의 작품 중 가장 순수한 〈부부의 행복〉이 태어났다. 이것은 사랑의 기적이었다.

여러 해 동안 그는 넵르스 가家와 친교를 맺고 있었다. 그가 마음이 끌리고 열중한 것은 그 집 둘째딸, 소피아 베르스였다. 그러나 그는 사랑을 고백할 수는 없었다. 그녀는 17세였는데 반해 그는 30세가 넘었던 것이다.

그는 닳고 낡은 자기의 인생을 때묻지 않은 소녀의 인생에 결합시킬 수는 없다고 생각했다. 그는 3년 동안이나 말을 못하고 지냈다.

뒤에 그는 《안나 카레니나》에서 그가 어떻게 소피아에게 사랑을 고백하고 그녀가 어떻게 대답했는가를 이야기했다. 두 사람 모두 입 밖에 내지 못하고 있던 말의 머리글자를 테이블 위에다 분필로 썼던 것이다. 이리하여 1862년 9월 23일, 두 사람은 결혼식을 올렸다.

이에 앞서 이 결혼은 이미 3년 전에 〈부부의 행복〉을 집필한

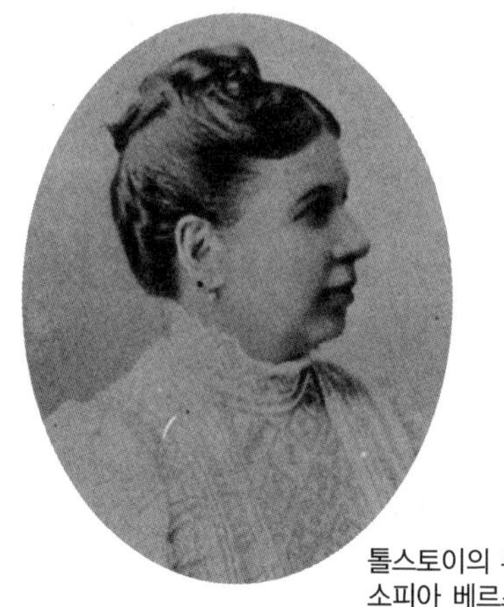

톨스토이의 부인
소피아 베르스

시인의 마음속에서 행하여지고 있었던 것이다. 사랑의 모습, 갖가지 시련, 닥쳐올 모든 일을 톨스토이는 미리 꿈꾸고 맛보고 있었다.

처음으로 — 톨스토이의 작품에 있어서는 꼭 한 번 — 이야기가 여성의 마음속에서 일어나 여성에 의하여 말하여진다. 그것은 얼마나 섬세한 이야기인가! 부끄러움의 베일에 가려졌던 정신의 아름다움…….

톨스토이의 마음과 예술은 부드러워졌다. 형식과 사상의 균형이 잡힌 조화를 볼 수 있다. 즉 〈부부의 행복〉은 리신풍 작품의 완전함을 가지고 있는 것이다.

결혼, 그 감미로움과 곤란함을 톨스토이는 깊고 뚜렷하게 예감하고 있었다.

이 결혼은 그를 구제했음에 틀림없다.

9

그는 처음에는 모든 일에 정열을 쏟으며 가정 생활을 즐겼다.

톨스토이 백작 부인의 개인적 영향은 그의 예술에 귀중한 것이 되었다. 그녀는 문학적 재능이 뛰어났고 스스로 말했듯이 '작가의 진실한 아내' 였으며, 남편의 작품에 큰 관심을 가지고 있었다.

그녀는 남편과 함께 일하면서 그의 종교적 악마, 즉 때때로 예술에 죽음을 불어넣었던 예의 그 무서운 생각으로부터 그를 지키려고 애썼다. 또한 남편의 창조적 자질을 불러일으켰다. 아니 그 이상의 일을 했다.

다시 말해 그녀는 이 천재에게 그녀가 가진 '여자의 정신'이라는 새로운 보물을 안겨 주었다. 톨스토이의 초기 작품에서는 여자가 거의 등장하지 않거나 2차적 배경에 머물러 있었다.

그런데 〈부부의 행복〉에 이어지는 여러 작품 속에서는 갖가지 타입의 딸이나 아내가 많이 등장하여 남자들보다도 더 강렬한 생명을 갖는다.

이 결혼 덕택으로 톨스토이는 10년 내지 15년이라는 오랜 세월 동안 알지 못했던 평온함과 안녕을 맛보았다.

여기서 그는 사랑의 날개에 싸여 오래 전부터 생각하고 있었던 작품, 19세기의 모든 소설을 지배하는 거대한 기념비

《전쟁과 평화》와 《안나 카레니나》를 조용히 꿈꾸고 실현할 수 있었다.

《전쟁과 평화》는 현대의 가장 웅장한 서사시이며 《일리아스》이다. 거기에는 온갖 인물과 정열의 세계가 물결친다. 무수한 파도가 오르내리는 이 인간의 바다 위를 숭고한 정신이 날며 유연하게 폭풍을 일으키는가 하면 가라앉히기도 한다.

그는 정신의 자연스런 움직임에 따라서 개인 운명의 소설로부터 군대나 민중 등 무수한 인간 존재의 의지가 뒤섞여 있는 인간 대군의 소설로 나아갔다.

세바스토폴리 공방전에서 겪은 비극적 체험을 통하여 그는 러시아 국민의 정신과 그 먼 옛날로부터의 생활을 이해하게 되었다. 이 웅장한 《전쟁과 평화》도 그의 계획으로서는 표트르 대제로부터 12월당(十二月黨, Dekabrist)에 이르기까지의 러시아의 시에 전개되는 일련의 서사시적 벽화에 있어서 중앙부의 벽면에 지나지 않았다.

작품이 갖는 힘을 뚜렷하게 느끼기 위해서 눈에 보이지 않는 그 통일을 이해해야 한다. 대개의 프랑스 독자들은 다소 근시안들이기 때문에 작품 속의 무수한 세부밖에는 볼 줄 모른다. 그들은 이 무수한 세부에 경탄하여 어쩔 줄을 모른다, 그리하여 생명의 숲 속에서 길을 잃어버린다.

그러나 그것을 넘어서 넓디넓은 지평선을 보아야 한다. 커다란 숲이나 들을 둘러보아야 한다. 그렇게 하면 작품이 갖는 호메로스적 정신, 영원한 법도의 조용함, 운명의 숨결의 장엄한 리듬, 모든 세부가 하나로 이어진 전체감全體感, 그리고 바다 위에 떠도는 창세기의 신 같은, 작품을 지배하는 예술가의 천분 등을 알 수 있을 것이다.

우선 무엇보다 움직이지 않는 바다, 평화, 전쟁 전야의 러시아 사회. 처음 백 페이지는 엄격한 정확성과 뛰어난 풍자로 사교계 사람들의 마음의 허무가 그려진다. 무미건조하고 거짓말 잘하고 게으르며 무슨 과오든 저지르고 죄도 범할 수 있는 사람들 사이에 섞여서 몇 사람의 가장 건전한 성격이 그려진다. 성실하고 솔직한 피에르 베즈호프, 자랑스러우나 이 불건전한 인생에 고민하는 안드레이 공작.

그러나 여기에 최초의 파문이 인다. 행동 개시. 러시아군의 오스트리아 진주. 운명은 지배적이지만, 그 어디서도 근원적인 힘의 폭발, 즉 전쟁에 있어서만큼 지배적이지는 못하다.

운명의 손에 몸을 맡기는 것이 좋으리라. 순수한 행위가 갖는 행복. 그것이야말로 정상적이고 건전한 상태인 것이다.

안드레이 공작은 숨을 들이마시고 생기를 되찾는다. 이 신성한 폭풍의 숨결에 생기를 얻을 줄도 모르고 저쪽에서는 가장 뛰어난 두 정신, 피에르와 마리가 그들의 사회의 전염병, 거짓 사랑에 위협을 받는다. 한편 아우스테를리츠에서 부상한 안드레이는 몽롱한 행동에 취해 있던 중 갑자기 순결하고 무한한 것에의 계시를 받는다.

하늘을 향해 눕자 "그에게는 자기 위의 아득히 높은 곳의 끝없고 깊은 하늘만 보인다."

"이 얼마나 고요한가! 얼마나 평화로운가! 분명 모든 것은 허무하다. 모두 기만이다. 저 하늘을 빼고는……."

그러나 생활이 다시 그를 붙잡고 물결이 다시 밀려오자 자기 자신에 집착하고, 도시의 퇴폐한 환경 속에서 낙담하고 불안해한다. 정신은 정처 없이 어둠 속을 헤매고 다닌다. 이따금 사교계의 썩은 바람에 섞여서 취할 것 같은 자연의 내음이 불어오는 봄, 맹목적인 힘, 그것들이 안드레이에게 매혹적인 소녀를 가까이하게 하였다가 그 순간이 지난 후에는 그녀를 지나가는 유혹자의 가슴에 던져 주어 버린다.

언제나 "하늘은 땅 위의 보기 싫은 더러움을 내려다보고 있다." 그러나 사람들은 그것을 보려고 하지 않는다. 안드레이마저도 아우스테롤리츠의 하늘빛을 잊어버린다. 그에게 있어 하늘은 이미 허무함을 덮어 가려주는 '어둡고 무거우며 거대한 둥근 천장'에 지나지 않는다.

이 흐려진 정신 위로 또다시 전쟁이라는 대폭풍이 불어온다. 조국은 침략당한다. 보로디노. 이 하루의 장엄한 위대성. 적의는 사라진다. 도로고프는 자기의 적 피에르를 포용한다. 부상한 안드레이는 야전병원에서 옆의 쿠라아긴과 자기가 가장 미워하던 사내의 불행에 애정과 연민의 눈물을 흘린다. 조국에의 열렬한 헌신과 성스러운 법도에의 복종을 통하여 사람들의 마음은 하나가 된다.

"전쟁의 무서운 필연성을 심각하게 받아들일 것…… 가장 어려운 시련은 성스러운 법도에 대한 인간적 자유의 복종이다. 마음의 순진성은 신의 의지에 대한 복종에 있다.”

이 이야기의 두 주인공 피에르와 안드레이는 갖가지 시련, 즉 조국의 멸망과 무서운 고뇌를 겪은 뒤 비로소 사랑과 신앙에 의해서 정신적 구제와 신비적 환희를 얻기에 이른다. 신이 존재한다는 것을 나타내는 것은 다름 아닌 사랑과 신앙인 것이다.

톨스토이는 여기에서 그치지 않았다. 그 결말은 1820년에 일어난다. 그러나 이것은 동시에 하나의 시대에서 다음의 시대, 즉 나폴레옹 시대에서 12월당 시대에의 과도기인 것이다.

이것은 인생의 계속과 재개를 느끼게 한다. 톨스토이는 위기의 한가운데서 이야기를 시작하고 또 마치는 것이 아니라 시작할 때와 마찬가지로 하나의 큰 파도가 밀려가고 다음 파도가 밀려드는 순간에 이야기를 마친다.

그러기 때문에 다음에 올 주인공들, 그들 사이에 일어날 수 있는 싸움, 산 사람 속에서 되살아나는 죽은 사람들, 그것이 생생하게 느껴지는 것이다.

사실 《전쟁과 평화》의 영광은 역사의 완전한 한 시대를, 여러 민족의 움직임을, 여러 나라 사이의 싸움을 재현한데에 있다. 이 작품의 참된 주인공들은 이 여러 나라의 민족인 것이다. 그 배후에는 호메로스의 주인공들과도 같이 그들을 이끌고 간 신들이 존재한다.

즉 눈에 보이지 않는 힘, ‘전체를 지배하는 무한히 작은 것’, 무한한 숨결이 그것이다. 숨은 운명이 맹목적인 국민들을 충돌시키는 이 거대한 싸움은 신화적인 위대함을 가지고 있다. 이것은 《일리아스》를 넘어 인도의 서사시를 생각나게 하는 데가 있다.

*

《안나 카레니나》는 《전쟁과 평화》와 함께 그의 원숙기의 절정을 나타내고 있다. 그러나 톨스토이는 지난날과 같은 창작의 기쁨은 이미 가지고 있지 않다. 결혼 초기의 잠시 동안의 아늑함은 벌써 사라졌다.

톨스토이 백작 부인이 그의 둘레에 그어 놓은 사랑과 예술의 매력적인 원 안으로 정신적 불안이 다시 스며들기 시작한 것이다.

이미 《전쟁과 평화》의 처음 몇 장에는, 결혼 일 년 뒤의 안드레이 공작이 피에르에게 털어놓은 자기 결혼 생활의 내막에 대한 이야기 속에 사랑하는 아내로부터 순진하면서도 낯선 적, 자기의 정신적 발전에 대한 무의식의 방해물을 발견하는 남성의 환멸이 뚜렷하게 나타나 있다.

1865년의 편지는 종교적 고뇌가 그에게로 되돌아온 것을 말하고 있다. 《전쟁과 평화》를 끝낼 무렵인 1865년에는 톨스토이에게 한층 더 심한 동요가 찾아온다.

톨스토이 백작 부인이 애써 사랑으로 쌓아 올린 환영의 성에 금이 간다. 《전쟁과 평화》의 완성으로 생긴 정신적인 공허

속에서 톨스토이는 다시 철학과 교육에 마음을 빼앗긴다. 그는 민중을 위한 《초등 독본》을 쓰고자 4년 동안 열심히 그 일에 종사한다. 그는 이 일을 《전쟁과 평화》보다 더 자랑스럽게 생각하는 것이었다.

이어 그는 그리스 어에 열중하는데, 아침부터 저녁까지 그것에만 매달려 다른 것은 일체 돌보지 않는다. 그는 참다운 호메로스를 발견한다.

"그리스 어를 모르고는 교육할 수 없다!"

이것은 광기다. 그도 이것을 인정하고 있다. 그는 병이 날 정도의 정열을 가지고 다시 학교 일에 매달린다. 그리스 어를 빼놓고는 모든 것이 마음에 들지 않는다.

1872년에 그는 러시아에서 가지고 있는 자신의 모든 것을 팔아 버리고 영국으로 가서 살고 싶다는 이야기를 진지하게 꺼내게 된다. 이로써 톨스토이 백작 부인은 비탄에 빠지고 만다.

톨스토이는 모처럼 세운 많은 계획을 버리고 1873년 3월 19일, 마침내 《안나 카레니나》에 손을 대기 시작한다. 백작 부인은 매우 기뻐한다.

그는 붓을 들고 있었으나, 그의 생활은 가족의 죽음으로 슬픔에 젖게 된다. 아내는 병으로 자리에 눕는다.

"지극한 행복은 집에 머무르지 않나니……."

작품은 이 슬픈 체험과 미망에서 깨어난 정열의 흔적을 어느 정도 간직하고 있다. 레빈의 약혼을 그린 아름다운 몇 장을 빼면 사랑은 이미 젊고 기운 찬 시정을 잃고 있다. 그 사랑은 모든 시대를 통하여 가장 아름다운 시를 가지고 있었던 《전쟁과 평화》의 어느 페이지에 필적할 만한 시정 같은 것은 갖고 있지 않다. 오히려 그와는 반대로 침통하고 관능적이고 교만한 성격을 갖는다.

이 소설을 지배하는 운명은 이미 《전쟁과 평화》에서 볼 수 있듯이 파괴적이지만 온화한 일종의 크리슈나 신神, 즉 여러 나라들의 운명이 아니다. 그것은 찬란한 사랑, 즉 '완전한 비너스'이다.

알지 못하는 사이에 정열이 안나와 브론스키를 사로잡는 무도회의 완벽한 장면에서 안나의 순진한 아름다움에 '거의 악마적인 매력'을 주는 것도 이 비너스이다.

브론스키가 사랑을 고백할 때 안나의 얼굴이 기쁨으로 빛나게 하는 것도 이 비너스이다. 그것은 "기쁨의 빛이 아니라 심야의 화재의 무서운 빛이었던 것이다."

브론스키가 안나를 만나러 갈 때 알 수 없는 무서움이 그의 기쁨 속으로 파고든다. 레빈은 그녀 앞에서는 완전히 의지를 잃어버린다. 안나 자신도 자기가 이미 자유롭지 못한 것을 잘 알고 있다.

이야기가 진행되는 동안 가차없는 정열이 이 기품 있는 여성의 마음의 성을 서서히, 그러나 마침내 완전히 짓밟아 버린다. 그녀를 사로잡은 관능의 힘 때문에 그녀의 몸짓이나 목소리나 눈길까지도 거짓말을 하게 된다.

그녀는 자기를 괴롭히는 견딜 수 없는 가책 때문에, 도덕적 타락이라는 감정에 괴로워하면서 몸을 열차의 바퀴 아래로 던지는 날까지 자기를 잊기 위하여 모르핀에 매달려 산다.

사랑에 파괴되고 신의 법도에 분쇄되는 한 정신의 비극(단 한 개의 주형鑄型으로 만들어져 무서운 깊이를 가진 그림)의 주위에 톨스토이는 《전쟁과 평화》에서와 마찬가지로 다른 인물의 이야기를 배치한다. 그러나 불행하게도 이 작품에서는 파생적인 이야기들이 《전쟁과 평화》에서처럼 교향악적인 유기적 통일에 이르지는 못한다. 다만 조금 어색하고 부자연스럽게 교차된다.

그럼에도 불구하고 이 작품은 놀라운 풍요함을 갖는다. 《전쟁과 평화》에 필적할 많은 등장 인물, 그리고 놀랄 만큼 정확한 묘사, 남성의 성격 묘사라는 점에서는 이 작품이 더 뛰어난 것 같이도 생각된다.

그렇지만 이 소설의 주요한 흥미는 안나의 비극과 1860년 무렵의 러시아 사회의 갖가지 광경(살롱, 장교들의 모임, 무도회, 연극, 경마)과 함께 그 자전적 성격 속에 있다. 콘스탄틴 레빈은 톨스토이가 창조한 그 어떤 인물보다도 분명한 톨스토이의 화신이다.

톨스토이는 그에게 보수적이면서도 동시에 민주적인 자기 사상을 주었고, 인텔리를 멸시하는 시골 귀족의 반자유주의를 주었을 뿐 아니라, 자기의 생애까지 주었다. 레빈과 키티의 사랑이나 그들의 결혼 초기의 나날은 바로 그 자신의 가정적 회상을 옮겨 놓은 것이다.

동시에 레빈의 형의 죽음은 톨스토이의 형 드미트리의 죽음을 아프게 생각나게 한다. 마지막 장은 이 소설에서는 전혀 필요 없는 것이지만, 그 속에서 당시 그를 동요시켰던 고뇌를 읽을 수가 있다.

이미 이 작품을 통하여 동시대의 사회 비판이 냉소적으로, 어떤 때는 격심하게 몇 번이고 되풀이해서 나타난다. 허위에 대한 싸움. 사교계에 대한 싸움! 죽음이 사회의 인습에 갑자기 빛을 던진다.

죽어 가는 안나 앞에서는 저 딱딱한 카레닌도 눈물을 흘린다. 모든 것이 조작투성이이고 생명도 없는 그 정신에 사랑과 기독교의 용서의 빛이 스며든다.

레빈이 톨스토이와 마찬가지로 이 작품의 에필로그에서 정화된다면 그것은 그에게도 역시 죽음의 그림자가 스쳤기 때문인 것이다. 그는 형의 죽음을 목격한 이후 자기의 무지에 대해서 무서움을 갖고, 기도와 허무감의 발작에 교대로 사로잡힌다. 그는 헛되이 철학자들의 작품을 읽는다. 광란 속에서 자살의 유혹을 무서워하게 된다.

육체적인 노동이 그의 마음을 가라앉혀 준다. 여기서는 모든 것이 이신한 바 없이 명백해진다. 레빈은 농민들과 이야기한다. 그들 중 한 사람은 그에게 ‘자기를 위해서가 아니라 신을 위해서 기도하는’ 사람에 대해서 이야기한다. 이것은 그에게 하나의 계시이다. 그는 이성理性과 마음의 대립을 이해하게 된다. 이성은 인생에 대한 격렬한 싸움을 가르친다.

“이성은 나에게 아무것도 가르쳐 주지 않았다. 내가 알고 있는 것은 모두 마음이 준 것이고, 가르쳐 준 것이다.”

이때부터 마음의 평정이 찾아온다. 마음을 유일한 인도자로 삼은 한 러시아 농민의 말이 그를 신에게로 인도해 주었다……. 그는 그것이 어떤 신인가는 알려고 하지 않는다.

레빈은 톨스토이가 오랫동안 그랬던 것처럼 교회에 대해서 겸허하고, 그 교의에 조금도 반항하지 않는다.

“푸른 하늘의 환상 속에도, 별의 뚜렷한 움직임 속에도 하나의 진리가 들어 있다.”

10

레빈의 이러한 고뇌와 그가 키티에게도 숨기고 있었던 자살에의 막연한 욕망을 톨스토이도 당시 아내에게 숨기고 있었다. 그러나 그는 작품의 주인공에게 부여했던 평정에는 아직 이르지 못하고 있었다.

톨스토이는, 《안나 카레니나》에 대해서는 그 완성 이전부터 이미 지쳐 있었다. 기력을 잃고 의욕을 상실하고 자기 자신에 대한 혐오감과 공포에 사로잡힌 채 그는 거기에 멈추어 있었다. 이때 공허한 그의 인생의 심연에서 불어오는 회오리바람, 죽음의 현기증이 일어났다.

그는 말하고 있다.

"나는 50세도 되지 않았다. 사랑하고 있었고, 사랑을 받고 있었다. 나는 귀여운 어린애와 광대한 영지와 명성과 건강과 육체적으로나 정신적으로나 힘을 가지고 있었다. 갑자기 나의 생활이 정지되었다. 숨쉬고 먹고 마시고 살 수는 있었다. 그러나 그것은 살아 있는 것이 아니었다. 나는 아무것도 바랄 것이 없다는 것을 알았다. 진리를 알기를 바랄 수도 없는 형편이었다. 인생은 광기라고 하는 것이 진리였다. 심연에 이르러 자신 앞에는 죽음 이외에는 아무것도 없다는 것이 뚜렷해졌다. 나를 인생 밖으로 밀어내려는 힘이 나보다 강했다. 그것은 전에 가진 일이 있는 인생에 대한 갈망과도 같은 갈망이기도 했다. 나는 이 갈망에 너무 빨리 양보하지 않도록 자신에 대해서 대책을 세워야 했다. 행복하였던 나는 자신으로부터 밧줄을 숨겼다. 저녁마다 혼자 옷을 벗는 거실의 옷장 사이의 들보에 목을 매달지 않기 위해서였다. 40년 동안 한 일과 고통과 발전, 그 결과 아무것도 없다는 것을 알게 되다니! 아무것도 없다. 내 뒤에는 썩은 고기와 구더기밖에 남지 않으리라…… 우리는 인생에 취해 있을 동안만 살 수 있다. 그러나 그것에서 깨어나자마자 모든 것은 엉터리이며 어리석은 기만에 지나지 않는다는 것을 알게 된다…… 예술은 인생의 거울이다. 인생이 이미 뜻을 갖지 않는 이상 거울놀이도 이제 아무런 가치가 없다."

구제는 민중으로부터 왔다. 톨스토이는 그들에 대하여 언제나 '기묘하고도 기묘한 육체적인 애정'을 품고 있었다. 이

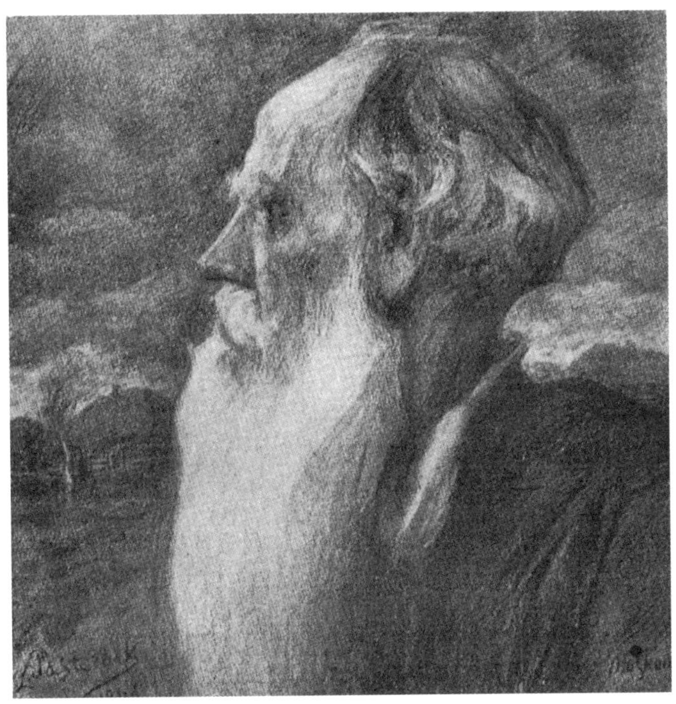

파스테르나크가 그린 톨스토이

애정은 사회에 대한 환멸을 몇 번이나 경험해도 흔들리지 않았다.

어떻게 이 무수한 사람들이 절망에서 벗어날 수 있었을까, 어떻게 이들이 자살하지 않았을까 하고 그는 스스로에게 물어 보았다. 여기서 그는 그들이 이성의 도움에 의하지 않고 신앙에 의해서 살고 있다는 것을 알았다.

"신앙은 생명의 힘이다. 우리는 신앙 없이는 살 수가 없다. 인생의 수수께끼에 대해서 신앙이 주는 해답은 인류의 가장 깊은 예지를 포함하고 있다.”

그러면 종교 서적에 쓰여 있는 예지의 틀에 박힌 구절을 아는 것으로 충분한가? 아니다. 신앙은 과학이 아니다. 신앙은 행위이다. 신앙을 일종의 ‘인생의 향락적인 위안’ 에 지나지 않는 것으로 여기는 부자나 이론가들을 보면 톨스토이는 혐오감이 솟았다. 그는 단호하게 자신을 단순한 사람들 속에 던졌다.

“일하는 민중의 생활이야말로 생활 바로 그것이며, 그 생활에 주어진 의의야말로 진리라는 것을 이해하였다.”

그러나 어떻게 해서 민중이 될 것인가, 어떻게 그들과 신앙을 함께 가질 수 있을까? 남이 옳다고 아는 것만으로는 아무 소용도 없다. 남이 된다는 것은 우리가 마음대로 할 수 있는 일이 아니다. 우리는 헛되게 신에게 기도한다. 어디서 신을 찾을 것인가?

어느 날 은총이 내렸다.

“…… 그러자 갑자기 나는 신을 믿고 있었을 때만 살아 있었다는 것을 알게 되었다. 신을 믿지 않게 되자 곧 생명이 정지되었던 것이다. 그렇다, 바로 그다. 그 없이는 살 수 없는 것이다!”

그는 구제되었다. 신이 그를 향해서 모습을 나타낸 것이다.

그러나 그는 법열에만 잠겨 있는 인도의 신비주의자가 아니었다. 그의 속에는 아시아인의 몽상과 서유럽 사람들의 이성에의 광신, 그리고 행동에 대한 욕망이 섞여 있었기 때문에 그는 자기가 받은 계시를 실천적 신앙으로 옮겨 이 신성한 생활에서 일상 생활을 위한 규칙을 끌어낼 필요성을 느꼈다.

그는 어떠한 기정 방침에도 사로잡히지 않은 채 자기가 속해 있는 정교회正敎會의 교의를 연구하기 시작했다. 그것에 더욱 접근하고 싶어서 3년 동안 온갖 의식에 복종했다. 그러나 그런 노력도 헛일이었다. 그의 이성과 마음이 서로 반항하고 있었으니까. 세례나 성체성사 따위의 행위가 그에게는 치욕거리로 생각되었다.

그러나 그와 교회 사이에 넘을 수 없는 벽을 쌓은 것은 교의가 아니라 실제적인 의문이었다. 즉 교회 상호간에 볼 수 있는 강한 집념이나 불관용 및 살인, 즉 전쟁과 사형에 주어진 명백한, 혹은 암묵의 승인이었다.

여기서 톨스토이는 단호하게 손을 뗐다. 그의 절교絶敎는 그가 3년 동안이나 자기 생각을 누르고 있었던 만큼 단호한 것이었다.

어젯밤까지는 어떻게든 실천하려고 했던 이 종교를 정신없이 짓밟아 뭉갰다. 그는 《교의신학 비판》 속에서 이 종교를 "미친 짓일 뿐 아니라 의식적이고 이욕利慾을 노린 허위"로 다루었다. 《요약 복음서》에서는 이 종교에 복음서를 대립시켰다.

결국 그는 복음서에 의해서 자기의 신앙을 세웠다.

그의 신앙은 다음의 말 속에 모두 포함된다.

"나는 기독교의 교리를 믿는다. 행복은 전 인류가 이 교리를 실천하게 되었을 때에 이 지상에서 가능하게 된다고 나는 믿는다."

이 신앙은 예수의 산상수훈을 그 골자로 삼고 있다. 그 근본적인 가르침을 톨스토이는 다음의 여섯 가지 계율로 묶었다.

1. 노하지 말라.

2. 간음하지 말라.

3. 맹세하지 말라.

4. 악을 악으로써 대하지 말라.

5. 누구의 적도 되지 말라.

6. 신을 사랑하고, 이웃을 네 자신처럼 사랑하라.

이것은 그가 이성에 대항하여 계시에서 구제를 구하고 있었다는 것이 아니다. 〈참회〉에서 이야기한 동요의 기간을 벗어난 이후 그는 본질적으로 이성의 신도였으며 줄곧 그러했다. 이성의 신비주의자였다고 해도 좋을 것이다.

"처음에 말씀이 있었나니."

그는 성 요한 같이 되풀이하여 말한다.

"'말씀', '로고스', 즉 '이성'."

그이 《인생론》은 제목으로서 파스칼의 유명한 한 구절을 내걸었다.

"인간은 한 포기의 갈대에 지나지 않는다. 자연 속에서도 가장 연약한 존재이다. 그러나 그것은 생각하는 갈대이다 …… 우리의 존엄성은 모두 사고思考 속에 있다…… 그러니 잘 생각하도록 힘쓰라. 그것이야말로 도덕의 근원인 것이다.”

이 책 전체가 ‘이성’에의 찬미에 지나지 않는다.

“…… 인간이 알고 있는 모든 것을 인간은 이성에 의해서 알 수 있는 것이지 신앙에 의해서 알 수 있는 것이 아니다.”

이성의 행위란 무엇인가 ― 사랑이다.

“사랑은 인간의 유일한 이성적 행위이다. 사랑은 정신의 가장 이성적이고 가장 빛나는 상태이다. 이성만이 사랑을 성장시켜 주는 것이다…… 사랑은 실제의 선이며 최고의 선으로서 인생의 모든 모순을 해결해 주고 죽음의 공포를 소멸시킬 뿐 아니라 남을 위해서 몸을 바치도록 한다. 왜냐하면 사랑하는 사람을 위해서 자기 생명을 바치는 것 이상의 사랑은 없기 때문이다. 사랑은 그것이 자기 희생일 때에만 그 이름에 알맞은 것이기 때문이다. 또 진실한 사랑은, 사람이 행복을 혼자서는 얻을 수 없다는 것을 이해할 때만 실현되는 것이기 때문이다.”

이렇게 톨스토이는 힘찬 생애를 통하여 길러진 격렬한 힘의 분류를 신앙에 쏟아 넣는다.

이성과 사랑이 강력하게 결합된 이 열광적인 신앙은 그를 파문한 성무원聖務院[2]에 대한 유명한 해답 속에서 가장 당당한 표현을 발견하고 있다.

---

2) 성무원이 톨스토이를 파문한 것은 1901년 2월 22일이었다. 그 동기는 《부활》 속의 미사와 성찬에 관계된 1장이었다.

11

드디어 항구에 닿았다. 그는 자신의 불안한 정신이 쉴 수 있는 피난처에 이른 것으로 생각했다. 그러나 실은 그곳은 새로운 활동의 출발점에 지나지 않았다.

모스크바에서 한겨울을 보낸 것과 1882년 1월에 그가 참가할 것을 허락받은 인구 조사는 그에게 있어 대도시의 비참한 현실을 직접 들여다보는 기회가 되었다.

그의 마음에 남은 인상은 무서운 것이었다. 이 문명의 숨겨진 상처에 처음 접촉한 날 밤, 그는 한 친구에게 자기가 본 것을 이야기하며 "소리치고 눈물을 흘리고 주먹을 휘두르기 시작했다." 그는 몇 달 동안 다시 무서운 절망에 빠졌다.

〈우리들은 무엇을 할 것인가〉는 이 제2의 위기를 표현한 것이다. 그것은 제1의 위기보다 훨씬 비극적이고 결과적으로 훨씬 중대한 것이었다.

인간의 비참한 바다 속에서 톨스토이 개인의 종교적 고뇌는 어떠한 것이었는가? 이 참상은 하릴없는 무리의 머릿속에서 조작된 것이 아니었다. 그것은 현실인 것이다. 그것을 외면하기란 불가능한 일이었다. 그것은 제거하려고 노력하지 않으면 안 되는 것이었다. 아아! 그것은 가능한 일일까? ……

그는 악의 근원을 찾아 용감하게 나선다. 책임이라는 무시무시한 사슬이 자꾸 앞으로 뻗어나간다. 맨 먼저 부자들, 그리고 사치라는 저주받은 전염병, 다음에는 국가. 그것의 본질은 살인자이며, 강자들이 자기의 이익을 위하여 자기 이외의 인간을 발가벗겨 노예로 떨어뜨리려고 만든 것이다. 교회, 이 것도 한패다. 학문과 예술, 이것도 공범자들이다…… 이러한 모든 악의 군대와 어떻게 싸울 것인가? 먼저 그것에 입대하기 를 거부함으로써, 인간의 착취에 가담하는 것을 거절함으로 써, 금전이나 토지의 사유를 단념함으로써, 국가에 눈곱만큼 도 봉사하지 않음으로써.

그러나 이것만으로는 충분하지가 못하다. 거짓말을 하지 않는 것, 진실을 무서워하지 않는 것이 필요하다. 참회하는 것, 교육에 의하여 심어진 오만을 뿌리째 뽑아 버리는 것이 필 요하다. 마지막으로 직접 일해야 한다. 너는 자신의 이마에 땀을 흘려 빵을 얻어야 한다. 이것이 첫째 가는, 그리고 가장 근본적인 원칙이다.

톨스토이는 그 다음 작품에서 이 정신 위생의 교훈을 보충 하게 된다. 그는 정신에 대한 배려를 완전한 것으로 한 채 정 신의 에너지를 되찾으려고 마음을 쓴다. 양심을 잠재우는 사 악한 쾌락과 양심을 죽여 버리는 잔인한 쾌락을 추방하려고 한다.

그는 단식을 실행하고 의지를 단련한다. 그는 싸움에 이기 기 위해서 이렇게 엄격한 훈련을 스스로에게 가하는 투사가 된다.

〈우리는 무엇을 할 것인가〉는 힘든 길의 제1단계를 나타내고 있다. 톨스토이는 사회적 혼란에 대항하기 위해서 종교적 명상이라는 상대적 평온을 떠나 힘든 길을 걷기 시작한 것이다.

이때부터 20년도 더 계속된 싸움을 시작한 것이다. 야스나야 폴랴나의 늙은 예언자는 복음서의 이름 아래 모든 당파로부터 떠난다. 그리하여 이 모든 당파를 그릇된 것으로 보고 오직 혼자서 문명의 허위와 죄에 대한 싸움에 발을 들여놓은 것이다.

12

톨스토이의 정신적 혁명은 그의 주위 사람으로부터 거의 공감을 받지 못했다. 이 혁명은 가족들을 비탄에 빠지게 했다.

벌써 오랫동안 톨스토이 백작 부인은 하나의 해악害惡이 진행되는 것을 불안한 마음으로 지켜보고 있었다. 반대를 해보았지만 소용없는 일이었다. 1874년 이후 그녀는 남편이 너무나 많은 힘과 시간을 학교 일에 빼앗기고 있는 것을 보고 언제나 분개하고 있었다.

아동 교육의 뒤를 이어 종교 문제가 나타났을 때 그것은 또한 선혀 나믄 깃이있디. 톨스토이가 새로운 개종을 처음으로 고백했을 때 백작 부인은 그에게 적의에 찬 태도를 보였다. 그는 편지를 통해 신에 관한 이야기의 변명을 하지 않을 수 없었다.

"내가 신에 대해서 언급하려고 하면 당신은 가끔 화를 내는

데 그러지 말아 주길 바라오. 나는 신에 대해서 말하지 않을 수가 없소. 그것은 나의 사상의 바탕이니까.”

아마도 그의 아내는 이 말에 탄복하였으리라.

그녀는 적의를 숨기려고 노력한다. 그러나 역시 이해하지는 못한다. 그녀는 여전히 불안한 마음으로 남편을 지켜본다.

“눈을 움직이지 않아 이상해요. 입도 통 열지 않아요. 이 세상 사람이 아닌 것 같아요.”

그녀는 그가 병에 걸린 줄로 안다.

“아아! 그는 머리가 아프리만큼 책을 읽고 생각에 몰두합니다. 교회가 복음서의 교의敎義와 일치하지 않는다는 것을 나타내기 위해서랍니다. 그런 일에 관심을 갖는 사람은 러시아에 열 명도 되지 않을 겁니다. 가능하면 빨리 결말이 나서 병처럼 모두 완쾌되었으면 좋겠어요.”

그러나 이 병은 완쾌되지 않았다. 부부 사이에서 사태는 더욱 비통한 것으로 되어 갔다.

두 사람은 서로 사랑하고 깊은 존경심을 가지고 있었다. 그러나 서로를 이해한다는 것은 불가능한 일이었다.

부인은 남편의 종교적 열광에 함께 휩쓸릴 수가 없었다. 열광한 톨스토이는 목사와 함께 히브리 어를 배우려고까지 생각하게 되었다.

“이제 남편은 다른 일에는 전혀 흥미가 없는 거예요. 바보스런 일에 힘을 쏟고 있어요. 나는 더 이상 불만을 숨길 수가 없습니다.”

그녀는 남편에게 이렇게 썼다.

"그러한 지적인 힘이 장작을 패고 사모바르를 끓게 하고 장화를 깁는 따위 일에 소모될 수 있다는 것을 알고 이따금씩 슬퍼할 뿐입니다."

이리하여 이들 사랑하는 두 사람은 서로에게 괴로움을 주고 나면 마음에도 없이 상대편을 괴롭힌 것을 서로 슬퍼하는 것이었다.

해결의 방법도 없는 이런 상태가 30년 가까이나 계속되었다. 이 늙은 리어 왕이 한동안의 방황 끝에 죽음에 직면하면서 초원을 가로질러 달아나는 것만이 이 사태를 결말짓게 했다.

가장 가까운 사람들까지도 톨스토이의 이런 정신적 변화가 도대체 무엇인가를 몰랐다면, 그 외의 사람들에게 그 이상의 통찰력이나 존경을 어떻게 기대할 수 있었으랴. 몇 해 뒤 죽음에 직면한 투르게네프는 유명한 편지를 썼는데, 그는 그 속에서 "러시아의 대지에서 태어난 위대한 작가 친구"에게 "문학으로 돌아와 달라"고 부탁했다. 유럽의 모든 예술가들도 투르게네프와 똑같은 불안과 희망을 갖고 있었다.

〈나의 신앙은 무엇에 근거하는가〉의 끝머리에 톨스토이는 이렇게 쓰고 있다.

"나는 나의 생명, 나의 이성, 나의 지식은 오로지 사람들을 비춰 주기 위해서 주어진 것이라고 믿고 있다. 나의 진리의 인식은 이 목적을 위해서 주어진 재능으로 타오른 다음에야 비로소 그것이 무엇인가를 알 수 있는 하나의 불이라고 믿고 있다. 나의 인생의 유일한 의의는 자신 속에 있는 이 빛 속에서 살아가는 일일 것이고, 나아가서는 사람들 앞에 그 빛이 보일 수 있도록 높이 쳐드는 일이라고 믿고 있다.”

그러나 “타오른 다음에야 비로소 그것이 무엇인가를 알 수 있는” 이 불은 대부분의 예술가들을 불안하게 했다. 가장 지성적인 예술가들은 자기들의 예술이 이 불길의 첫 희생이 될 위험이 짙다고 예측하지 않을 수 없었다. 그들은 예술 전체가 위협을 받고 있으며, 톨스토이가 창조적 환상의 마법의 지팡이를 영구히 부러뜨려 버렸다고 믿는 시늉을 했다.

그러나 이런 생각들만큼 사실에서 먼 것은 없었다. 톨스토이는 예술을 파괴하기는커녕 쉽게 하였던 정력을 자기 속에 소생시키고 있었던 것이다. 그의 종교적 신앙은 예술적 재능을 죽이기는커녕 도리어 그것을 새롭게 했다는 것을 지금부터 나는 증명하고 싶다.

13

이상하게도 과학이나 예술에 관한 톨스토이의 사상에 대해 이야기할 경우, 그의 사상이 표명되어 있는 작품 중에서도 가장 중요한 작품인 《우리는 무엇을 해야 하는가》는 대개 취급되지 않고 있다. 이 작품에서 톨스토이는 처음으로 과학과 예술에 관한 싸움을 시작하고 있는데도 말이다.

이 작품은 ‘과학이라는 환관宦官’과 ‘예술이라는 해적’, 이
들 정신의 특권 계급에 대하여 쓰여진 가장 무서운 공격으로
이루어져 있다. 이 정신의 특권 계급은 인류에 대해서 아무런
유용한 일도 하려고 하지 않고 할 수도 없으면서 과학을 위한
과학, 예술을 위한 예술이라는, 부끄러움을 모르는 신앙을 교
의로 제정하고 그것을 찬미하며 맹목적으로 봉사하도록 요구
하는 것이다.

톨스토이는 이어 이렇게 말한다.

“내가 예술과 과학을 부정한다고 말하지 말라. 나는 그것들
을 부정하지 않을 뿐 아니라, 예술과 과학의 이름으로 신전에
서 상인들을 쫓아내려고 하는 것이다.”

그리하여 그는 고뇌에 찬, 신비적인 정열에 불타는 페이지
속에서 진실한 예술가상을 그려낸다.

“과학과 예술의 활동은 어떤 특권을 가졌다는 건방진 생각
을 버리고, 반대로 의무만을 가졌다고 인정할 때 비로소 성과
를 거둘 수 있다. 정신적인 활동에 의해서 다른 사람들에게 봉
사하도록 운명지어진 사람들은 이 임무의 수행에 관해서 항
상 고심한다. 왜냐하면 정신의 세계는 고뇌와 자책에서만 태
어나는 것이니까. 희생과 고뇌, 그것이 사상가와 예술가의 숙
명인 것이다. 왜냐하면 그들의 목적은 인류의 행복이니까. 인
류는 불행하다. 괴로워하며 죽어 가고 있다. 사상가도, 예술
가도 일반인이 믿는 것처럼 그렇게 올림포스 산의 높은 자리
에 편안히 앉아 있는 것은 절대 아니다. 언제나 고민과 감동

속에 있는 것이다. 그들은 인류에게 행복을 주는 것과 괴로움에서 해방되는 길을 찾아내서 표현해야 한다. 비만하고 향락적이고 스스로에 만족하는 예술가는 존재하지 않는 것이다."

톨스토이가 천재에 비극적인 빛을 던진 이 빛나는 페이지는 모스크바에서의 비참한 광경이 직접 불러일으킨 고뇌 속에서 쓰여진 것이다. 또 그것은 과학과 예술은 사회의 불평등과 위선적 폭력으로 이루어진 현재의 모든 제도의 공범자라는 확신 아래 쓰여진 것이다.

"진실한 과학과 진실한 예술은 언제나 존재하였고 언제나 존재할 것이다. 이것에 대해서 이의를 제기한다는 것은 불가능하고 불필요하기도 하다."

1887년, 그는 후에 유명하게 된 〈예술 비판〉에 10년 이상이나 앞서서 나에게 보낸 편지에 이렇게 쓰고 있다.

"오늘날의 모든 악은 성직자처럼 특권 계급이 된, 자칭 문명인이라는 자들이 학자나 예술가를 자기편으로 끌어들이고 있는 데서 나온다. 우리 사회에서 과학, 예술이라고 불리는 것은 엄청난 '속임수'이며 커다란 미신에 지나지 않는다. 그 미신이 자기에게 아무리 유리한 것이라 해도 그 미신에서 해방되어야 한다. 그것이 '필요불가결'의 조건이다."

자기 일밖에 생각지 않는 특권 계급은 현대 예술의 미신에 만족하고 있지만, 톨스토이는 이 '엄청난 속임수'를 《예술이란 무엇인가》에서 비난했다. 그는 불같은 정열을 기울여 이 바보스러움, 빈약, 기만, 철저한 부패를 들추어낸다.

그는 이것들을 깨끗이 쓸어 버린다. 이 비판적 부분은 전체 적으로 해학에 넘쳐 있기도 하지만 또한 강인하기도 하다.

그것은 일종의 전쟁이다. 톨스토이는 모든 무기를 다 써서 이 사람 저 사람의 구별도 없이 닥치는 대로 반격을 가한다. 때문에 가끔 ― 모든 전쟁이 그렇듯이 ― 당연히 옹호해 주어야 할 사람에게까지도 상처를 주는 일이 생긴다. 예를 들면 입센이나 베토벤에 대해서가 그렇다.

이것은 행동하기 전에 스스로에게 생각할 수 있는 시간을 충분히 주지 않는 그의 격심한 노여움이 갖는 결함이었다. 이성의 힘을 잃고 자신을 가끔 맹목적으로 흘러가게 하는 그 정열의 결점이었다. 다시 말하면 그것은 그의 불완전한 예술적 요양에서 유래하는 과실이기도 하다.

그의 이런 대담한 확신은 나이가 들수록 더해 간다. 그는 작품 하나를 써서 셰익스피어는 '예술가가 아니었다' 는 것을 증명하려고 한다.

이 확신에 굴복하라! 톨스토이는 의심하지 않는다. 진리를 가지고 있다. 그는 이렇게 말할 것이다.

"〈제9번 교향곡〉은 사람을 이간시키는 작품이다."

"바하의 유명한 바이올린곡, 쇼팽의 야상곡夜想曲, 하이든, 모차르트, 슈베르트, 베토벤 등의 작품에서 가려낸 열 곡쯤(그것도 곡 전체가 아니다)을 뺀다면 나머지 전부는 사람들을 이간시키는 예술로서 내버리고 멸시하여야 마땅하다."

"나는 셰익스피어가 4류 작가로도 볼 수 없다는 것을 증명하겠다.”

톨스토이 이외의 모든 사람이 그와 견해를 달리한다고 해서 그의 견해를 막을 수는 없다. 오히려 그 반대이다!

허위에 대한 강박 관념에 쫓긴 나머지 그는 어디에서나 허위의 냄새를 맡는다. 어떤 관념이 일반에게 널리 퍼져 있으면 있을수록 더욱 그 관념에 반역하고 그 관념을 신용하지 않는 것이다. 그 관념이 가령 셰익스피어는 위대하다는 생각이라면 이것도 “사물을 보는 방식에 전염병적으로 영향을 받은 것 중 하나”가 아닌가 하고 의심하는 것이다.

모든 작가 중에서도 가장 비문학적인 톨스토이 같은 사람이 문학가 중에서도 가장 천재적인 문학가의 예술에 대해서 왜 공감을 갖지 못했을까 하는 데 대한 이유를 나는 잘 안다. 그는 왜 자기가 이해도 못 하는 일을 이야기하는데 시간을 소모하는 것일까?

톨스토이의 비판 속에서 톨스토이와 관계없는 세계를 여는 열쇠를 찾는 것은 별가치가 없는 일이다. 그 속에서는 톨스토이의 예술에 대한 열쇠만을 찾아야 한다. 우리는 창조적 천재에게 공평한 비평을 요구할 수는 없다.

바그너나 톨스토이와 같은 사람이 베토벤 혹은 셰익스피어에 대해서 이야기할 때, 그들이 이야기하고 있는 것은 베토벤 혹은 셰익스피어에 대한 것이 아니라 바로 자기 자신에 대해서인 것이다. 그들은 자기의 이상을 말하고 있는 것이다.

물론 그들이 우리를 속이려고 하는 것은 아니다. 그러나 셰익스피어를 이야기할 때, 톨스토이는 '객관적' 입장이 되려고 하지 않는다. 그렇게 하기는커녕 셰익스피어의 객관적 예술을 비난한다.

즉 톨스토이는 신앙의 높은 곳에서 예술적 판단을 하고 있는 것이다. 그의 비평에 어떤 개인적인 저의가 들어 있다고 의심해서는 안 된다. 그는 스스로 모범을 보여준다. 자기의 작품에 대해서나 남의 작품에 대해서나 엄격한 것이다. 그러면 그는 무엇을 바라는가? 또 그가 제출한 종교적 이상은 예술에 있어서 어떠한 가치가 있는가?

그 이상은 당당한 것이었다.

"예술은 우리의 모든 생활에 침투하고 있다. 흔히 예술이라고 불리는 것, 즉 연극, 연주회, 책, 전람회 등은 그 작은 부분에 지나지 않는다. 우리의 생활은 아이들의 놀이에서 종교의 근행勤行에 이르기까지 모든 종류의 예술적 표현으로 넘쳐 있다. 예술과 언어, 이 둘은 인류의 진보의 수단이다. 전자는 그 마음을 전하고, 후자는 사상을 전한다. 만약 그 둘 중의 어느 하나가 잘못되면 사회는 병들어 있는 것이다. 오늘날의 예술은 잘못되어 있다."

르네상스 이후 기독교 국가들의 예술에 대해서는 아직 이야기할 수 없다. 계급은 분열되어버렸다. 건방지게도 부자나 특권 계급은 예술을 독점하려고 했던 것이다.

그들은 자기들에게 즐거움을 주는 것만을 아름다움이라고 불렀다. 그리고 가난한 사람들로부터 떨어져 나갔기 때문에 예술은 빈약해졌다.

이런 예술은 세상을 퇴폐시키고 민중을 타락시키고 성적인 부패를 전파한다. 그것은 인간의 행복의 실현에 최악의 장애가 되고 있다. 게다가 이런 예술에는 진실한 아름다움도, 자연스러움도, 솔직함도 없다.

이런 탐미주의자들의, 허위 부자들의 기분풀이에 대신해서 살아 있는 예술, 인간의 예술, 모든 계급과 모든 민족을 하나로 묶는 예술을 이룩하자.

"대다수 사람들은 항상 가장 숭고한 예술을 생각했다. 즉 창세기의 서사시, 복음서의 우화, 성인전聖人傳, 설화, 민요 같은 것을 이해하고 사랑하였다."

가장 위대한 예술은 시대의 종교 의식을 표현한 예술이다. 그러나 그것은 교회의 교의를 의미하는 것은 아니다.

"각 사회는 인생에 대한 하나의 종교적 개념을 갖고 있다. 그것은 그 사회의 목표가 될 최대의 행복의 이상이다."

우리 시대의 종교 의식은 인간의 우애에 의하여 실현되는 행복에 대한 갈망이다. 이 결합에 작용하는 예술 이외에는 참된 예술이란 있을 수가 없다. 사랑의 힘에 의해서 곧바로 그 행복을 실현하는 예술이야말로 최고의 예술인 것이다.

그런데 여기에 또 하나의 예술이 있다. 이 예술은 우애에 반항하는 모든 것에 분노와 멸시라는 무기를 써서 싸움을 거는 것으로써 같은 일에 협력하고 있는 것이다.

"미래의 예술은 현대 예술의 계속이 아니다. 그것은 별도의

기반 위에 구축될 것이다. 그것은 이미 어느 특권 계급의 소유
물일 수는 없을 것이다. 예술은 하나의 작업이 아니다. 진실
한 감정의 표현이다.”

미래에 있어서는 “예술의 재능을 타고난 모든 사람은 예술
가가 될 것이다.” 예술 활동은 “문법의 기초와 마찬가지로 음
악 교육과 미술 교육을 초등학교가 채용하여 아이들에게 교
육함으로써” 모든 사람이 그것을 자기의 것으로 만들 수 있을
것이다.

그러면서도 예술은 현재의 예술 같은 복잡한 기교를 필요
로 하지 않게 될 것이다. 예술은 소박, 명석, 간결의 방향으로
나아갈 것이다. 이것은 고전적인 건전한 예술이나 호메로스
의 예술의 특성인 것이다.

보편적인 감정을 순수한 문장의 예술 속에 표현하는 것은
얼마나 놀라운 일인가! 몇 백만의 사람들을 위하여 하나의 이
야기나 하나의 노래를 짓는다는 것, 한 장의 그림을 그린다는
것은 한 편의 소설이나 교향곡을 쓰는 것보다 훨씬 중요하고
또 어려운 일이기도 하다. 그것은 아직 거의 손대지 않은 거대
한 영역이다. 사람들은 이러한 작품에 의해서 우애로운 결합
의 행복을 배울 것이다.

“예술은 폭력을 배제할 수 있어야 한다. 예술만이 그것을
할 수 있다. 예술의 사명은 신, 즉 ‘사랑’ 의 왕국을 통치하는
데 있다.”

우리들 중에서 누가 이런 고귀한 말에 동의하지 않을 수 있

겠는가? 다분히 유토피아적이고 또 얼마쯤은 아이들 같은 데가 있기는 하지만 톨스토이의 이 생각은 힘이 넘치고 있다는 것을 누가 인정하지 않을 수 있겠는가?

분명히 현대 예술의 전체는 어느 특권 계급의 표현에 지나지 않는다. 유럽은 자기 속에 여러 당파와 여러 민족의 결합을 실현할 만한 예술가의 정신을 단 하나도 가지고 있지 못하다. 우리 시대에 있어서 가장 보편적인 정신은 톨스토이의 정신 바로 그것이다.

14

아무리 훌륭한 이론이라고 할지라도 그것이 작품 속에서 실현되지 못한다면 그것은 아무 가치도 없는 것이다. 톨스토이에 있어서는 이론과 창조는 신앙과 행동의 경우와 마찬가지로 늘 일치하고 있다.

그는 《예술 비판》을 완성함과 동시에 자기가 구하는 새로운 예술의 모범을 보였다. 그 두 예술 형식 중 하나는 사랑에 의해서 인간의 결합에 힘쓰고, 다른 하나는 사랑의 적인 사회와 싸우는 것이었다.

그는 다음과 같은 걸작, 즉 《이반 일리이치의 죽음》, 《민화집》, 《어둠 속의 힘》, 《크로이체르 소나타》, 《주인과 하인》 등을 완성했다. 이 예술적 기간의 장점이자 마지막 단계에 가면 큰 사원과도 같은 《부활》이 솟아 있다. 《부활》은 두 개의 탑(하나는 영원의 사랑을 상징하고, 또 하나는 사회에 대한 증오를 상징하는)을 가지고 있다.

이 작품들은 모두 새로운 성격을 가지고 있어서 이전에 내놓은 작품과는 다르다. 톨스토이의 사상은 예술의 목적에 있어서뿐 아니라 그 형식에 있어서도 달라진 것이다. 즉 더욱 힘차게 강조된 명확한 구상과 인간상의 간결성과 달려들려는 맹수같이 몸을 도사린 내면적 드라마의 집중화, 소극적 리얼리즘의 번잡한 자극성에서 벗어난 감동의 보편화와 대지를 느끼게 할만큼 풍부한 비유, 아취雅趣 있는 말 등 여러 면에 있어서 뚜렷이 부각된다.

민중에 대한 사랑을 가진 그는 오랫동안 민중의 말의 아름다움을 맛보며 살아 왔다. 어렸을 때의 그는 거지 이야기를 들으며 잠들었다. 어른이 되어 유명한 작가가 된 후에는 농민들과 이야기하는 일에서 예술적 기쁨을 느꼈다. 그는 스트라코프에게 이렇게 써보냈다.

"나는 말의 사용법과 글을 쓰는 법을 바꾸었다. 민중의 말은 시인이 무엇이든 표현할 수 있게 해주는 울림을 가지고 있나. 세나가 사상 뛰어난 시의 조징사調整者이기도 하다."

그는 문체의 모범을 민중에게서 얻어 왔을 뿐 아니라 창작의 영감도 그들에게서 얻었다.

1878년에 전설의 이야기꾼 한 사람이 야스나야 폴랴나에 왔다. 톨스토이는 그의 몇 가지 이야기를 적어 두었다. 그 중

〈사람은 무엇으로 사는가〉와 〈세 노인〉의 이야기는 일반적으로 알고 있는 바와 같이 톨스토이가 수년 뒤에 출판한 가장 아름다운 《민화집》 속의 두 작품이 되었다.

현대 예술 속의 독특한 작품, 예술 이상의 고귀한 작품, 이것을 읽고 누가 문학같은 것을 생각하겠는가?

복음서의 정신, 즉 모든 사해동포에 대한 소박한 사랑이 민중적인 지혜의 따뜻한 소박성과 결합되어 있다.

순박함과 청순함과 형용할 수 없는 선의善意와 때때로 극히 자연스럽게 정경을 비쳐 주는 저 초자연의 빛! 그 빛은 《두 노인》의 늙은 엘리세이에게 후광을 비추기도 하고, 구두 수선장이 마르힌네 가게 위로 떠돌거나 한다.

이 이야기들 속에는 곳곳에 복음서의 우화와 무엇인가 동양적인 향기, 가령 톨스토이가 유년 시절 이후 줄곧 사랑해 온 《아라비안 나이트》의 저 향기가 섞여 있다.

그러나 환상적인 빛은 더러는 불길한 색깔로 변하여 이야기에 숭고한 위압감을 더해 주기도 한다. 〈백성 파홈〉에서 그렇다.

이 이야기들 거의 모두에는 그 시적인 외관 아래 체념과 용서의 변함없는 복음서적 도덕이 포함되어 있다.

"그대를 괴롭히는 자를 벌하지 말라. 그대에게 해를 끼치는 자와 싸우지 말라. 벌을 받기에 알맞은 것은 자신이다라고 주님께서는 말씀하셨다."

어디에서나 결론은 항상 사랑에 이른다. 톨스토이는 모든 사람들을 위해 예술을 창조하기를 원했는데, 여기에서 일약 보편성에 이르렀다. 작품은 전세계에서 성공을 거두지 않을 수 없었다. 작품이 예술의 멸망하기 쉬운 요소로부터 완전히 정화되어 있었고, 거기에는 이미 영원한 것만이 있었기 때문이다.

〈어둠 속의 힘〉은 이런 마음의 장엄한 소박성에까지는 이르지 못하는 작품이다. 그것을 원하지도 않고 있다. 반면 숭고한 사랑의 꿈이 있고 또한 추악한 현실이 있다. 이 극을 읽으면 톨스토이의 신앙과 민중에 대한 사랑이 과연 민중을 이상화하고 진리를 배신할 수 있었던가 아닌가를 알 수 있다.

톨스토이의 극은 대개의 경우 매우 서투르게 마련인데, 이 작품에서는 산뜻한 기량을 나타내고 있다. 성격도, 줄거리도 여유를 가지고 처리되고 있다. 이 극에 또 특별한 예술적인 맛을 더해 주고 있는 것은 그 농민들의 말이다.

러시아 민중의 서정적이고도 야유를 즐기는 그 정신에서 태어난 뜻밖의 인간상들에 대한 문학적 묘사는 생기와 힘으로 넘쳐 있다. 이것에 견준다면 모든 문학적 묘사는 퇴색된 글귀들이다. 이 예술가가 러시아 민중 특유의 표현이나 생각을 즐겨 사용하면서 극을 썼다는 것을 뚜렷하게 느낄 수 있다. 톨스토이는 마음의 어둠 때문에 괴로워하면서도 민중의 희극성은 하나도 놓치지 않았던 것이다.

민중을 관찰하고 그 어둠에 한 줄기 천상의 빛을 던지면서 톨스토이는 그보다 더욱 깊은 어둠, 부자나 부르주아 계급에게 두 편의 비극적 소설을 바쳤다. 이 시기에는 극형식劇形式이 그의 예술 사상을 지배하고 있었음을 느낄 수 있다. 《이반 일리이치의 죽음》과 《크로이체르 소나타》, 두 편 모두는 억제되고 농축된 참다운 내면극이다.

《이반 일리이치의 죽음》은 사회, 특히 결혼에 대한, 때로는 통렬하고 때로는 해학적인 논고論考의 격렬함에 대해서 새로운 일련의 작품군의 출발점이 된다. 이것은 《크로이체르 소나타》나 《부활》의 더욱 잔인한 묘사를 예고해 준다.

빛은 《크로이체르 소나타》에는 이미 한 줄기도 찾아오지 않는다. 이것은 복수하려고 이빨을 드러내고 덤벼드는 상처받은 야수처럼 괴로움만을 준 사회에 덤벼드는 광포한 작품이다. 톨스토이 자신은 등장 인물들 뒤에 숨어 있다. 아마 일반화되고 있는 위선에 대한 격렬한 공박에서 격조 높은 그의 사상을 발견할 수 있을 것이다.

그것은 여성 교육, 사랑, 결혼(결혼이란 이름의 ‘가정 매음’), 사교계, 학문, 의사(의사란 이름의 ‘범죄의 씨를 뿌리는 사람’)의 위선인 것이다.

그리고 이 소설의 주인공은 과격한 표현을 작가에게 강요하고 있다. 즉 거친 표현, 격렬한 육체적 묘사 — 외설적인 육체의 모든 정열 — 그 반동으로서 금욕주의의 온갖 횡포, 정열에 대한 증오로 가득 찬 공포, 관능에 불타는 중세의 어느 수도승이 던진 인생에 대한 저주 등의 표현이 그것이다.

힘찬 효과, 정열의 집중, 그렇게 명확할 수가 없는 인간의 부조浮彫, 원숙한 형식 등에 있어서 톨스토이의 다른 어느 작품도 이 《크로이체르 소나타》에 맞설 만한 것이 못 된다.

이 소설의 제목에 대해서 설명해야겠다. 사실을 말하면 이 제목은 틀린 것으로, 작품을 오해하게 한다. 이 작품에 있어서의 음악은 2차적 역할밖에 갖지 않는다. 소나타를 빼 버려도 달라지는 것은 아무것도 없을 것이다.

톨스토이는 관심을 갖고 있던, 사람을 타락시키는 두 문제, 즉 음악의 힘과 연애의 힘을 잘못 혼동해버린 것이다. 음악의 마력을 이야기하자면 작품 하나가 별도로 필요할 것이다. 톨스토이가 이 작품에서 음악의 마력으로 지적하고 있는 것은, 그가 고발하고자 하는 음악의 위험을 증명하기에는 충분하지 못했다.

이 문제에 관해서는 조금 주의해 둘 필요가 있다. 왜냐하면 사람들은 톨스토이의 음악에 대한 태도를 하나도 이해하지 못하고 있는 것 같기 때문이다.

그가 음악을 좋아하지 않은 것은 아니었다. 오히려 너무 좋아하였기 때문에 두려워했다. 《유년 시절》이나 《부부의 행복》에서는 사랑의 전주기全週期가 봄으로부터 가을에 걸쳐 베토벤의 〈환상풍 소나타〉의 악장들 사이에서 전개되어 있다. 톨스토이가 음악에 대해서 배운 것은 매우 깊이 있지는 않았다 하더라도 음악은 눈물을 흘리게 할만큼 그를 감동시켰다.

그도 그 생애의 한 시기에는 정열적으로 음악에 몰두하였다. 1858년에 그는 모스크바에 음악협회를 설립했다. 이것은 뒷날 음악원이 된다.

톨스토이의 의형제 베르스는 이렇게 썼다.

"그는 음악을 매우 사랑하였다. 피아노를 쳤으며 고전적인 거장을 좋아했다. 그는 일을 시작하기 전에 곧잘 피아노를 쳤다. 아마 그것으로부터 영감을 얻고 있었는지 모른다. 그는 여동생의 목소리를 좋아하여 곧잘 그 반주를 하였다. 음악이 그의 감정을 자극하면 얼굴이 창백해지고 희미하게 일그러지는 것을 나는 알았다. 아마 공포에 사로잡힌 것이리라."

이것은 바로 자기의 존재를 밑바닥에서부터 흔들어 놓는 알지 못할 힘의 충격에 대해서 그가 느낀 공포임에 틀림없다. 음악 세계 속에서 그는 자기의 도덕적 의지도, 이성도, 인생의 모든 현실도 녹아서 사라져 버리는 것을 느꼈던 것이다. 《전쟁과 평화》 제4편에서 도박에 진 니콜라이 로스토프가 집에서 여동생 나타샤가 노래 부르는 것을 듣고 모든 걸 잊어버리지 않는가!

톨스토이는 나이가 들면서 음악을 더욱 두려워하게 되었다.

그 많은 퇴폐적인 음악가 가운데서 어떻게 가장 순수하고 가장 세련된 베토벤을 향해 화살을 겨누게 되었는지 모르겠다고 카뮈 벨레그는 의문을 표시하고 있다 ─ 아마 베토벤이 가장 기운찼기 때문일 것이다.

톨스토이는 언제나 베토벤을 사랑하고 있었다. 그의 《유년 시절》의 가장 먼 추억은 〈비창 소나타〉에서 이어진 것이다. 《부활》의 끝부분에서 네프류도프는 〈C단조 교향곡〉의 안단테 부분의 연주를 듣고 눈물을 참지 못한다.

그러나 주지하는 바와 같이 《예술이란 무엇인가》 속에서는 "귀머거리 베토벤의 병적인 작품"에 대해 매우 흥분된 의견을 퍼붓고 있다. 이미 1876년에 그는 심하게 "베토벤의 평판을 손상시키고 그 천재에 의문을 던졌기" 때문에 차이코프스키를 노하게 하고 그때까지 그가 지녔던 톨스토이 숭배열에 찬물을 끼얹었다.

《크로이체르 소나타》에는 그의 이런 제멋대로의 편견이 극단적으로 나타나 있다. 도대체 톨스토이는 베토벤의 무엇을 비난하였던가? 그의 힘이었다. 그는 〈C단조 교향곡〉을 듣고 감동했는데, 자기를 마음대로 복종시킨 이 거만한 거장에 대해서 괴테와 마찬가지로 노여움을 느끼고 반항하는 것이었다.

이런 반항 뒤에 어떻게 그가 베토벤의 힘에 굴복하는가. 그 자신이 고백하는 바에 의하면 그 힘이 얼마나 고상하고 순수한 것인가를 보기를 원한다. 《크로이체르 소나타》의 주인공 보스트니체프는 이 곡을 듣고 형용할 수 없는 상태에 빠지고 만다. 자기로서도 그것을 분석할 수 없다. 그러나 그것을 의식하자 기쁨에 가득 찬다. 질투 따위는 사라져 간다……

여기에 배덕적背德的인 그 무엇이 있는 것일까? 다음과 같은 것밖에 없다. 측량할 수 없는 정신이 노예가 되고, 알지 못할 힘이 정신을 마음대로 끌고 다닐 수 있다는 것, 즉 정신을 파괴해 버린다는 것밖에.

이것은 진실이다. 그러나 톨스토이는 한 가지를 잊고 있었다. 그것은 음악을 듣는 사람, 혹은 창조하는 사람의 대다수

는 평범하거나 생명력이 없는 사람들이라는 점이었다. 아무
것도 느끼지 못하는 사람들에게는 음악이 위험할 턱이 없다.
〈살로메〉를 공연 중인 오페라석의 광경을 둘러보면 소리에 대
한 예술의 어떠한 병적인 감동에 대해서도 청중은 면역되어
있다는 사실은 너무나 명백하다. 음악에 괴로워하는 위험이
찾아오려면, 생명력이 넘치고 있지 않으면 안 된다.

베토벤을 그토록 부당하게 공격했음에도 불구하고, 사실
톨스토이는 오늘날 베토벤의 음악을 찬양하는 대부분의 사람
들보다 더 깊이 그의 음악에 감동하고 있었던 것이다.

적어도 그는 '귀머거리 노인'의 예술 속에 메아리치고 있는
저 미칠 것 같은 정열이나 저 거칠고 굳센 힘을 알고 있었다.
오늘날의 어떤 거장도, 오케스트라도 그것을 느끼지 못하는
것이다. 아마 베토벤은 애호가들의 애정보다도 톨스토이의
증오에 더 만족했으리라.

15

《부활》과 《크로이체르 소나타》 사이에는 10년이라는 세월
이 있다. 《부활》은 말하자면 톨스토이의 예술적 유서이다.
《전쟁과 평화》가 그의 원숙기를 장식하고 있는 것처럼 《부활》
은 그의 만년을 지배하고 있다.

톨스토이는 70세였다. 그는 세상을, 자기의 생애를, 지난날

의 과오를, 신앙을, 신의 노여움을 응시한다.

그것은 그 이전의 여러 작품에 있어서도 마찬가지의 사상이고, 위선에 대한 똑같은 싸움이다. 그러나 예술가의 정신은 그 주제를 위에서 내려다보고 있다. 이것은 《전쟁과 평화》의 경우와 마찬가지이다.

《크로이체르 소나타》와 《이반 일리이치의 죽음》의 어두운 냉소와 혼란된 정신에, 이제는 그의 내부로부터 비뚤어지지 않게 비쳐 나온 현세로부터 해방된 종교적 조용함이 합해진 작품이 바로 《부활》이다. 어쩌면 마치 기독교도 괴테 같다고 해도 좋을 것이다.

그의 후기의 여러 작품에서 이미 지적한 예술적 특색이 이 작품에도 나타나 있는 것을 볼 수 있다. 삽화적인 여담은 거의 하나도 없다. 오로지 하나의 줄거리만이 줄기차게 추구되고 있으며, 어떠한 것이든 세부까지 파헤쳐지고 있다.

《크로이체르 소나타》에서와 마찬가지로 인물 묘사는 힘차게 다듬어져 있고, 관찰은 더욱 명석하고 기운차며 가차없는 사실성을 가지고 있다. 그는 인간 속의 동물을 투시하고 있다.

작가 자신의 릴리시즘(서정주의)은 거의 들어설 장소가 없나. 그 예술은 한층 그 자신에서 떠나 보편적인 경향을 띤다. 그만큼 그의 진실한 관찰, 티없는 거울은 훌륭하다.

얼마나 많은 전형적 인물들이며, 얼마나 명확한 세부 묘사인가! 모든 것이 얼마나 정확하게 관찰되고 있는가! 천박함도, 미덕도 없고 냉혹하지도, 허약하지도 않으며 조용한 이해와 우애에 넘친 연민으로 관찰되고 있다!

객관적인 진실성을 갖지 못한 유일한 인물은 주인공 네프류도프이다. 왜냐하면 톨스토이가 자기 자신의 사상을 그에게 주었기 때문이다. 이것은 이미 《전쟁과 평화》 혹은 《안나 카레니나》의 가장 유명한 몇 사람의 전형적 인물, 즉 안드레이 공작, 피에르 베즈호프, 레빈 등에게서 볼 수 있는 결점 혹은 위험이다.

그러나 전에는 이 결점도 그다지 중대한 것이 못 되었다. 이 등장 인물들은 그 환경이나 연령 등에서 톨스토이의 정신 상태에 매우 가까웠던 것이다.

그러나 이번 경우, 작가는 35세의 방탕아의 육체에다 70세의 노인인 자기의 정신을 담은 것이다. 그는 중용中庸의 성격으로 평범하고 건전한 인간의 형型에 속한다. 톨스토이가 으레 등장시키는 주인공인 것이다. 그는 사실 극히 현실주의적인 인간인데, 그렇지 않은 부류의 인물이 갖는 도덕적 위기를 갖는다. 무리한 조작이 너무 눈에 띈다. 그렇지 않은 부류의 인물이란 바로 늙은 톨스토이이다.

이 인물의 이원성二元性의 인상은 작품의 끝에 가서도 다시 눈에 띈다. 엄밀하게 현실주의적 관찰에 의한 제3부에 필연적이 아닌 복음서적 결론이 곁들여진다.

이것은 개인적인 신앙의 결론에서 오는 것이지 관찰된 현실 생활에서 논리적으로 이끌어진 것이 아니다. 톨스토이의 신앙이 전보다 더욱 증명을 배제하고, 그의 현실주의가 나날이 대담하고 예리하게 되어 간 결과이다. 거기에는 피로가 아닌 나이의 흔적을 볼 수 있다. 말하자면 관절에 경화가 나타난 것이다.

종교적 해결은 작품의 유기적 발전이 아니다. 그것은 '장치로서의 신'이다. 그리고 나는 확신하는 바이지만, 톨스토이의 밑바닥에 있는 그 다양한 본성, 즉 그의 예술가로서의 진리와 신앙인으로서의 진리 사이의 융합은 그의 확신에도 불구하고 완전한 것이 아니었던 것이다.

그러나 비록 《부활》이 그의 청년 시절의 작품에서 볼 수 있는 그 완전한 조화를 갖고 있지 못하다 할지라도, 나로서는 《전쟁과 평화》를 더 좋아한다고 할지라도, 이 작품은 변함없이 인간의 연민의 가장 아름다운, 아마 가장 진실한 시詩들 가운데 하나일 것이다.

다른 모든 작품에서보다도 나는 이 작품에서 톨스토이의 명석한 시선을 느낀다. 이 연한 회색빛 눈은 통찰력이 뛰어나 "그 눈길은 곧바로 마음속에 비춰 들어" 저마다의 마음속의 신을 보는 것이다.

16

톨스토이는 결코 예술을 단념하지 않았다. 만년의 그는 복음 전도적 혹은 논쟁적 작품과 상상의 작품을 동시에 다루면서 다른 한편으로는 피로를 회복하도록 힘썼다.

그는 〈지배자 혹은 피지배자에게 호소한다〉와 같은 사회적 논문을 완성하고 나면, 이번에는 스스로에게 들려주는 아름다운 이야기, 가령 〈하지 믈라트〉 같은 것을 쓰는 권리를 자신에게 주는 것이었다.

예술은 변함없이 그의 위로이고 즐거움이었다. 그러나 그는 그것을 과시하는 것을 허영으로 생각한 것 같다. 그《일일일문집―日―文集》을 제외하면 1900년 이후의 순수 예술 작품들은 거의 모두 원고 그대로 남아 있었다.

이와 반대로 그는 사회적 논쟁에서는 논쟁적·신비적 저작을 대담하게 발표하였다.

당시 러시아는 무서운 위기에 처해 있었다. 황제의 제국은 순간순간 그 기초가 흔들려 이미 무너지기 시작한 것처럼 보였다. 러일전쟁, 그에 뒤따른 붕괴, 혁명의 소란, 육·해군의 반란, 학살, 농민 폭동 등이 ― 톨스토이의 한 작품의 표제처럼 ― '세계의 종말'을 나타내는 것처럼 보였다.

톨스토이는 이 무렵 〈전쟁과 혁명〉, 〈커다란 죄악〉, 〈세계의 종말〉 등 반향을 불러일으킨 일련의 작품을 발표하고 있었다. 이 허위에 대해 노老사냥꾼은 모든 종교적 내지 사회적 미신, 즉 모든 우상을 쉬지 않고 계속 들쑤시고 있었다. 톨스토이가 가장 참을 수 없었던 것, 신랄하게 고발한 것은 새로운 허위였다. 낡은 허위는 이미 밝혀졌으니까.

새로운 허위란 전제주의가 아니라, 자유에 대한 착각이었다. 이 새로운 우상의 신봉자들 중에서 그가 가장 미워한 것은 사회주의자인지 '자유주의자' 인지 모를 지경이다.

그는 오랫동안 자유주의자에 대해서 반감을 갖고 있었다. 세바스토폴리의 장교로서 페테르부르크 문학 서클에 갔을 때부터 이 자존심 높은 명문 귀족은 지식인에 대해서 참을 수 없었다. 그는 스스로 만든 유토피아를 강요하고 국민을 억지로 행복하게 해주겠다는 그들의 자부심을 좋아하지 않았다. 전형적인 러시아인이며 유서 깊은 집안에서 태어난 그는 자유주의적인 새로운 일들에 대해서, 서유럽에서 들어온 입헌 사상에 대해서 불신감을 갖고 있었다.

《안나 카레니나》에서 그는 자유주의자에 대한 경멸을 충분히 이야기하고 있다. 톨스토이는 자유주의자들의 '민중, 민중의 의지' 라는 말의 남용에 분개하고 있다. 아아, 그들은 민중에 대해서 무엇을 알고 있단 말인가? 민중이란 무엇인가?

톨스토이는 특히 자유주의의 운동이 성공할 것처럼 보이고 제1회 러시아 제국의회가 소집된 시기에, 입헌 사상에 대해서 격렬하게 불찬성을 표명하고 있다.

그가 자유주의에서 멀어져 간 큰 원인은 경멸이다. 이에 비해서 사회주의에 대해서는 증오를 가졌다. 왜냐하면 사회주의는 그 속에 이중의 허위, 자유의 허위와 과학의 허위를 아울러 지녔기 때문이었다. 사회주의는 경제학이란 것에 기초를 두고 그 절대적인 법칙이 이 세계의 진보를 맡고 있다고 주장하지 않는가!

톨스토이는 과학에 대해서 매우 엄격하다. 그는 이렇게 쓰고 있다.

"과학의 하인들이 교회의 하인들과 똑같이 자기네가 인류를 구원한다고 스스로 믿고 또 다른 사람에게도 그것을 믿게 하는 일이라든지, 교회가 그렇게 믿듯이 자기네에게는 오류가 없다고 믿는 것이라든지, 결코 서로 일치되지 못한 채 소小교회처럼 분리되어 있는 일이라든지, 교회와 마찬가지로 그들이야말로 조악하고 도덕적으로 무지하며, 인간이 괴로워하는 악에서 해방되는 것을 더디게 하는 주요한 원인인 것을 조소한다. 왜냐하면 과학은 인류를 하나로 뭉치게 할 수 있는 유일한 힘인 종교적 양심을 버렸기 때문이다."

그러나 그의 불안이 높아지고 분노가 폭발하는 것은 인류를 재생시키겠다고 떠드는 사람들의 수중에서 새로운 광신의 위험한 무기를 보게 될 때이다. 어떠한 혁명가도 폭력에 호소하면 그를 슬프게 했다. 그리고 이지적이고 이론적인 혁명가는 그에게 무서움을 준다. 그것은 그들이 인간을 사랑하지 않고 자기의 '사상'만을 사랑하는 현학적인 살인자들이며 오만하고 메마른 정신의 소유자이기 때문이다. 게다가 그 사상 자체는 매우 저속하다.

"사회주의의 목적은 인간의 가장 저속한 욕망, 즉 물질적 행복의 만족이다. 그러나 이 목적마저도 사회주의가 찬양하는 수단으로는 달성될 수 없는 것이다."

사회주의는 그 밑바닥에 사랑이 없다. 그것은 압제자에 대한 증오심과 "부자들의 풍족한 생활에 대한 시커먼 시기심, 즉 배설물의 둘레에 떼지어 모이는 파리의 탐욕"밖에 갖지 않은 것이다.

톨스토이가 이렇게 자유주의자나 사회주의자와 싸우는 것이 전제주의를 멋대로 내버려두기 위함은 아니다. 도리어 그 반대이다. 군대에서 애매하고 위험한 요소를 제거한 뒤에, 낡은 세계와 새로운 세계 사이에 충분한 싸움이 일어나게 하자는 것이다. 왜냐하면 그도 역시 '혁명'을 믿기 때문이다.

그러나 그의 '혁명'은 혁명가들의 혁명과는 전혀 다른 규모의 것이다. 그것은 내일이라도 성령의 강림이 있을 것임을 기대하는 중세 신비주의 신자의 혁명이다.

"지금 이 순간 기독교의 세계에서 2천년을 준비해 온 대혁명이 시작되고 있다고 나는 믿는다. 이 혁명은 부패한 기독교와 그것에서 생기는 지배 제도를 인간의 평등과 진실한 자유의 기초인 참다운 기독교로 바꾸는 일이다. 이것이야말로 이성을 부여받은 전 인류가 갈망하는 것이다."

그러면 이 명철한 예언자는 행복과 사랑의 새로운 시대를 예고하기 위해서 어떠한 시기를 선택했는가? 그는 러시아의 가장 어두운 시기, 패배와 굴욕의 시기를 선택했다. 창조적 신앙의 눈부신 힘이여! 신앙의 주위에서는 모든 것이 빛이다 ─ 밤까지도. 톨스토이는 그와 같은 죽음 속에서 재생의 표시를 인정한 것이다. 러일전쟁 당시 만주에서의 싸움의 재화(災禍) 속에서도, 러시아 군대의 붕괴 속에서도, 무서운 무정부 상태와 피비린내 나는 계급 투쟁 속에서도, 그의 몽상적 논리는 일본의 승리에서 러시아는 일체의 전쟁에 관계해서는 안 된다는 놀라운 결론을 끌어낸 것이다. 그것은 러시아의 국민으로서의 양보일까? 아니다. 그것은 최고의 자랑이다.

러시아는 일체의 전쟁에 관계해서는 안 된다. 러시아는 '대혁명'을 수행해야 하기 때문이다.

폭력의 적, 야스나야 폴랴나의 복음주의는 그런 줄도 모르고 공산주의 혁명을 예언하고 있는 것이다!

"냉혹한 압박에서 사람들을 해방시킬 1905년의 혁명이 러시아에서 시작되어야 한다. 그리고 그것은 이미 시작되고 있는 것이다."

왜 러시아가 선택된 민중의 역할을 해야 하는가? 이 새로운 혁명은 우선 '커다란 죄', 즉 수천 명의 부자들의 이익을 위한 토지 독점, 몇 백만의 사람들이 놓여 있는 가장 잔인한 노예 상태를 보상해야 하기 때문이다. 어떤 민중도 러시아의 민중만큼 이 부정을 의식하지 않고 있기 때문이다. 특히 진실한 기독교가 모든 민중 가운데서 러시아의 민중에게 가장 깊이 침투하고 있기 때문이고, 다가오는 혁명은 그리스도의 이름으로 결합과 사랑의 법도를 실현해야 하기 때문이다.

이 사랑의 법도는 악에 대한 무저항의 법도에 기초를 두지 않으면 실현할 수 없는 것이다. 이 무저항은 러시아 민중의 근본적인 특징이고 또 늘 그러했다. 이 자발적인 굴복은 노예적인 굴복과는 아무 관계도 없다.

러시아에서는 오랫동안 '분리파 신도' 라고 불리는 오랜 신자들이 박해에도 굴복하지 않고 국가에 대한 불복종을 완강하게 실행하고, 권력의 정당성을 인정하기를 거절해 왔다. 러일전쟁에서 패한 후 이 정신 상태는 지방 민중 사이로 쉽게 번져 나갔다. 병역의 거부가 늘어났다. 그들이 잔인하게 압박받으면 받을수록 반항은 마음속에서 더욱더 커갔다.

한편 톨스토이와 전혀 관계없이 여러 지방이, 전 민족이 국가에 대한 복종에 절대적이며 수동적인 거절의 모범을 보였다. 예를 들면 1898년의 카프카즈의 두호보르파와 1905년 무렵의 구우리의 제오르지아파 같은 것이 그것이다.

톨스토이는 자기가 주장한 주의를 생명을 걸고 실행한 사람들에 대해서 겸손하고 훌륭한 태도를 취했다. 두호보르파나 제오르지아파나 징병 기피자들에 대해서도 그는 스승으로서의 태도를 취하지 않았다.

그는 "자기의 말이나 저작에 의하여 고뇌로 이끌려 갔을 지도 모르는 모든 사람들에게 용서해 주기를" 바랐다. 그는 아무에게도 병역을 거절하라고 권하지는 않았다. 그것은 각자가 스스로 결정할 일이다. "그리스도의 정신이 마음에 뿌리를 내렸을 경우에만" 자기 주장을 고집해야 한다. 그는 박해받은 사람들에게 "박해하는 사람들과의 친밀한 관계를 절대로 끊지 말기를" 바라고 있었다.

"당신은 말하리라. '헤롯을 사랑할 수는 없다.' …… 그러나 사랑해야 한다는 것을 당신도, 나도 느끼고 있는 것이다."

이 신성한 순수함, 사랑에 대한 권태를 모르는 이 열의는 "네 이웃을 네 자신과 같이 사랑하라"는 복음서의 말에 조차도 만족하지 못한다. 이 말에는 아직 이기주의의 냄새가 있기 때문이다!

어떤 사람들에게는 너무나 넓은 사랑, 이것은 모든 인간이 이기주의에서 해방되어 있기 때문에 도리어 허무 속에 녹아 들어가 버린다! 그러나 톨스토이 이상으로 '추상적인 사랑'에 의심을 갖고 있는 사람이 어디 있으랴?

"오늘날의 가장 큰 죄는 사람들의 추상적인 사랑이다. 어딘가 먼 곳에 있는 사람들에 대한 무인격적인 사랑이다……모르는 사람, 결코 만날 수 없는 사람을 사랑한다는 것, 그것은 극히 쉬운 일이다. 아무것도 희생할 필요가 없다. 동시에 자기 만족도 할 수 있다! 양심은 속고 있는 것이다. 그래서는 안 된다. 이웃을, 함께 생활하고 있는 사람을, 그리고 당신을 괴롭히는 사람을 사랑해야 한다."

톨스토이에 관한 연구서를 읽어보면 그의 철학도 신앙도 거의 독창적인 것이 아니라는 주장들을 하고 있다. 그것은 사실이다. 그의 사상의 아름다움은 그것을 새 유행으로 보기에는 너무나 영원적인 것이다. 또 다른 어떤 연구서는 그의 사상의 유토피아적 성격을 지적한다. 그것 역시 사실이다. 그의 사상은 복음서처럼 유토피아적이다. 예언자는 모두 유토피아주의자인 것이다. 이 세상에 있을 때부터 벌써 영원한 삶을 살고 있으니까.

이 위대한 정신의 기적, 즉 증오에 의하여 피로 물든 세기에
있어서 형제애의 화신化身, 이것을 못 보는 사람은 장님인 것
이다!

17

그의 얼굴에는 결정적인 특징이 자리잡고 있었다. 나이가
든 그의 얼굴에는 조용함과 부드러움이 넘쳤다.

그러나 그 맑은 눈은 줄곧 깜박이지도 않고 자기의 어떤 것
도 숨기지 않으며 다른 사람의 어떤 것도 놓치지 않는 그런 성
실한 눈길을 갖고 있었다.

그가 죽기 9년 전 성무원에 보내는 회답 속에서 그는 이렇
게 말하고 있다.

"내가 평화와 기쁨 속에서 살 수 있고, 또 평화와 기쁨 속에
서 죽음을 향하여 갈 수 있는 것은 신앙 덕택이오."

그가 당시 가지고 있는 것을 자랑하던 이 평화의 기쁨은 그
에게 언제나 충실하였을까?

1905년의 '대혁명' 의 희망은 사라졌다. 짙어 가는 어둠 속에
서 기다리던 빛은 나타나지 않았다. 혁명의 변란 뒤에는 비참
만이 더욱 커갔을 뿐, 옛 부정不正에는 아무 변화도 없었다.

톨스토이는 슬퍼했다. 그러나 그는 꺾이지 않았다. 그는 신
을 믿고 미래를 믿는다.

전세계에서 그에게 편지가 날아들었다. 이슬람교국에서, 중국에서, 일본에서. 그들 나라에서는 《부활》이 번역되어 '땅을 민중에게 돌려주는 일'에 관한 사상이 번져 갔다. 아메리카의 신문은 그에게 인터뷰를 요청했다.

프랑스 인은 예술에 관해서 혹은 교회와 국가의 분리에 관해서 그의 의견을 물었다. 그러나 그의 제자는 3백 명에도 이르지 못했다. 물론 그는 제자를 만들 생각 따위는 하지 않았다. 톨스토이스트 그룹을 만들자는 친구들의 계획도 배척하였던 것이다.

그러나 이 고독한 신앙은 어디까지나 톨스토이에게 행복을 보장할 수 있었을까? 그는 만년에 괴테 식의 스스로 생겨나는 맑고 조용함에서 얼마나 멀리 있었던가?

"나는 자신에게 만족하지 못하는 데 대해 신에게 감사드려야 한다. 현재의 생활과 자신이 원하는 생활의 불일치야말로 바로 생활한다는 표시이다. 더욱 나쁜 것에서 더욱 좋은 것으로 나아가는 움직임인 것이다. 이 불일치는 선의 조건이다. 사람이 편안하게 자신에게 만족하고 있는 것은 악이다."

그러면 이렇게도 신앙이 두터웠던 그에게도 아직 의문이 있었단 말인가? 거기에 대해서는 뭐라고 말할 수 없다.

육체도 정신도 노년에 이르기까지 완강했던 그에게 있어서 생명은 사상의 한 정거장에서 멈추고 있을 수가 없었다. 생명은 계속 걸어가야 했던 것이다.

"움직임, 그것이 바로 생명이다."

만년에 와서도 그의 마음속에서는 여러 가지 일들이 바뀌고, 달라지고 있었다. 틀림없다. 혁명가에 관한 그의 의견도 바뀐 것이 아닐까? 악에 대한 무저항의 신앙이 조금도 흔들리지 않았다고 누가 말할 수 있을 것인가?

1900년 이후 혁명의 물결이 번져 나갔다. 그들의 무서운 군대의 전위부대가 야스나야 폴랴나의 톨스토이 집 창문 밖을 행진해 가는 것이었다.

소박하고 경건한 마음의 순례자들이 쯔라 평야를 지나가던 그 시대는 어디로 가버린 것일까? 지금에 와서 그것은 한낱 방황하는 굶주린 군상들의 침입이었다.

톨스토이는 그들과 이야기를 했다. 그리고 그들을 선동하고 있는 증오심에 몸서리쳤다. 그들은 옛날처럼 부자들 속에서 "적선을 베풀어 자기네의 정신을 구제해 줄 사람들"을 보는 것이 아니라 "노동하는 민중의 피를 마시는 악한과 강도"를 볼 뿐이었다. 많은 사람들이 교육을 받았으면서도 몰락하여 무슨 일이라도 저지르지 않을 수 없는 절망 속에서 허우적거리는 경우가 많았던 것이다.

톨스토이는 이런 저항자들로부터 많은 편지를 받았다. 그늘은 톨스토이의 무저항주의에 이의를 부르짖고, 정부나 부자들이 민중에 대해 저지르는 일체의 악에 대해서는 "복수! 복수! 복수!"라고 외칠 수밖에 없다고 주장했다.

톨스토이는 그들을 비난할 것인가? 그것은 알 수 없다. 며칠 뒤 마을의 한 가난한 사람의 집에서 사모바르와 염소가 냉담한 당국자의 입회 하에 차압당하는 것을 목격했을 때, 그는 어찌할 바를 몰랐다. 그도 또한 이 냉혈한들에게 복수를 외친다.

사랑에 의한 통치를 기대하고 예고하는 데 전 생애를 바쳐온 사람이 이런 무참한 광경의 한가운데서 불안에 떨며 눈을 감아야 한다는 것은 슬픈 일이다.

게다가 톨스토이 같이 성실한 양심을 가진 사람이 자기의 생애와 그 주의를 일치시킬 수 없었다고 생각하는 것은 더욱 슬픈 일이다.

여기서 그의 말년의 고뇌 중에서도 가장 격렬했던 일에 대해 말하기로 하자. 그는 자기와 가장 친한 사람들, 즉 아내라든지 아이들에게도 자기의 신앙을 전할 수가 없었다. 이미 본 바와 같이 그의 일과 예술을 마다하지 않고 도와 오던 충실한 반려자는 톨스토이가 도덕적 신앙 때문에 예술에 대한 신앙을 부정하는 것을 고민했다. 톨스토이도 자기의 도덕적 신앙이 자기의 최상의 친구에게 이해되지 못하는 것을 그 못지 않게 괴로워했다.

아이들과의 불화는 더욱 컸다. 그는 가족 속에서 정신적으로 고립되어 있었다. 그를 이해하는 사람이라고는 "오직 막내딸과 의사"뿐이었다.

그는 사상의 소외를 괴로워했다. 그리고 그에게 강요된 세속적인 사교나 세계 도처에서 그를 찾아오는 지적 속물이나 아메리카 인들의 반갑지 않은 방문 때문에 괴로워했다. 그는 아주 지쳐버렸다.

또 식구들이 강요하는 '사치'에도 시달렸다. 그의 검소한 집을 찾아갔던 사람들의 말을 인용한다면 그것은 소박하고 조심스런 사치였는데도!

안일마저도 그를 괴롭혔다. 그것은 끊임없는 회한의 씨가 되었다.

1903년에 그는 이렇게 썼다.

"나의 활동은 가령 어떤 사람들에게는 유용한 것으로 생각될지 모르나, 그 중요성의 대부분은 잃어버렸습니다. 왜냐하면 내가 주장하는 것과 완전히 일치하지 않기 때문입니다."

그러면 어째서 그 일치를 실현하지 않았을까? 자기 가족을 세상에서 떼어놓을 수 없었다면 어째서 그 자신이 가족이나 가족의 생활에서 떨어져 나가지 않았을까?

그렇게 했던들 그의 주의와 실생활이 일치하지 않는다고 적들이 퍼붓던 그 냉소나 위선자라는 비난은 받지 않아도 되었을 것을!

그도 그 점을 생각하고 있었다. 오래 전부터 그의 결심은 서 있었던 것이다. 한 통의 감탄할 만한 편지가 발견되어 발표되었다. 그것은 1897년 6월 8일에 아내 앞으로 쓰여진 것이었다. 인성 낳고 고뇌하는 정신의 비밀을 이보다 더 잘 전한 것은 달리 없다.

사랑하는 소피아. 오랫동안 나는 나의 생활과 신앙의 불일치로 괴로워하였소. 당신이나 아이들의 생활과 습관을 무리하게 바꾸게 할 수가 없었소. 그리고 그 이상으로 나는 당신이나 아이들과 헤어질 수가 없었소. 왜냐하면…… 당신이나 아이들을 크게 슬프게 할 것이라고 생각되었기 때문이었소. 그러나 앞으로는 이 16년 동안을 살아온 것처럼 살아갈 수는 없소…… 나는 오랫동안 하고 싶었던 일을 지금에야 하려고 결심한 것이오. 그것은 내가 떠나는 일이오…… 만일 내가 공공연하게 떠나 버리면 애원과 의논이 일어날 것이오. 그렇게 되면 나는 마음이 무거워지고 아마 이 결심을 실천에 옮길 수 없게 될 것이오. 나의 행동이 당신들을 슬프게 한다 하여도 용서해 주기 바라오. 특히 소피아, 내가 떠날 수 있게 해주오. 나에 관해서 후회하거나 나를 나무라지 마오. 내가 당신 곁을 떠난다는 사실은 내가 당신에게 무슨 불평을 갖고 있었다는 것을 나타내는 것은 아니오.

나는 당신이 나와 똑같이 보고 생각 '할 수 없었던 것을, 끝내 할 수 없었던 것' 을 알고 있소…… 당신이 나를 따라올 수 없었던 것을 나는 나무라지 않겠소.

나는 당신에게 감사하고 있소. 당신이 나에게 주었던 모든 것을 언제나 사랑의 마음으로 회상할 것이오. 잘 있어요. 나의 사랑하는 소피아. 나는 당신을 사랑하오.

그는 그녀 곁을 떠나지 않았다.

— 가련한 편지! 편지를 쓰기만 하면 결심은 충분히 실행할 수 있으리라는 생각이 들었다. 그러나 편지를 다 쓰고 나자 결단력은 이미 다 소모되어버리고 말았다. '애원' 도 '의논' 도

필요가 없었다.

편지를 다 쓰고 나서 그가 떠나려고 생각했던 사람들을 보는 것만으로 충분했다. 그렇게 되었다. 그는 '나는 할 수 없다. 그들 곁을 떠날 수 없다'고 느꼈다. 그는 호주머니 속의 편지 겉봉에다 다음과 같이 써서는 가구 속에 넣어 버렸다.

"이것을 내가 죽은 뒤 아내 소피아 안드레예브나에게 건네 줄 것."

가출의 계획은 이것으로 끝나 버렸다.

그의 힘으로는 그렇게 할 수밖에 없었던가? 신을 위하여 애정을 희생시킬 수 없었단 말인가? 그렇다면 어떻게 하면 좋단 말인가?

그는 성인이 아니었다. 그는 약한 인간이었다. 그렇기 때문에 우리는 그를 사랑하는 것이다.

죽음이 더욱 가까워지자 그는 이렇게 썼다.

"나는 성인이 아니다. 성인인 체한 일도 없다. 나는 유혹에 약한 인간이다…… 나의 행실은 더욱 나쁘다. 나쁜 습관을 가지고 진리의 신에게 봉사하기를 원하면서 언제나 휘청거리고 있었다. 나를 틀림이 없는 인간으로 생각하는 세상 사람들의 눈에는 나의 과실은 모두 거짓과 위선으로 보일 것이 분명하다. 그러나 나를 약한 인간이라고 생각하는 사람들의 눈에는 있는 그대로의 내 모습이 보일 것이다. 즉 언제나 좋은 사람이 되기를, 신의 착한 하인이 되기를 진정으로 바라고 있었던, 불쌍하고 성실한 나의 모습이."

이렇게 회한에 물어뜯기고, 자기보다 기력은 있으나 인간적이지 못한 제자들의 말없는 비난에 괴로움을 당하고, 자기의 허약함이나 결단력의 부족에 찢기고, 가족에 대한 사랑과 신에 대한 사랑의 틈바구니에서 몸을 찢긴 채 그는 살아 나왔다.

그리고 마지막에는 절망에서 나온 충동과, 혹은 죽음의 접근이 들쑤셔 놓은 불타는 듯한 열풍이 그를 집 밖으로, 길 위로 몰아냈다.

그는 방황하였고 도피하였고 수도원 문을 두드렸고 또한 가던 길을 되돌아왔다. 그러나 마침내 그는 어두운 어느 마을 어귀에 쓰러져 다시는 일어나지 못했다.[3]

그는 죽음의 자리에서 자기를 위해서가 아니라 불행한 사람들을 위해서 울었다. 그 오열 속에서 그는 말했다.

"이 땅 위에는 괴로워하고 있는 사람이 수백만이나 있다. 그런데 어째서 당신들은 모두 이 레프 톨스토이 하나만을 걱정하는가!"

마침내 올 것이 왔다 ― 그것은 1910년 11월 20일 일요일 오전 6시가 지나서였다.

찾아왔다. 그의 이른바 '해방' 이, '죽음이, 축복된 죽음' 이…….

---

3) 톨스토이는 1910년 10월 28일 오전 다섯 시경 갑자기 야스나야 폴랴나에서 뛰쳐나
　갔다.

<h1 align="center">18</h1>

투쟁은 끝났다. 82년에 걸친 싸움이 끝난 것이다. 그의 생애는 시종 이 싸움의 전쟁터였다. 생명의 모든 힘, 모든 악덕과 모든 미덕이 참가한 비극적이고도 영광된 전쟁이 끝났다.

톨스토이는 날개가 잘려 땅 위에 내동댕이쳐진 적이 한 두 번이 아니었지만 굴복하지 않고 다시 일어섰다. 그는 '넓고 높은 하늘'을 한 쌍의 커다란 날개로 날았다.

날개의 하나는 이성이고 또 하나는 신앙이었다. 그러나 그가 구하는 조용함은 하늘에는 없었다.

하늘은 우리들 속에 있다. 톨스토이는 하늘에 정열의 폭풍을 불러일으켰다. 이 점에서 그의 체념은 자신의 신념을 남에게도 권하려는 자의 것과는 달랐다. 즉 그는 사는 데 쏟고 있었던 것과 똑같은 열정을 이 체념에도 쏟았다.

사랑하는 사람처럼 그를 강하게 끌어안은 것은 항상 인생이었다. 그는 '인생에 취해' 있었다. 그가 개인 생활을 저버린 것은 영원한 생활을 희구하는 정열의 외침 이외의 다른 것이 아니었다.

그가 노날하려는 평화, 그가 기원하는 평화는 죽음의 평화가 아니었다. 그것은 무한한 공간 저편으로 높아져 가는 저 불타는 천체의 평화였다.

이 세계에, 썩은 문명에 저주를 던지는 선구자 요한과 같은 위대한 반항 정신은 때때로 나타나는 법이다. 그 마지막 출현

이 루소였다.

루소는 자연에 대한 사랑, 근대 문명에 대한 증오, 기독교 도덕에 대한 열렬한 숭배에 의해서 톨스토이를 예고했다. 그러나 톨스토이의 정신이 도리어 그보다 순수하고 기독교적이었다. 톨스토이는 루소와 같은 《고백록》은 쓸 수 없었다. 톨스토이는 자기의 《회고록》을 쓰려다 그만두었다. 톨스토이는 자기의 과거의 죄를 생각하고 피눈물을 흘렸다. 늙은 톨스토이에게 향기 높은 순결을 주었던 기독교 신앙의 가장 아름다운 도덕적 수치심이나 겸양을 루소는 하나도 몰랐다.

그리고 루소와 그가 공통적으로 가졌던 사회에 대한 싸움 이외에도 또다른 싸움이 톨스토이의 생애 마지막 30년을 채우고 있었다. 그것은 그의 정신의 가장 고귀한 힘, 진리와 사랑과의 사이에 벌어진 장엄한 싸움이었다.

그의 형이 죽은 뒤 난파선에서 떠오른 유일한 표류물인 진리. 그의 인생의 지주이며 바다 한가운데의 바위인 진리.

그러나 얼마 안 가서 그는 '무서운 진리'만으로는 만족할 수 없게 되었다. 사랑이 진리를 대신해서 들어섰다. 그는 사랑 속에 진리를 끌어들인 것이다.

사랑은 '힘의 바탕'이다. 사랑은 아름다움과 함께 유일한 '삶의 이유'이다. 사랑은 인생의 싸움을 통하여 성숙한 톨스토이의, 《전쟁과 평화》의 작가의 본질이다.

현실을 바라보는 저 날카로운 눈과, 사랑을 기대하고 확신하여 거부하지 않았던 저 정열적인 마음 사이의 쉬지 않는 갈

등 때문에 톨스토이의 만년이 얼마나 괴로운 것이었는가는 가히 짐작할 수 있다!

톨스토이는 자기의 두 신앙 중 그 어느 하나도 결코 배반하지 않았다. 그의 원숙기의 작품에서는, 사랑은 진리를 비추는 빛이었다. 만년의 작품에서는, 사랑은 하늘에서의 빛이고 쏟아지는 은총의 빛이었지만 벌써 인생과는 섞이지 않았다.

이미 본 바와 같이 《부활》에서는 신앙이 현실을 지배하고 있지만, 현실 속으로 들어가지는 않는다. 톨스토이는 민중을 한 사람 한 사람 바라볼 때는 매우 약하고 평범한 것으로 그리다가, 추상적으로 생각하게 될 때면 신과 같은 신성함을 띠게 한다.

일상 생활에서는 그의 예술에 있었던 모순이 더욱 날카롭게 눈에 띈다. 사랑이 그에게 무엇을 바라는가를 알고 있지만 그는 아무것도 못 했다. 전혀 딴 일을 하게 된다.

즉 그는 신에 따라서 살지 않았다. 사회에 따라서 살았다. 그렇다면 사랑, 그것은 어디서 얻으면 좋단 말인가? 가족을 사랑했어야 했던가? …… 마지막 날까지 그는 이 양자 택일 속에서 허우적거리고 있었다.

해결은 어디에 있는가? 그는 그것을 발견하지 못했다. 그런 톨스토이를 멸시하고 비판할 권리는 주제넘은 지식인들에게 맡겨 두기로 하자. 그들에게는, 톨스토이는 연약하고 감상적이고 모범이 되지 못하는 것이다.

물론 톨스토이는 그들이 추종할 수 있는 모범은 아니었다.

그들이 그를 모범으로 할만큼 충분히 살지 않았기 때문이다. 톨스토이는 허영심이 강한 엘리트가 결코 아니다.

그는 어느 교회에도 속하지 않는다 ― 이른바 '율법사律法師'의 교회에도, 어떠한 종파의 바리새인의 교회에도. 그는 자유로운 기독교도의 가장 기품 있는 전형이다. 영원히 먼 이상을 향하여 일생 동안 계속 걸어가려고 하는 전형이다.

톨스토이는 사상의 특권 계급에게 이야기하고 있는 것이 아니다. 보통 사람들(선의를 가진 사람들)에게 이야기하고 있는 것이다.

그는 우리의 양심이다. 그는 우리 모두의 평범한 정신을 생각하는 것을 이야기하고, 우리가 자신 속에서 읽기를 두려워하는 것을 이야기한다.

그는 우리의 자부심 많은 거장은 아니다. 인류를 초월하고 자기만의 예술이나 지성의 영광 속에서 군림하고 있는 위대한 천재는 아니다.

그는 ― 편지 속에서 자기 자신을 그렇게 부르고 있었던, 모든 이름 중에서 가장 아름답고 따뜻한 이름인 ― '우리의 형제'이다.

1911년 1월

1475년	3월 6일, 피렌체 근처 카프레세에서 출생(2남).
1481년(6세)	모친 별세.
1485년(10세)	도메니코 기를란다요에게 사사.
1489년(14세)	메디치 가의 조각 학교 입학.
1490년(15세)	사보나롤라의 설교를 들음.
1492년(17세)	메디치 가를 떠나 해부학 연구. 〈헤라클레스〉, 〈그리스도의 수난〉 제작.
1496년(21세)	로마를 처음 떠남.
1497년(22세)	〈술 취한 바커스〉, 〈죽어가는 아도니스〉 제작.
1498년(23세)	〈피에타〉 시작.
1501년(29세)	〈다비드〉 완성. 피렌체 정부로부터 벽화 〈카시나의 싸움〉 위촉.
1505년(30세)	율리우스 2세로부터 〈메디치 가의 기념 묘비〉 위촉.
1506년(31세)	볼로냐에서 〈율리우스 2세의 청동상〉 제작.
1508년(33세)	2일, 〈율리우스 2세의 정동상〉 완성. 5월, 〈시스티나 성당의 천정화〉 착수.
1512년(37세)	〈시스티나 성당의 천정화〉 완성.
1513년(38세)	2월, 율리우스 2세 별세. 레오 10세 계승.
1514년(39세)	〈모세〉, 〈노예〉 제작.

1519년(44세) 레오나르도 다 빈치 별세.

1520년(45세) 라파엘로 별세.

1521년(46세) 3월, 메디치 가 성당 및 묘비 착수. 12월, 레오 10세 사망. 아드리아노 6세 계승.

1523년(48세) 11월, 클레멘스 7세(추기경 줄리아노 데 메디치) 즉위.

1527년(52세) 피렌체 혁명 가담.

1528년(53세) 피렌체 군사 9인 위원회 위원으로 활약.

1530년(55세) 8월 피렌체 항복, 봐로리(교황 감독관) 취임.

1531년(56세) 6월, 부친 로도비코 별세. 9월, 로마에 영주. 6월, 중병에 걸림.

1534년(59세) 메디치 가의 묘비 〈아침〉, 〈저녁〉, 〈낮〉, 〈밤〉 완성.

1535년(60세) 비토리아 코론나 알게 됨. 9월, 바오로 3세가 교황청 건축 · 조각 · 회화 책임자로 임명. 시스티나 성당의 〈최후의 심판〉 착수.

1541년(66세) 12월, 〈최후의 심판〉 완성.

1544년(69세) 중병.

11547년(72세) 1월, 성 베드로 성당 건축 장관 임명. 2월, 비토리아 죽음.

1557년(82세) 중병.

1559년(84세) 피렌체 성 요한 성당 설계 위촉.

1563년(88세) 피렌체 아카데미 예술원 명예원장 임명.

1564년(89세) 최후의 작품 〈론다니니의 피에타〉 제작. 2월 14일 중태, 18일 오후 5시 영면.

□ 베토벤 연보

1770년	12월 16일, 루드비히 반 베토벤 본에서 태어남. 12월 17일 레미기우스 교회에서 세례를 받음.
1776년(5세)	부친에게서 피아노를 배우기 시작함.
1777년(6세)	초등학교 입학.
1778년(7세)	3월 26일, 최초의 피아노 독주회를 쾰른에서 엶. 반 덴 에덴에게 피아노와 파이프오르간을 사사.
1779년(8세)	프파이퍼에게 피아노를 사사.
1781년(10세)	초등학교 그만 둠. 뮌스터 사원 오르가니스트인 헨젠에게 사사. 네페에 사사하여 피아노 외에 화성和聲, 작곡 공부 시작.
1782년(11세)	궁정 오르가니스트의 조수로 근무, 베겔러와 친구가 됨.《드레슬러의 행진곡을 주제로 한 변주곡》을 만하임에서 출판.
1783년(12세)	3월 2일, 네페의《음악 잡지》에 베토벤의 소개문 집필. 본 극상 관현악단에서 대리로 쳄발로를 맡음. 피아노 소나타 3곡을 인쇄하여 선제후 막시밀리안 프리드리히에게 헌정. 오르간용 푸가 습작.
1784년(13세)	궁정 차석 오르가니스트에 임명되어 연봉 50굴덴이 급여됨.

1785년(14세)	프란츠 리스에게 바이올린 사사. 베겔러의 중개로 브로이닝 가의 피아노 교사가 됨. 피아노 4중주곡 3곡 습작.
1787년(16세)	봄에 첫번째 빈 여행. 모차르트를 방문하여 즉흥 연주를 함.
1789년(18세)	본 궁정 관현악단이 국민 가극장으로 개편되어 비올라 연주자가 됨. 궁정 오르가니스트에 취임. 5월에 본 대학 청강생이 됨. 2개의 전주곡 등 작곡.
1790년(19세)	본에서 하이든과 초대면.
1792년(21세)	6월, 본의 궁정에서 다시 하이든과 만남. 〈현악 3중주곡〉 Op. 3, 〈플루트 2중주곡〉 등 작곡.
1793년(22세)	빈 유학을 위해 출발하여 11월 10일 도착. 요한 센크에게 대위법對位法을 사사. 살리에리에게 성악 작곡을 사사.
1794년(23세)	연초부터 알브레히츠베르거에게 입문.
1795년(24세)	3월 29일, 부르크 극장에서 최초의 공개 연주회에 출연하여 〈피아노협주곡 제2번〉 초연. 30일 재연. 5월 〈피아노 3중주곡〉 Op. 1 외 3곡 출판. 12월 18일, 하이든과 공연하여 자작 협주곡을 연주.
1796년(25세)	2월, 리히노프스키 후작과 제2회 프라하 음악 여행. 단독으로 베를린에 가서 궁정 및 징 아카데미에서 연주. 6월경까지의 체류 중 〈첼로와 피아노를 위한 소나타〉 Op. 5 외 2곡 작곡.
1797년(26세)	4월 6일, 〈피아노와 관악기의 5중주곡〉 Op. 16 초연. 현악 3중주곡 〈세레나데〉 Op. 8 완성.

1798년(27세)　피아노 소나타 Op. 10외 2곡 완성. 3월 29일, 바이올린 소나타 Op. 12 초연. 〈피아노협주곡 제1번〉 완성. 세번째 프라하 여행.

1799년(28세)　피아노 소나타 〈비창〉 완성.

1800년(29세)　4월 2일, 부르크 극장에서 〈교향곡 제1번〉 초연. 〈피아노협주곡 제3번〉 완성. 이 해까지 〈현악 4중주곡〉 Op. 18 외 6곡을 연작.

1801년(30세)　6월 1일, 아멘다에게 귓병을 알림. 줄리에타 기차르디와 연애. 피아노 소나타 〈월광〉을 그녀에게 헌정.

1802년(31세)　여름, 하일리겐쉬타트에서 휴양. 귓병이 나을 수 없음을 깨달음. 10월 6일, 두 동생 앞으로 유서 씀. 〈교향곡 제2번〉 완성. 〈피아노 소나타〉 Op. 31 외 3곡 완성. 〈피아노 변주곡〉 Op. 34 및 Op. 35 작곡.

1803년(32세)　4월 5일, 〈올리브산의 그리스도〉, 〈교향곡 제2번〉, 〈피아노협주곡 제3번〉 초연. 5월 24일, 〈크로이체르 소나타〉 초연. 〈게레르트 가곡집〉 완성.

1804년(33세)　〈발트슈타인 소나타〉 3중협주곡 완성.

1805년(34세)　4월 7일, 안 데어 빈 극장에서 교향곡 제3번 공개 초연.

1806년(35세)　5월, 말톤 바슈알의 브룬스버크가에서 테레제와 약혼. 12월 23일, 〈바이올린 협주곡〉 초연.

1807년(36세)　3월, 〈교향곡 제4번〉, 〈피아노협주곡 제4번〉, 〈열정 소나타〉를 브룬스버크 백작에게 헌정.

1808년(37세)　〈첼로와 피아노를 위한 소나타〉 Op. 69 〈유령〉 완성. 12월 22일, 〈제5 · 제6번 교향곡〉, 〈합창환상곡〉 초연.

1809년(38세)　8월 바덴에 체재 중 이론서 발췌를 만듦. 〈피아노협주곡 제5번〉, 〈하프〉 4중주곡 완성. 피아노 소나타 Op. 78을 테레제에게 헌정.

1810년(39세)	〈고별〉 소나타 완성. 테레제 브룬스빅과의 약혼 취소. 5월경 테레제 마르파티에게 구혼. 5월 24일, 부르크 극장에서 〈에그몬트〉 상연.
1811년(40세)	8월, 〈첼로 소나타〉 Op. 102 외 2곡 완성. 12월 25일, 〈명명축일 서곡〉, 칸타타 〈바다의 고요함과 행복한 항해〉 초연.
1812년(41세)	2월 15일, 〈협주곡 제5번〉 빈 초연. 7월, 테플리츠에서 정양하며 아말리에와 지내던 중 괴테와 만남.
1813년(42세)	12월 8일, 빈 대학 강당에서 〈교향곡 제7번〉 초연. 12일에 재연하여 대성공.
1814년(43세)	2월 27일, 〈교향곡 제8번〉 초연. 11월 29일, 칸타타 〈영광 있는 순간〉 초연. 〈교향곡 제7번〉 연주.
1815년(44세)	1월 28일, 러시아 황후 탄생 파티에 〈아델라이데〉 등의 반주를 맡음.
1816년(45세)	피아노 소나타 Op. 101., 연작 가곡집 〈멀리 있는 연인에게〉 6곡 완성. 〈대화 수첩〉을 가지고 다니기 시작함.
1818년(47세)	피아노 소나타 Op. 106 완성. 루돌프 대공 올미츠 대주교 취임 결정에 의하여 〈장엄 미사〉 착상.
1819년(48세)	1월 17일, 〈프로메테우스〉와 〈교향곡 제7번〉 지휘(최후의 지휘). 5월 12일, 뫼트링에 피서하여 〈장엄미사〉에 골몰.
1820년(49세)	여름 〈장엄미사〉 작곡에 정진. 피아노 소나타 Op. 109

완성.

1821년(50세)   〈피아노 소나타〉Op. 110 완성. 이 해 무렵에 거지로
              착각되어 구류 처분 받음.

1822년(51세)   〈피아노 소나타〉Op. 111 완성. 봄에 〈장엄 미사〉완
              성. 교향곡 작곡을 진행. 10월 3일, 〈헌당식〉서곡 초
              연. 11월 3일, 〈피델리오〉상연(지휘 단념). 12월 20일,
              런던 필하모니 협회의 교향곡 의뢰를 승낙.

1823년(52세)   여름, 바덴에서 〈교향곡 제9번〉작곡 진행.

1824년(53세)   2월, 〈교향곡 제9번〉완성. 4월 18일, 〈장엄 미사〉페테
              르부르크 초연. 5월 7일, 〈교향곡 제9번〉과 〈장엄 미
              사〉의 일부 빈 초연.

1825년(54세)   3월 6일, 〈현악 4중주곡〉Op. 127 초연. 9월 9일, 〈현악
              4중주곡〉Op. 132 비공개 초연. 11월 29일, 빈 악우회
              명예회원에 추대됨.

1826년(55세)   병약해짐. 3월 21일, 〈현악 4중주곡〉Op. 130 초연(푸
              가 끝악장). 〈현악 4중주곡〉Op. 131 완성(생전에 미연
              주). 10월, 〈현악 4중주곡〉Op. 135 완성. 10월 1일, Op.
              130 새로운 끝악장 완성. 12월 2일, 병중 빈에 돌아와
              서 악화.

1827년(56세)   빈곤의 극에 도달. 3월 23일, 유언 추가문 작성. 24일,
              임종의례를 받음. 3월 26일 사망.

□ 톨스토이 연보

1828년	8월 28일, 러시아 야스나야 폴랴나에서 톨스토이 백작 집안의 넷째 아들로 출생.
1830년(2세)	어머니 마리야 사망.
1836년(8세)	푸슈킨의 시 〈바다에〉 및 〈나폴레옹〉을 낭독하여 아버지를 놀라게 함.
1837년(9세)	아버지 니콜라이, 뇌일혈로 급사. 이후 고모 댁에서 자람.
1838년(10세)	5월 25일, 조모 베라게야 사망.
1840년(12세)	현존하는 최초의 시 〈친절한 고모님에게〉를 씀.
1841년(13세)	고모 사망. 카잔으로 이사.
1844년(16세)	카잔 대학 입학. 동양어과에서 아랍어와 터키어 전공.
1845년(17세)	동양어과에서 법과로 전과. 이 무렵부터 철학적 명상에 잠김.
1847년(19세)	괴테, 루소, 고골 등의 저작 탐독. 대학을 중퇴하고 고향으로 돌아가 농장을 경영.
1849년(21세)	농민들의 아이들을 위한 학교를 설립. 툴라 귀족회에 참여.
1850년(22세)	모스크바 생활을 그린 〈각서〉 쓰기 시작(미완).
1851년(23세)	〈유년 시대〉를 구상.

1852년(24세)   카프카즈 포병대에 입대. 〈유년 시대〉를 집필하여 잡
             지 《현대인》에 익명으로 발표. 단편 〈습격〉을 씀.

1853년(25세)   크림 전쟁 발발. 각지 전전. 단편 〈크리스마스의 밤〉을
             탈고. 〈소년 시대〉를 쓰기 시작.

1854년(26세)   〈소년 시대〉를 잡지 《세바스토폴》에 전재.

1855년(27세)   〈당구 기록원의 수기〉, 〈산림 벌채〉, 〈1854년 12월의 세
             바스토폴리〉, 〈1855년 5월의 세바스토폴리〉를 씀.

1856년(28세)   11월에 제대. 〈1855년 8월의 세바스토폴리〉, 〈눈보라〉,
             〈두 경기병輕騎兵〉, 〈지주地主의 아침〉, 〈진중해후陣中邂
             逅〉를 씀.

1857년(29세)   1월에 서유럽을 여행, 7월에 귀국. 농업에 종사. 〈류세
             른〉, 〈아리벨리트〉, 〈청년 시대〉 발표.

1858년(30세)   피아니스트 에르모르체 주재의 음악회 설립에 열중.

1859년(31세)   〈세 죽음〉, 〈결혼의 행복〉을 발표.

1860년(32세)   교육 문제에 지대한 관심을 쏟음. 7월에 재차 외국 여
             행. 맏형 니콜라이 사망.

1861년(33세)   농노해방령 선포. 4월에 귀국. 야스나야 폴랴나에 학교
             를 설립하고, 기관지 《야스나야 폴랴나》를 간행. 투르
             게네프와 절교.

1862년(34세)   시의侍醫의 둘째 딸 소피아 안드레예브나와 결혼. 〈카
             자흐 사람늘〉, 〈꿈〉, 〈목가〉, 〈폴리쿠시카〉를 발표.

1863년(35세)   장남 세르게이 출생. 〈12월당원〉을 쓰기 시작. 《전쟁과
             평화》 구상. 〈호르스트메리〉, 〈진보와 교육의 정의〉를
             발표.

1864년(36세)   장녀 타치야나 출생. 《전쟁과 평화》(당시의 제목은

'1805년')를 쓰기 시작.

1865년(37세) 《전쟁과 평화》일부를《러시아 통보》에 발표.

1866년(38세) 차남 일리야 출생.《전쟁과 평화》제2권 탈고.

1867년(39세) 《전쟁과 평화》전3권 간행.

1869년(41세) 3남 레프 출생. 쇼펜하우어와 칸트에 심취함.《전쟁과
평화》전4권 완간.

1870년(42세) 그리스 어 연구, 그리스 고전 탐독.

1872년(44세) 〈카프카즈의 포로〉,〈표트르 1세〉발표.

1873년(45세) 《안나 카레니나》를 쓰기 시작.《톨스토이 저작집》(18
권) 간행.

1874년(46세) 〈국민교육론〉발표.

1875년(47세) 《안나 카레니나》를《러시아 통보》에 발표하기 시작.
《초등교과서》1, 2, 3, 4권 간행.

1877년(49세) 《안나 카레니나》를 탈고하고 간행.《참회록》집필.

1878년(50세) 《최초의 기억》,《안나 카레니나》재판 간행.

1879년(51세) 〈12월 당원〉미완성으로 끝남.《참회록》첫 부분 발표
하여 러시아 내 발행이 금지되었으나 계속 집필.

1880년(52세) 《교의 신학 비판》간행.

1881년(53세) 알렉산데르 2세 피살. 도스토예프스키 사망.《사람은
무엇으로 사는가》,《요약복음서》간행.

1882년(54세) 모스크바 시세조사市勢調査에 참가하여 빈민 생활을
보고 괴로워함.《참회록》을 완성하여《러시아 사상》에
발표. 그러나 발행 금지됨.

1884년(56세) 〈나의 종교〉를 발표했으나 발행 금지됨. 젊을 때부터
좋아하던 사냥을 그만둠.

1885년(57세)   헨리 조지의 《토지 국유론》을 읽고 깊은 감명을 받아
사유 재산을 부정함으로써 아내와 의견 대립. 그 결과
모든 저작권을 아내에게 양도함. 《이반 일리이치의 죽
음》을 쓰기 시작. 아내의 힘으로 《톨스토이 저작집》(12
권) 간행됨.

1886년(58세)   《인생론》을 쓰기 시작.

1887년(59세)   〈어둠의 힘〉 저작권을 버리고 3월부터 육식 끊음. 《인
생론》을 발간했으나 발행 금지됨. 음주 반대 동맹 운동
을 일으킴.

1888년(60세)   담배를 끊음. 초등학교 교사가 되기 위해 원서를 제출
했으나 당국으로부터 거절당함.

1889년(61세)   논문 〈1월 12일의 기념제紀念祭〉를 씀. 《예술이란 무엇
인가》를 쓰기 시작. 〈크로이체르 소나타〉, 〈악령〉, 〈각
성할 때다〉, 〈신을 섬겨야 하는가 혹은 황금을 섬겨야
하는가〉, 〈손의 노동과 지적知的 노동〉 등을 발표함.

1891년(63세)   중앙 아시아와 동남 아시아에 걸쳐 기근이 들자 농민
구제를 위해 활약함.

1893년(65세)   〈무위無爲〉를 《러시아 통보》에 발표. 〈종교와 국가〉 집
필. 《노자老子》의 번역에 몰두함.

1894년(66세)   모스크바심리학회 명예회원으로 뽑힘. 〈주인과 하인〉
쓰기 시작.

1896년(68세)   〈그리스도의 가르침〉, 〈복음서는 어떻게 읽는가〉, 〈현
대의 사회 조직에 대하여〉 등을 쓰기 시작.

1897년(69세)   《예술이란 무엇인가》 출판. 〈헨리 조지의 사상〉, 〈국가
와의 관계〉 등을 씀.

1898년(70세) 두호보르 교도를 돕기 위한 자금 마련 방편으로 《부활》을 완성하기로 결심.

1899년(71세) 3월, 《부활》을 발표하여 작가적 열정을 증명.

1900년(72세) 1월, 아카데미 예술회원으로 뽑힘.

1901년(73세) 러시아 정교正敎에서 파문됨. 〈파문의 명령에 대한 종무원宗務院에의 회답〉을 쓰기 시작.

1904년(76세) 〈전쟁 반대론〉, 〈유년 시절의 추억〉 탈고. 《해리슨과 무저항》, 《과연 그렇지 않으면 안 되는가》 간행.

1905년(77세) 제1차 혁명의 발발로 국민의 폭동에 정부의 탄압이 가해지자 어느 쪽도 편들지 않고 몹시 고민함.

1906년(78세) 〈인생 독본〉, 〈셰익스피어론〉을 《러시아의 말》에 게재.

1909년(81세) 탄생 80주년 기념 톨스토이 박람회가 페테르부르크에서 열림.

1910년(82세) 단편 〈모르는 사이에〉, 〈마을의 사흘 동안〉, 희곡 〈모든 것의 근원〉 등을 씀. 10월 28일 새벽 아내에게 마지막 글을 써놓고 집을 나가 도중에서 사형을 논한 〈효과 있는 수단〉을 집필. 10월 31일, 여행 중 병이 들어 랴잔-우랄 선線 중간의 시골 역 아스타포보에서 내림. 11월 3일, 최후의 감상을 일기에 씀. 11월 7일 오전 6시 5분 역장 집에서 눈을 감음. 11월 9일, 야스나야 폴랴나에 묻힘.

옮긴이 소개

수필가, 번역문학가.
충남 천안 출생.
한국 외국어대학 불어과 졸업. 중앙대학교 사회개발대학원 졸업.
월간 《직업 여성》 발행인 역임. 《한국일보》 신춘문예 수필 당선.
현대수필문학상 수상(1992). 한국수필가협회 회원.
역서 : 《어린 왕자》, 《시지프의 신화》 등.
수필집 : 《당신은 타인이어라》, 《숨어있는 나무》 등.
평론집 : 《한국 수필 평론》 등이 있음.

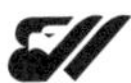

위대한 예술가의 생애

1986년　4월　10일　　초판　1쇄　발행
1998년　11월　25일　　2판　1쇄　발행
2007년　10월　25일　　3판　1쇄　발행

지은이　로 맹 롤 랑
옮긴이　이 　정 　림
펴낸이　윤 　형 　두
펴낸데　범 　우 　사

출판등록　1966. 8. 3　제 406-2003-048호
413-756　경기도 파주시 교하읍 문발리 525-2
대표전화　(031)955-6900~4/Fax (031)955-6905

＊ 책값은 뒤표지에 있습니다　　교정 · 편집/김영석 · 장웅진 · 한세라
＊ 파본은 교환해 드립니다.

ISBN 978-89-08-03341-2 04860　　(홈페이지) www.bumwoosa.co.kr
　　　978-89-08-03202-6 (세트)　　(전자우편) bumwoosa@chol.com

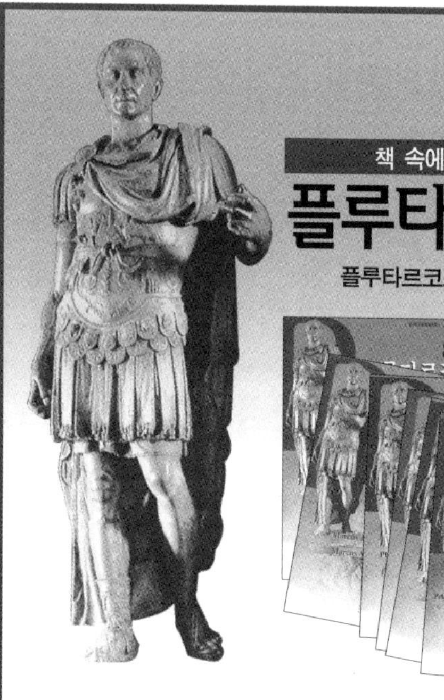

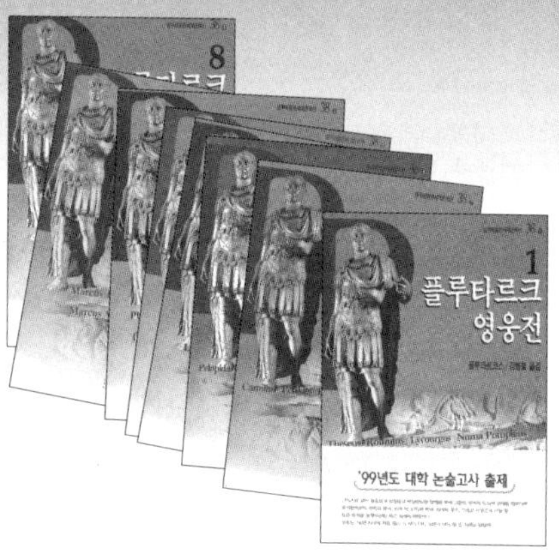

국내 최초 완역, 크라운변형 新개정판 출간!

프랑스의 루소가 되풀이하여 읽고, 나폴레옹과 베토벤, 괴테가
평생 곁에 두고 애독한 그리스·로마의 영웅열전(英雄列傳)!
영웅들의 성격과 인물 됨됨이를 사실적으로 묘사한 영웅 보감!

그리스와 로마의 영웅들과 위인들의 파란만장한 생애를 통해 그들의 성격과 도덕적 견해를 대비시켜
묘사함으로써 정의와 불의, 선과 악, 진리와 허위, 이성간의 사랑 등 인간의 모든 문제를 파헤쳐 보이고 있다.

지금 전세계의 도서관에 불이 났다면 나는 우선 그 불속에 뛰어들어가 '셰익스피어 전집'과 '플루타르크
영웅전'을 건지는데 내 몸을 바치겠다.   —美 사상가·시인 에머슨의 말—

새로운 편집 장정 / 전8권 / 크라운 변형판 / 각권 9,000원

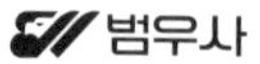

경기도 파주시 교하읍 문발리 525-2 출판문화정보산업단지   전화 031-955-6900~4
http://www.bumwoosa.co.kr 이메일 : bumwoosa@chol.com